U0071606

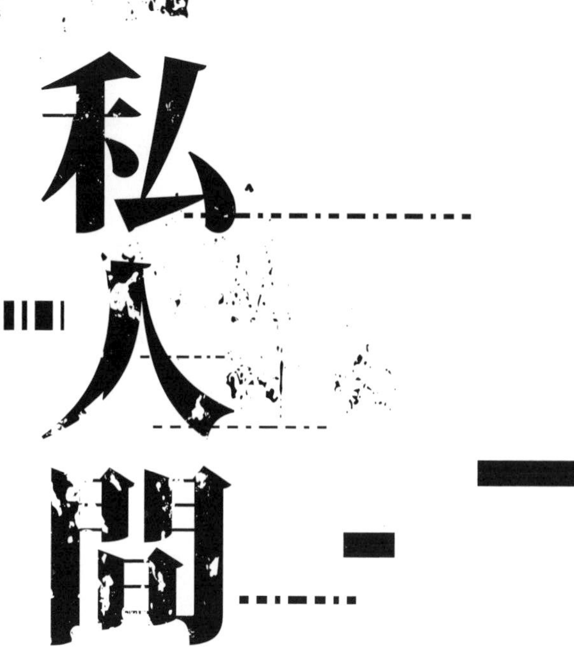

私人間諜

張國立

聽說只要有人記得妳的名字，妳就永遠存在

給張渟，我的母親我一直記得

目次

第三部 民國七十二年

民國九十七年（一）

圍了許多人，兩輛怪手伸出巨爪戳進水泥牆，刨出生鏽的鋼筋，又一棟老公寓被鏟平，建商已在一旁掛出帆布廣告，將改建為十四層高級住宅，圖樣上顯示大樓附近栽滿樹，寬廣的四線道停了兩輛斜背跑車，當然還有藍天白雲、陽台上相互凝視的男女與一頭仰望他們的小狗。

幸福基於物質，物質基於金錢，這是二十世紀以來普世價值，熱愛金錢而得到幸福，可是空談幸福若無金錢，則根本沙丘上蓋城堡。

因而改建的大樓將以傲人售價標示它提供的幸福絕非一般，而是極致，所以拆除造成的空氣污染、噪音，都以繁華、進步、未來、夢想，一層又一層遮蓋，直到警笛響起。

除了工程車，圍籬外也停了兩輛警車，才抵達，車頂紅藍警示燈仍規律的旋轉。

怪手停止敲牆，工人被制服警員圈在金屬圍籬外一角，或立或蹲，抽菸、喝水的，個個臉色凝重，沒人聊天。

心。

不久又嗚啦嗚啦駛來一輛廂型警車，四名穿防護衣、鞋套，手持工具箱的便衣人員匆忙步入工地。車上漆著幾個令人好奇的白字：台北市警察局刑事鑑識中心。

胸前掛寫了姓名與聯絡電話名牌的老先生拄著拐杖站在巷口，他身體不好或太過於亢奮，手腳不停抖動。計程車停在他前面，下來的年輕女子拉他上車：

「爺爺，到處找你，怎麼又來這裡。」

老人對拆得只剩殘垣破牆的老公寓喊：

「就是這兒，這兒，我說的女人在這兒。」

「回家吃晚飯，爺爺，你不是說沒那個女人，現在又有了。」

老人被扶進後座，但他的拐杖仍伸在外面，仍指著公寓。

第一部

民國六十年到六十一年

你有一扇窗戶，我也有一扇

我推開窗戶望過去，你的卻緊閉

不知當我關著的時候，你可曾開過

NIKON F增感至一千六

台灣區警備總司令部所屬保安處、特檢處、特種調查室以上三單位聯合偵訊
主持人：許雅文（警總保安處中校副處長，以下簡稱副處）
筆錄時間：民國六十年十月七日
筆錄對象：石曦明（憲兵指揮部調查組一兵，以下簡稱石）

副處：身分。

石：報告長官，一兵石曦明，兵籍號碼宇么五三洞四五，隸屬憲兵指揮部調查組，民國五十九年三月七日入伍，同年十一月一日調升一兵。

副處：看你的身家資料，老太爺石重生是青年軍兩洞么師一等軍械士官長，打過古寧頭，退伍了？

石：是，目前在台北市公車處。

副處：司機？

石：維修。

副處：很好，身子骨還硬朗嗎？

石：謝謝長官，他很好。

副處：修車，很適合老軍械士，他們那雙長滿繭的手什麼都能修。你何時調入水手專案？知道今天找你來做筆錄是為了什麼事？

石：報告長官，我今年八月二十一日調入水手專案，保防官說，長官找我是為了我在日誌裡寫的女人。

她沒有名字，沒有身分，甚至沒人見過，除了石曦明。

站在對面的窗後，過了午夜十二點，她僅穿一件過於寬大的男人襯衫，仰起臉看不出喜怒哀樂的對夜空吐出一口濃濃的煙。

副處：我們從頭問起。上級交付你的任務是什麼？

石：報告長官，我負責監視黃偉柏。

副處：黃偉柏就是水手？

石：是。

副處：你的長官對你說明過為什麼要監視他嗎？

石：返國學人，思想問題列管。

副處：什麼樣的思想問題？

石：不知道。

副處：從八月二十一日到今天，一共監視了四十七天？

石：是。

副處：四十七天很久，掌握得住水手的行動？

石：可以。

副處：發現水手什麼異狀？

石：跟監對象水手一向深居簡出，我負責對他住處的監視，平日水手下課後約七點返家，十點半就寢，生活與交友單純，愛讀書寫書法，一天早晚各一杯咖啡，聽古典音樂，至九月十日止皆無異狀。

副處：日誌上記載他的學生常去他家？

石：九月二十四日以後。

副處：假日呢，水手出去還是待在家裡？

石：大多待在家裡，他好像每天要看很多書，房間裡都是書。

副處：愛讀書。哼哼，他要是看正經書就好了。都一個人？九月十一和二十五日？你的監視日誌上寫，他有個女人？

石：是，九月二十五日凌晨洞洞么兩看見水手住處出現一名女子，可惜照片沒拍好。之前九月十一日見過，出現得太意外，來不及拍照。報告長官，九月十一日的事已寫在日誌中。

副處：女人。水手交女朋友了？

石：不清楚，之前我沒見過單身女人到他家。

副處：照片看不出什麼名堂，曝光過度。你說說，女人，模樣、年紀，和水手的互動情況？儘量說詳細點。

又看到女人，同一個女人。

女人站在打開的窗後抽菸，那是扇對開細長木窗，她仰起脖子朝漆黑的天空吐出一口煙。各六片透明玻璃的格子窗戶，一共兩扇，右邊書桌前的一扇閉著，立燈燈罩內溫和的暗黃色光線灑在女人身後，左邊這扇朝外推開，女人兩手按著窗台，抬起下巴看向午夜天空。看的神情有如期待，摻雜些微冷漠。她穿深色豎起衣領的襯衫，V形領口開到胸部中央，乳房若隱若現曝露於夜晚的鏡頭內，透著冰涼的顫動。

女人從出現到她推開窗靠上窗台是瞬間的事，容易錯過的眨眼之間。水手二樓公寓晚上只開沙發旁的立燈，她從裡面突然出現在燈前，右手兩根指頭夾著菸，扭著燈光下白皙的兩條細腿緩緩走至客廳，走至窗台，她身上只穿一件豎起衣領的襯衫。

之前，九月十一日凌晨第一次見到女人，當晚水手一如平常過十點半後即關掉客廳燈，接著亮起內室的燈，十一點左右熄燈就寢。女人甚至赤著腳，襯衫衣擺隨著她的步子而擺動。她用腳尖走路，好像怕吵了臥室內的水手。繞了客廳一圈，挑書似瀏覽書架上的書，停在書桌前的時間較久，她研究水手攤在桌面的稿紙內容。

副處：你拍的照片是二十五日凌晨，十一日為什麼沒拍照片？

石：十一日忘記拍，時間很短，沒想到是女人，以為看花了眼。二十五日本來以為是水手，直到人影出現在燈前才知道是女的。

副處：十一日以為看花了眼，怎麼確定是女人還寫在監視日誌裡？

石：她接近窗台，就看出是女人了。

副處：不是穿男人襯衫？

石：可是她的腿——

副處：二十五日凌晨能確定沒看花眼？

石：站在窗台後面的時間比較長，而且她的胸部——

副處：形容一下。

石：她兩手撐著窗台，上半身往上仰，襯衫只扣下面兩三顆釦子，衣領打開，就看到她胸部。

副處：所以是女人

石：還有她的脖子，細又長，沒看到喉結。

副處：沒看到喉結，意思是你看得很清楚？只穿一件襯衫，身材不錯？看得連照相也忘了？

石：報告——

副處：水手的身分。

石：留美返國在台大任教的講師，今年四十一歲，未婚，老家彰化。

副處：以前沒單身女人到他家？二十四日當天不是很多女生去？

九月十一日沒料到水手住處忽然出現一名女子，起先嚇一跳，注意力不由自主跟著她移動。不到一分鐘，女人消失於書架尾端的黑暗中。一度以為看花了眼，直到九月二十五日凌晨她再出現。

二十四日傍晚水手家來了客人，七名學生，三男四女，依照上級的交代拍下每一名訪客，他們進二樓時中班的國強拍了，晚上十點離去時甫接晚班的石曦明也拍了，人數相同，比對國強拍的，同樣七個人，不多不少，始終七名客人。

平常水手家沒有訪客，僅一名每週來兩次打掃房間的歐巴桑。查過歐巴桑身分，無可疑處。

水手每天七點半起床，鬧鐘聲音會傳到對面監視哨。梳洗、換衣服，為自己弄早餐，兩顆雞蛋，有時水煮，有時煎，吐司用機器烤，他抹牛油再將煎蛋鋪在上面，還有水果和咖啡。

起床後他先開咖啡機，倒進水和咖啡粉才去廁所，淋完浴頭上裹著毛巾進客廳時咖啡已煮好，他很在意咖啡。

八點二十分出門，步行至新生南路搭學校交通車，在那裡等車的還有其他三名教職員，水手對他們點頭，從未交談。

所見所聞均登記於工作日誌，十一日見到女人一事也記載於日誌，十二與十三日的晚班與早班值勤同袍連續兩天特別留意對面活動情形，沒再見到那名女人，保防官於日誌上批示：找出那個女人。

二十四日以後學生幾乎天天來，同樣一批，經查證是水手授課大學的學生，從相機觀景窗看去，學生和水手感情融洽，一起嘻鬧，不過當水手坐下說話，學生即專注聽，他們的表情顯示對水手的敬仰，近乎崇拜。

經多次比對，深夜出現兩次的女人不是水手學生，女人年齡比學生大些。

女人，的確看到女人，她倚在窗台看著巷子上方的夜空，那晚有星星，她說不定能看到北極星，看到銀河。她仰起下巴看，彷彿隨時可能躍出窗戶飛進天空。

她沒躍出去，她縮起兩頰抽菸，緩緩朝銀河吐出有點像雲有點像霧的煙。

看到，看得很清楚。監視哨的相機位置在棕色窗簾左下角，值勤人員並不直接監視對面，透過相機觀景窗看的。黑夜，但有星空、有對面屋內沙發旁昏黃燈光，甚至有一抹射進水手客廳的皎白月光。

對了，那晚有月亮。觀景窗裡的女人比正午攀在牆頂的貓還清楚，她穿尖領襯衫，男人穿的那種尖領襯衫，豎起衣領，領口釦子未扣，一路敞到肚臍，她V字形的脖子閃耀在鏡頭內，白得有如抹了粉，突起的乳房挺在襯衫內。

渾圓的，襯衫質料薄，透得幾乎能看到乳頭，也是堅挺昂然矗立，給人打算掙脫束縛的感覺。

九月二十五日未再失手，一口氣按了三下快門，直到女人退出窗台，退回陰暗的室內。

是，確定看到了女人，並且按了快門拍下女人。連按三下，把女人收進相機深處的底片。

記得女人很漂亮，不是豔麗的那種漂亮，單純的就是漂亮，大約三十多歲，回想不出女人的五官、髮型，但她就是漂亮。

副處：按你的說法，她漂亮得很籠統，可以用在每個女人身上。

石：報告長官，我真的說不出來。

副處：小石，我看你盯著她奶子看，你小子看傻了眼。

石：是。

副處：為什麼說她穿男人襯衫？

石：門襟，男生襯衫是左邊的釦子洞往右邊的釦子扣，女生的相反。她穿左邊往右邊扣的。

副處：不錯，觀察得仔細。既然連襯衫門襟都看得清楚，看不清她的臉孔？

石：啊，看清了，不會形容。

副處：再想想，說不定水手半夜起來上小號、喝水，他留嬉皮長髮，你誤認為女人？到水手家的學生你們全拍了照，你說的女人在裡面？

石：不在，不是女學生。她站在窗台面對監視哨，和我相距不到八公尺，絕不是水手。

副處：好吧，二十五日凌晨你對水手公寓的窗台拍了三張照片。

石：前後十一張，三張是凌晨拍女人的。

副處：只拍三張？

石：怕上片和按快門的聲音太大，當時巷子裡很靜，我動作很慢。

副處：三張，你以為拍到了？

可是當陳上士從顯影液的金屬盤子內夾起相紙：

「石曦明，怎麼拍的，你跟誰學的攝影？什麼也沒，糊成一團。」

石曦明焦急翻看仍在盤子裡的其他照片，沒錯，都糊了。怎麼可能，明明焦距對得很準，停止呼吸按下快門。

「什麼樣的女人？」

「就，一個女人，看不清楚，從公寓後半段走到前面客廳打開窗靠在窗台抽菸。」

「靠著窗台？昨天晚上有沒有月亮？」

有嗎？仰起的脖子、突出的鎖骨、敞開襯衫領口間的雪白乳房。

「好像有——有。」

「從照片，看得出來窗子開著。她站在窗前沒動？多久？」

她看向天空，即使沒有月亮，應該有星星，不然怎麼印象裡所有光線集中在她露出於窗台的部分？

「向天空吐了口煙，很快，不到半分鐘——還是一分鐘？」

只記得她，不記得時間。

「講得沒頭沒腦，下次掌握機會再拍。你奶奶個熊，當兵要有當兵的樣子，既然有相機，好好拍。」陳上士瞪圓眼珠，「拍照沒什麼大學問，光圈、速度、焦距。」

沒一張清楚，他只拍到窗台的一團光。

「當時用的光圈、速度？」

從袋子內翻出相機，光圈與速度仍維持在昨晚他按快門時的位置，光圈二點八，速度一二五分之一秒。

「光圈開到最大，沒錯，一二五分之一秒的速度太快，吸收不到足夠光線，沒吃飽跑步有氣力嗎，一個道理。沒人教過你晚上不用閃光燈拍照，最快也就六十分之一秒，你小子用一二五分之一秒，不拍得糊掉才怪。幾點拍的？有沒有室內光，不然不會曝光過度。」

對面漆黑的屋內忽然出現移動的影子，映在窗戶玻璃上跳動的影子，然後走到窗前，她推開窗戶的剎那，夜晚所有的光線都被吸過去。她吐出很濃的一口煙，飄浮在兩棟公寓之間。

「半夜十二點十二分，沒有室內光——不，記得她後面的立燈亮著，還有巷口的路燈。」

「從你畫的室內位置圖看，一盞立燈，一盞檯燈，沙發旁邊立燈開的關的？開的更糟糕，燈在她右後面，逆光。巷口路燈太遠，補不了光。」

「那，有月光。」

「女人在哪裡，這團光裡頭？你奶奶個熊對月亮拍嫦娥？」

陳上士轉身從防潮防塵的小箱子取出一具機身：

「用這台拍拍看，你說距離兩個車道，估計六到八公尺，用一三五鏡頭，光圈二點八，速度三十分之一秒試試看。」

「是，謝謝上士。」

「有腳架吧？速度愈慢，手要愈穩，不能晃，一晃又糊了。要是時間夠，用三十分之一秒和十五分之一秒各拍幾張，一定要用腳架。」

他謹慎接過機身，黑色顆粒的皮質表面與金屬色合成的冷冽色澤，拉一下上片鈕，按快門，卡擦。如同使用新換裝的五七式步槍，上彈匣，拉槍機，上膛，扣扳機，乾淨俐落。

「等等，人物會動，我看增感到一千六百，光圈不變，速度可以加快到六十分之一秒。」

「增感？」

「你別管，拍回來我處理。媽的，誰挑你進憲調組，去。六十分之一秒，記得。」

副處：陳上士給你的是這台？好小子，Nikon F，值你半年薪水。老陳大方，搞懂怎麼用了？

石：是，光圈開到最大，用腳架，六十分之一秒。

副處：這幾張是新相機拍的？

石：是，二十五日晚上與二十六日凌晨試拍。這張水手正在練毛筆字，這張他坐著喝咖啡。還有，屋內只開立燈，拍書架旁的咖啡機，靜物，用十五分之一秒。

副處：不錯，很清楚，咖啡機的線條突出，拍得有氣氛。

石：陳上士沖洗時增感到一千六。

副處：和你拍女人相隔多久？

石：二十五日凌晨剛過零點拍到女人，二十五日晚上十點十五分拍水手看書，二十六日凌晨零時十二分拍咖啡機。

副處：不管用什麼相機，照理拍出來不會相差太大。

石：是。

副處：奇怪了，當時沒汽車經過巷子，汽車的大燈說不定照在對面。

石：報告，應該沒有。

副處：女人沒再現？

石：報告長官，我相信等得到。

副處：休息一下，保防官，貴單位請我喝杯茶怎麼樣，烏龍最好，謝啦。

教室朝北是黑板，兩旁各一扇門，東邊靠牆是連隊書箱，西邊靠牆則是由上到下一排報夾，依序掛著《中央日報》、《青年戰士報》、《新生報》、《革命軍月刊》。長形講桌後面坐了三位長官，許雅文副處長、隨他來負責記錄的少尉政戰官、石曦明所屬憲兵指揮部的中校保防官。

休息時間，副處長抓過《青年戰士報》，腳蹺桌面看報，當伙房送早餐來，他才放下腳。石曦明六點下監視哨，七點十分即在教室內說明監視日誌內兩次關於女人的記載。伙房傅中士領著一名充員兵送來早餐，豆漿、饅頭、醬菜。

「哎喲，麻煩傅班長親自送來。」

「副處長大駕光臨，我能不自己送來，到時不被你罵死。」

「哈哈，傅叔叔，我爸成天盼你給他送去饅頭，誰敢罵你。」

「準備了，等下你帶回去。」

「因為有你，看來我得天天向憲兵指揮部報到。」

早餐比平日豐富，還炒了蛋，副處長將炒蛋和油條夾進饅頭一大口咬下。

「傅叔叔，油條剛炸的？你夠意思。脆又油。」

「新油炸的，怕你挑嘴嫌油耗味重。」

「哪敢挑嘴，傅叔叔別拐彎罵我。」

「拐兩，你不吃？」傅中士用濃濃四川鄉音的國語罵。

「吃。」石曦明以四川話回。

部隊裡很少人叫他的名字，大多直接稱呼連隊用的代號，拐兩，他在連裡排名第七十二。受完訓，調至憲兵指揮部待了一年多，輔導長原來要他受另外三個月士官班訓練，之後晉升下士，說不定能在退伍前升到中士，可是得簽志願留營合約，增加兩年服役期，領職業軍人待遇，若服役滿十年，還有終身俸。他對輔導長說，計畫退伍後重考大學，再當兩年兵太長了。

「聽講你不願意簽志願留營？」副處長喝著豆漿問。

石曦明不敢回答。

「重考大學？你十六歲入黨，父親是拿過虎賁勳章的退役陸軍士官長，背景不錯。這樣，我對你輔導長說，給你溫書假，送你去考政戰學校，不然陸軍官校，同樣教育部承認的大學學歷。」

石曦明依然沒回答，他埋頭吃早餐。最愛醬菜裡的辣蘿蔔乾，和炒蛋一起夾進饅頭。他每天早餐兩個饅頭，另一個抹果醬或者蘸砂糖，這天傅中士不但送來整瓶自己熬煮的草莓果醬，也將糖罐子重重撴在石曦明面前。

八月二十一日奉命向劉班長報到，分配新的工作，劉班長率一組五人盯牢代號「水手」的目標物，每天至水手住處對面的公寓，連續八小時的監視。

憲兵對任何交付的任務沒有興奮、沒有抱怨，調查組至少比在總統府外站崗好多了，特別冬天，站總統府的憲兵講究體面，只有短夾克沒有禦寒野戰外套，執勤前軍服內襯至少兩天份報紙，老鳥由經驗累積出的學問：舊報紙除了包燒餅油條，更能擋風。

劉班長本省人，話不多，派拐兩、么洞四與洞五的國強分三班監視水手，早班六點至下午兩點，中班由下午兩點到十點，接著是晚班，石曦明資歷最淺，當然執最苦的晚班勤務。

監視哨的公寓位置好，水手家正對面，一樣的二樓。室內未裝潢，屋頂吊一盞不知多久未擦抹的日光燈管。餐廳與客廳連在一起，空得講話傳出回音。後面的臥室當作長官視察臨時辦公室，外面空蕩蕩，家具只一張四方桌、四把摺疊椅、一張高的圓板凳、兩床軍毯。所有執勤時需要的用品都擺在桌上，熱水瓶、電鍋、茶葉罐、茶杯。最重要的工作日誌則於一角穿洞繫了繩子掛在窗邊的釘子上。按照輔導長指示，每半小時寫一次日誌，格式為時間、天氣、對方行為、周圍狀況，每天由劉班長和輔導長閱畢簽名再呈保防官。若發現不尋常狀況則轉呈警備總部，這次因為日誌上寫了女人，警總的副處長來了。

三名監視人員每天寫同樣一行字的日誌：「寂靜，無狀況」與水手離家、返家時間，偶爾記錄鄰居活動情況。晚班最好寫，水手的生活正常，十一點前上床睡覺，沒有夜間行為。這是條小巷子，住的多為準時上下班的民眾，電視夜間新聞結尾的氣象預報等於催觀眾上床就寢，能寫的不外乎每半小時同樣的監視報告。

石曦明嫌日誌乏味，有虧職守，偶爾隨興寫下自己感覺，「今晚月色皎潔」、「洞兩三五落雨，小雨」、「監視哨三樓王太太今天去了南門市場買蔡萬興粽子」或「對面傳出播放唱片的鋼琴聲音」。

保防官批示：「盡量詳細的寫。」

寫了月色，寫了星光，寫了女人的事。

執勤時他們必須坐在棕色窗簾遮掩下窗後的高板凳，彎點腰再伸長脖子恰好貼近觀景窗，相機架於三腳架，鏡頭穿過窗簾一角對準水手家窗戶，傍晚時陽光斜射使玻璃反光，但晚上不會。

離開營區前解決大號，一進入監視哨，上廁所不得超過兩分鐘，查到不在崗位、打瞌睡，擅離職守送軍法，當兵當不完。

夜晚的窗戶透得像沒有玻璃，有時能看到對面房間最裡面的廚台。水手睡覺前關掉所有的燈，僅留沙發旁大約四十燭光立燈，光源有限，照到的地方也僅沙發一側與半張小圓几。

平日晚上八點以後，水手大多坐在桌子前讀書或改報告。那張方桌很大，不是飯桌，用鐵道的枕木拼成，桌面應該刨過，看上去平整，如果請客吃飯，一邊能坐兩人。水手很少在家吃飯，桌子用來工作，堆滿書籍、雜誌。工作時總放唱片，古典音樂為主，大部分是鋼琴獨奏。

水手的休閒活動是練書法，比書本還大的硯台與筆架掛的五枝毛筆，他每隔幾天寫一回字，寫在報紙上。據說練的是柳公權字體，秀氣。每張寫過的報紙被收進監視哨，應該說凡是水手屋內的紙類垃圾都在他們這裡。水手請了位五十多歲歐巴桑每周二與周五打掃房子，歐巴桑有他房子鑰匙，中午前打掃完，離去時順手將垃圾扔進巷口木條釘成的垃圾箱，由水手小組成員撿回作為證物送至單位。

監視哨桌上擺了一具黑色沒有號碼盤、沒人在意的電話機，用來轉接水手家電話，傳至營區的監聽總機。值勤者若遇突發狀況也能用它向總機報告。

話機從未響過，從沒人拿起話筒對總機說過話，長官也不用這個電話下達指示。倒是水手家電話響起，監視哨的分機同時亮起紅燈，這時執勤者必須馬上貼近觀景窗拍下水手接電話的表情。保防官說表情常洩露講話者的情緒。

水手不太有情緒，聽音樂閉眼，講電話蹺腳。他本名黃偉柏，在美國念完碩士回台北的大學教西洋文學，桌上和書架大部分是英文書，小組成員沒人搞得清那些是什麼書，么洞四向保防官報告：

「我們要是英文好就不會來當兵了。」

早班與中班的光線好，每天必須拍水手的書架，定期比較哪幾本不見了，又新增哪幾本，有沒有簡體字的。上級另派人調查不見的書去了哪裡，新增的是哪裡來的。

守了三十五天，終於對焦只穿男人襯衫的女人，按下快門，連續三次，但石曦明卻拍下模糊得只剩一團光的畫面。

老人與海

小說一開始是這麼寫的：

他是個駕小船在灣流中獨自捕魚的老人，而他已經八十四天沒捕到任何一條魚了。

八十四天沒捕到魚的老人仍如往常繼續駕著他的小船下海，今天他能捕到魚嗎？石曦明覺得像老人，每天守在相機前，沒有目的守著，他等待炮彈炸中對面二樓呢，還是外太空飛碟以照瞎目擊者眼睛的強烈光束包圍住水手？八十四天沒捕到魚，每天仍得出海，老人期待魚，他則有目標了，期待拍到半夜出現的女人。

若重新回想人生，石曦明的改變應始於《老人與海》，不過《遠東實用英漢辭典》幫助他考上大學。第一個星期背完A，背的方式是：azimuthal，方位的。Acacia，刺槐。他猜得出「方位的」是什麼意思，但「刺槐」呢？不管懂不懂，他全背起來。

Abandon，放棄、遺棄、放縱、狂放。

放棄和放縱差很多，輔導長檢查私人用品，石曦明的《遠東實用英漢辭典》正好停在abandon那頁，他問：

「輔仔，你大學畢業，這個英文單字到底放棄我還是放縱我？」

輔仔兩眼從鏡框上緣射來。

「我物理系的，去問一連林排，他英文系。」

輔仔事先接受副處長與保防官短暫詢問，他認為石曦明聰明，做事態度在義務役裡算七十分，近期突然用功，背英文單字、看參考書，顯然決心重考大學。石曦明也看小說，輔仔稱之為很嚴肅的文學小說。

副處：水手念書，你也跟著念？看起來水手做了件好事。

石：我明年三月退伍，七月聯考，要趕快念書了。

副處：重考大學？打算考哪一組？

石：上次考甲組，數學成績還好，其他的差太多，這次想考乙組。

副處：理工好找事，乙組出來找不到工作。水手都看什麼書？

石：大部分英文的，小說、詩，還看外國雜誌。

副處：哪些？

石：Time、Newsweek、Sports Illustrated。

副處：你呢？

石：參考書和字典，最近也看海明威。

副處：覺得海明威的小說怎麼樣？

石：好看，可是看不太懂。

副處：看不太懂怎麼會好看？

石：裡面人物講的話很有個性。

副處：少看閒書。

部隊鼓勵充員兵讀書上進，營區十點半熄燈，對用手電筒讀書的不處罰、不攔阻，善意的當作沒看見。

保防官教導監視哨人員使用檯燈時燈罩要以厚布蒙住，避免光線外瀉。監視哨是尋常民家，整夜亮燈太引人注意，容易被受監視者發現。檯燈擱在地面，窗簾拉密，遮住燈罩。

彎腰看地面的書很累。

八月二十八日水手開始不對勁，和書有關，早班拍到他看《容齋隨筆》的畫面，新出現的書。保防官背著手在屋內踱步說，南宋洪邁寫的雜記，歷史、人物、兵法、詩詞，無系統可言，無非知識分子閒來胡寫一通自娛。單位裡經過相片一張張比對無聊的《容齋隨筆》，水手屋內一下子冒出三本，一般人不會沒事買三本一樣的書，保防官口氣平靜的說，《容齋隨筆》是毛澤東最愛的書。

大家恍然大悟，原來毛澤東愛這本書。

保防官仔細研究過，《容齋隨筆》沒什麼階級意識之類的共黨言論，水手為什麼突然買三本？不拿到水手的書無法一探究竟。

誰會買三本同樣的書？好看到送朋友？水手沒朋友，至少石曦明沒見過朋友拜訪水手。為什麼讀那麼多書卻沒有朋友？

保防官督導，劉班長領隊，趁水手上課時間，潛入他家抽查《容齋隨筆》，單位買好同樣的三本，抽換水手的三本，由專門人員檢視內容。

書內未發現眉批、畫紅線、點標點符號的紅點，嶄新的書，其中一本八十九頁和九十一頁裝訂時未切割完全，仍黏在一起。

執行過程簡單，挑中午時間，鄰居午睡或上班，石曦明打前鋒，拿備份鑰匙開大門，輕聲登上二樓再開水手住處木門，劉班長跟著進去，和石曦明各舉相機對室內拍照片，各個角落、裡面的房間與廁所、浴室、書架後面、床底，除了換出水手的《容齋隨筆》外，不准動其他物品。

副處：你拍的照片？海明威的《老人與海》，擱在哪裡？

石：床頭。

副處：擺在床頭代表他睡前看，你對他看《老人與海》好奇？

石：是。

副處：還有呢？

石：沒特別注意，不過都拍回來了。

副處：他的臥室怎麼樣？

石：一張單人床，床頭掛了畫。

副處：這張中南部農家曬穀場的畫？

石：是。

副處：曬穀場曬了收割下來的米，這邊掛了衣服。曬衣繩上還有什麼？

石：鹹魚吧。

副處：找到女人的用品、衣服、化妝品什麼的？

石：沒有。不過我聞到他屋裡有股味道。

副處：沒關係，說，說錯了頂多挨罵，不槍斃。

石：我聞到比明星花露水淡，比肥皂濃的味道。

副處：香水味？體味？男人的，女人的？

石：應該是香水味，分不出男人的還是女人的。

副處：小石，看樣子我遲早得槍斃你，聞到香水味的是你，你卻給不出答案是誰的，一個可能，你窮極無聊到謊報，另一個可能是找不到香水女人藏身地方，怠忽職守。

石：報告長官，絕不是我瞎掰，真的聞到。

副處：會不會八月三十一日你們潛入水手住處聞到香水味，你疑神疑鬼懷疑屋內有女人，九月十一日見到人影，下意識認為是女人？

石：不一樣，九月十一日我真的看到女人，早忘記八月三十一日聞到香水味。

副處：好吧，這麼問你，聽說你也看完《老人與海》，看出什麼苗頭？老人把魚宰了做殺西米？

因為進去過一次，石曦明對水手屋內堆得到處都是的書感到好奇，水手到底為什麼迷在書裡面？拍回來的照片貼滿監視哨牆壁，石曦明覺得《老人與海》熟悉，但想不起什麼時候看過。他沒讀過這本小說，他看的是電影，史賓塞．屈賽演老漁夫，高二時他和同學翹課去敦化北路青年康樂中心看的，一張票看連續放三部舊片，幸好《老人與海》是第二部，多少還留下印象，第三部片子他睡掉了。

休假日他到重慶南路買了一本，看完第一頁便停不住，那晚他有兩個小時忘記監視對面房內的動靜，忘記日誌，忘記參考書，連那個女人，他也忘得光光。第二天接班的國強開門進來時他想起日誌，趕緊補寫。補日誌花不了十分鐘，每半小時重覆的寫：無動靜、無狀況。

八點二十分水手提公事包出門，他的課表也貼在監視哨內，第一堂課上午十點，連續兩堂到十二點，中午休息時間很長，三點到五點再有另一堂課。於學校食堂吃完晚飯回家，大約已過七點了。周五沒課，水手仍待在學校，另一批人員負責他在校內的活動，也寫日誌交給保防官，不過石曦明沒看過。

老人抓到魚卻迷失方向，找不到陸地，好多天後他帶著被其他魚啃得只剩骨架子的馬林魚回到港口，老人很累很累。

馬林魚長什麼樣，很大嗎？和鯊魚類似？

石曦明回營房未如以往馬上睡覺，抱著書看完時剛好吃中飯。可能受小說裡老人的影響，出奇的餓，吃了三碗飯，這才鑽進棉被悶頭大睡。

就是這天起，每晚鏡頭飢餓的尋找水手書桌與書架，他接連看了好幾本水手有的書，像是《人鼠之間》、《白鯨記》、《盧布林的魔術師》。前一晚水手花了很多時間翻桌上的厚本書，鏡頭內，書名是《遠東實用英漢辭典》。高中三年沒好好念英文，石曦明用了有限軍餉買了昂貴的厚字典，從A開始背起。他不會讀書卻很會背書。再跟著水手，他看起翻譯小說，一開始閱讀較困難，特別是人名，外國人的名字太長。

記憶好可能和天賦有關，後天的訓練幫助也大。別的小孩讀三字經、千字文時，石曦明在父親石重生督促下讀《曾文正公家訓》，每天背一則，背不好沒飯吃，背錯一字打手心一下。石曦明痛恨家裡的掃帚，石重生倒持掃帚以竹桿打手心，打到竹桿裂得一段段、一絲絲。

九歲那年他丟掉家裡新買的掃帚，石重生握著炒菜的鍋鏟把兒子追出家門。十歲那年他丟掉廚房裡的鍋鏟、擀麵棍，石重生舉起他乘涼用的藤椅把兒子追出村子。十三歲的夏天，石重生抓起他搔背的不求人對兒子吼：你過來！石曦明沒過去，沒跑，他抓起菜刀對父親說：

「你再打我試試看。」

那天是他第一次見到父親猶豫，大約手臂長竹製的不求人停在半空。他以全村子都聽得到的聲音對父親喊：

「不准再打我，要是你敢打，看我剁不剁你。」

妹妹放學回家哭著搶走他的菜刀。

很久很久他與石重生間沒有對話，由妹妹傳話：哥，吃飯了。她紅著眼遞來錢：爸給你的學費。

聽見石重生從屋內傳出聲音：

「忤逆不孝，今天不打你，長大走上邪路，壞我石家的清譽。」

「不稀罕姓你們家的石。」他對妹妹說。

日後石曦明的噩夢大多與背書有關，父親綳緊臉孔念一句，他跟著覆誦，突然父親轉過臉問：從頭默背一次。他想不起來第一句了。

父親說石家是書香門第，老家河南，祖父輩移居四川，一門三名進士，舉人與秀才無數。他打兒子是指望石家再出第四名進士？

村子裡聽慣石曦明的嘶嚎，沈太太看不下去，說了幾次，石重生最後扳起臉問沈太太：

「他我兒子，還是你兒子？石家的事不用外人操心。」

沈太太再沒踏進石家一步，經過也離得遠遠。石曦明連挨打也孤獨無助。妹在她床上哭，眼淚沒用處，眼淚不會讓打人的人心軟，眼淚使打人的人得意，打得更用力。

「背不完，晚上跪在祖宗牌位前面給我背到今生今世不忘記。」

所以石曦明背英文字典並非難事，退伍後進補習班，發現背英文單字的中文意思不夠用，他再反過來背，也就是背完英漢，轉而背漢英，以為搞懂意思，翌年七月的聯考，他英文考了六十三分，原來反過來背仍然不能全懂，卻比三年前考的那次，足足多出六十分。

悄悄跟著水手讀書，兩星期後石曦明一天能讀完一本小說，讀到不能去重慶南路買書，改去牯嶺街舊書攤，便宜多了。

部隊經常抽檢士兵個人物品，輔導長見到書對石曦明影響極大：

「拐兩，茅盾和巴金的在部隊裡算禁書，去書店、圖書館看，省錢也免得惹事上身。機靈點，我下個月就退伍，不能再罩你。」

休假日他便窩進書店，不僅看書，他根本背書，每一本都深深記在腦中，直到多年後他隨時能從大腦找出適當的詞句填進考卷和論文。

打斷他讀書的不是新來的輔導長，是水手家裡意外多了很多人，他的工作變得忙碌。九月二十四日，前一班有事，拜託他提早兩小時去接班，八點，石曦明準時抵達，對面公寓二樓燈火通明，十幾名看來像大學生的年輕男女與水手喝酒，吵鬧聲傳到巷口。

水手生日，學生買了蛋糕和啤酒辦生日派對，雖然前一班的國強已拍下參與者的照片，石曦明仍得拍一次，說不定有新人加入。

大學生原來過的是那種日子，喝著啤酒居然有人拿出筆記本念起詩。窗戶開著，聲音傳來，他記下其中一句：

「你是四月裡的柳絮，假扮年底的初雪。」

學生狂放的笑聲蓋掉了後面的句子。

台灣不下雪，他們笑的是這個嗎？

那天起水手公寓常有學生進出，還多了台機器，這使監視工作突然受到上級重視，指揮部的中校與警總長官來巡視了兩次。

根據相機拍到的，那是手動滾輪式印刷機，學生聚在水手家大書桌熬夜以鋼頭尖筆在蠟紙寫字，再將蠟紙用上了油墨的滾輪印到紙張。高中時期學校有兩台，石曦明操作過，他的字寫得不錯，被國文老師看中幫忙寫蠟紙，大家稱呼「刻鋼版」，印出對付模擬考的補充教材。蠟紙有個問題，印了十幾張後易模糊，得再抄寫一張新的。刻鋼版使石曦明逃掉了放學的降旗典禮，附帶好處是刻完便記住內容，可惜那年他考甲組，國文救不了破到夔的物理、化學和英文。

水手與他學生印的是詩，沒有格律的現代詩，保防官不屑的說把散文分段，無病呻吟，稱不上詩。

印出來的紙張裁切後打上釘書針出版，當天十多名學生聚在對面喝酒唱歌念詩，一人分到十本，後來得知每人分配在校園內銷售九本，聽說當天賣光。原來除了買講義，真有人買詩集。

雜誌封面印著：「落葉　秋季號」。

他們不需去買或偷，刻完的蠟紙也扔進垃圾箱，撿回來送至單位如樣印出，經過幾位長官審查，初步認定是學生詩刊，無參考價值。保防官不信事情如此簡單，交下新任務，找出《容齋隨筆》與《落葉》是否藏了密碼。

副處：查出來沒有？

石：沒有。

副處：受過密碼訓練？應該學。還決定考文學校？你資質不錯，你家老太爺對你期望高，再考慮考慮，經理學校和國防醫學院比什麼爛文學校的出路廣。常去水手家的四個女學生，說說你的印象。

石：編號二的女生和編號五的男生是一對，編號一的個性強，會和水手爭辯，編號三的搶著做家事，盤子、杯子都她洗。編號四不喜歡說話，詩集裡她的詩最多，筆名楊柳。

副處：看照片，楊柳長得不錯，和水手沒什麼私下的單獨來往？

石：沒看過。

副處：編號三的想當家庭主婦？對水手有意思？

石：不知道。

副處：你他媽的監視什麼？八個小時盯著相機，水手和女學生摟摟抱抱親個嘴的總有吧。

石：沒有。

副處：這幾個女生和你說的女人比呢？

石：不一樣，我看到的女人年紀應該比她們大。

副處：多大。

石：我猜三十出頭了。

副處：像編號一的鵝蛋臉？

石：真的不知道。

副處：小石，你這樣不行，大家說你記性好，為什麼不記得女人長相？你爸還是國軍英雄。

石：和我爸無關。

入伍以後似乎一切都和父親的面子有關，他士官長退伍、打過抗戰、打過古寧頭，拿過表揚狀和勳章。英雄的父親成為他的護身符，入伍服役前三個月新兵訓練，他摸了一個月的魚，不知誰說：這是石重生的兒子。從此調他進營部擔任文書。分發至憲兵指揮部，人事官看他的資料驚訝的問：你父親是石重生？當他奉命到調查組報到，保防官拉開椅子讓他坐下：

「坐，你爸是我們四川鄉親，我特別挑你，站總統府的崗不是人幹的，跟我日子好過點。」

同時所有長官對他的期許變得也很「父親」，認定他應該留營、應該考軍校。當兵是他推不掉的祖傳事業，黨國將厚厚栽培他。

黨國此刻要他記起女人的長相，長髮或短髮，身高一五五或一六二。

女人的確有張鵝蛋臉，濃濃的劍眉，伊麗莎白．泰勒的眉毛，當她推開窗，兩手按在窗台仰起臉孔，他聯想到等待、無聊，還有空洞。

從她和窗戶的比較，比水手矮一點，資料上水手身高一七六，那麼女人應該一六五至一六七。黑暗中她踮腳走路，星光照射下，看到兩條修長裸腿往上拉出肌肉線條。

不是編號一或編號三，女人有其特殊體態，和女學生不同，她散發出成熟得令人躁熱的光芒，石曦明一時忘記按快門也忘記眨眼。

水手待學生如同年紀的賓客，先去右邊書架前倒水進矮櫃上的咖啡壺，那台機器很大，按下開關後大約二十分鐘，咖啡香味能穿過窗縫飄過小巷，飄到對面。他習慣將咖啡杯送進每人手裡才坐下來說話。

沖咖啡的同時，他輕輕提起唱針臂放至唱片軌紋播出音樂，鋼琴聲乃混入咖啡香味。即使隔著小巷子，石曦明能分享那分從容的舒適感，在他過去的人生裡，不曾有過。

女人之外，水手家的機器也迷人。水手沒有電視機、電冰箱，卻有一台台不是一般人家用的機器，不同的機器組合出水手的日常。當他啟動咖啡機，代表出發與休息；當他提起唱針臂，代表舒適；當他打開短波收音機拉長天線，代表他將與世界溝通。

為此石曦明休假時去西門町喝了人生第一杯咖啡，模仿隔壁的中年人，加了一勺奶精與兩顆方糖。感覺不強烈，不就一杯摻了糖的甜水？難道咖啡得在和朋友聊天時才顯得出優雅的口感。

究竟對機器的欲望還是對女人的好奇，衝動一天比一天強烈，石曦明冒著當兵當不完的險，替國強代四個小時的班，上午八點半跟蹤水手離家，看著他搭上交通車，八點五十五分石曦明潛進水手住處，終於面對那些機器，其中一台是盤式錄音機，聽說晚上睡覺時開著用潛意識學英文，效果比平常好。扳動開關，傳出水手聲音，石曦明沒往下聽，他不知怎麼倒帶，擔心被水手發現。桌底下藏著短波收音機，美國產品，雖未列為違禁品，仍敏感，有些人聽對岸廣播，抓到當匪諜送法辦。

最動人的莫過於咖啡機，不敢輕易動任何按鍵，晶亮的外殼令人敬畏，但唱機電源燈亮著，他將唱針放進唱片軌道並調低音量，捧著空杯子坐進窗前水手常坐的扶手椅，身後與身前都是書，他閉上眼睛似乎聞得到咖啡香味。

不一樣，喝咖啡得有音樂和書，他懂了。

他翻了書架裡很多本英文書，試著用所知的單字了解內容。不行，他記憶的單字不足以看懂冗長的句子。

那天他帶走一本夾在許多書裡的不起眼英文書，和書薄有關，和他認得書名的英文單字有關。小心放回唱針，小心關了門。

沒看懂那本名為《犀牛》的小書，他卻一直帶著，不擔心輔仔檢查，相信輔仔更看不懂。《犀牛》陪了他很多年，最後一次，他坐在面海的躺椅內，沖了咖啡，放了音樂，花兩個小時看完，記得每句對白，收進書架不再翻閱。對人生某個階段的告別吧。

他的心情沒寫在日誌裡，沒寫唱片、咖啡機和《犀牛》。

九月二十四日他值勤時看的正是《犀牛》，終於查明白每個單字，卻完全不懂書裡講什麼，這令他很沮喪，看樣子大學對他而言，比預期遙遠。當他抬起頭從窗簾縫望向對面，意外的又看到那個女人，比十一日清楚，她走出黑暗推開面對小巷子的木框窗戶，往夜空吐了口煙。

過午夜十二點，九月二十五日洞洞么兩，這次他機警的調整焦距，Nikon F相機一三五鏡頭中央是個小圓圈，調到小圓圈內分散的目標重疊為一個，腰部以上的女人佔滿觀景窗，看見隨呼吸起伏的胸部，石曦明沉著按下快門。

女人，午夜，在水手客廳。

卡擦。

花瓶和花

副處：九月十一日和九月二十五日，兩次同一個女人？

石：報告長官，九月十一日凌晨沒來得及拍照，寫在日誌裡了，保防官要我提高警覺，不准再錯過。九月二十五凌晨再見到女人，拍到了。

副處：照片一團光，確定同一個女人？

石：是，穿同一件深藍色襯衫，像男人的，尖領的那種，天冷怕凍到脖子豎起衣領，可是那天一點也不冷，所以記憶深刻。

副處：好吧，說說看你覺得那個女人和水手是什麼關係？畢竟深更半夜出現在他家裡，不尋常。

石：好像她對水手的家很熟。

副處：說具體點。

石：好像她常去，很自在的樣子。

副處：有點風塵味呢，還是清純味？

石：都沒有，像從電影裡走出來的。

副處：拐兩，迷電影啊？

石：報告長官，對不起。

副處：這樣說吧，你覺得女人剛從床上起來嗎？

石：像，她只穿一件襯衫。

副處：下面沒穿？

石：是，可是襯衫長到她大腿中間，看不見她穿了內褲沒。

副處：我們是情治人員，說話要具體，你一下子好像，一下子看不見，我快沒耐心了。直接跳到九月二十九日，這幾張照片又怎麼回事？

石：報告長官，我在九月二十九日第三次見到女人，保防官看到照片——

副處：這幾張照片，算照片嗎？

石：是。保防官問過我，陳上士也檢查過相機和底片——

副處：九月二十九日，也是凌晨？你從頭說到尾，一點不准遺漏。

石：是。

九月二十八日上午六點下崗哨，石曦明回單位梳洗後即休假，他入伍後從未回過家，一個月約妹妹一次，一成不變在火車站對面的冰果店喝檸檬汁再走去西門町看電影，分手時塞點零用錢給她。石重生一向認為已經提供三餐，孩子不需要零用錢。石重生認為給零用錢會教壞孩子，他辛苦賺來的錢不該浪費在兒女身上；石重生認為他養兒女純粹是慈善事業，把你們送孤兒院是他威脅孩子的口頭禪。

他趁石重生醉倒後，小心爬上妹妹的床，抱著她說孤兒院不是石重生形容的地獄。

「孤兒院的老師不打小朋友，下午三點還有點心吃。」

他哪知道孤兒院長什麼樣，可能他把孤兒院和幼稚園搞混了。他和妹妹都沒進過幼稚園，石重生不花他認定不必要的錢。

石翠明，小他兩歲，念離家不遠的十信商專，每次她總抱怨石曦明不回家，害她一個人面對心中只有兒子的父親。回家像進監牢，父親說話可怕，不說話更可怕。石曦明安慰她，還有一年就畢業，忍著點，畢業後找到工作搬出去，離北投愈遠愈好。妹妹沒有回答，她咬著吸管，咬得盡是牙痕。

十三歲的石曦明曾對妹妹說出他的憧憬，一間陽光灑得到每個角落的二樓公寓，窗外剛好是路樹，風吹過去會發出蟬鳴與鳥的叫聲。兄妹分別住在左右房間，中間是廚房。早餐時他們碰面，晚餐時碰面，看顧彼此，這是母親臨行前的交代。

他把自己切成兩部分，軍隊裡操練、監視，已等同沒有知覺的重覆動作，另一部分就是與妹妹見面，不想聽石重生的事，愛聽妹妹在學校和她朋友的事，那才是真的人生，兩部分的中間分隔線暫時是電影，日後將是廚房。

「他還好吧？」

「就那樣子，每天喝酒，喝完罵你。」

「以前他罵媽。」

「你取代了媽。」

「這樣說來，對媽，我算孝子了。」

「還在找媽？」

「打聽，沒結果。姓何的對不對，還在追你？」

「又記錯，姓張。」

「姓張？人怎麼樣？他曉得妳哥是憲兵嗎？」

「神經。前兩天他找到我們家，被爸罵出去。他是第一個來我們家的男生，以後沒再找我。」

「還年輕，妳長得又漂亮，不愁沒男生追你。」

「你呢？」

照例，每次翠明都會問他退伍以後呢？

「考大學。」

「不回家向爸要學費？」

「自己想辦法。我不是乞丐。」

「以後也不回家？」

「不回。」

「我怎麼辦？」

照例，話題到這裡就停住，像關上門鎖了三道鎖，停住、鎖住、關住，從此消失。

從西門町走到台北車站，送妹妹上公車後，他沿重慶南路轉博愛路回單位，星期六寢室內空無一人，他喜歡安靜，可以自在的沖杯即溶咖啡看看書，但九月二十五日之後，他連休假日也到監視哨。必須證明真有個女人。睡到十點，進營部伙房討了兩個飯盒，他去陪四勾。

四勾代他的班，愛喝公園後門的冰紅茶，買了兩杯帶去。四勾話不多，成天沒睡醒的模樣，講話用拖的，行動用挪的。他說既然你來，我回去了。說說而已，沒人敢擅離崗位，保防官三申五令，擅離崗位者立即送軍法，絕不寬貸。

叫四勾先去睡兩小時，反正他一時睡不著，不如幫忙盯著對面。

日誌裡中班的洞么四寫明十一名學生於下午六點到水手家，四勾接著寫，學生鬧到十點十一分，當水手收拾完桌子，扔垃圾與啤酒瓶至巷口已十點三十五分，獨自坐在窗前聽唱片，喝白蘭地，十點五十七分關掉所有機器，僅留沙發旁的立燈，伸著懶腰進臥室。

有預感似的，石曦明右眼一直沒離開相機的觀景窗，洞洞四么，他的眼球幾乎穿透一三五鏡頭，看見人影，馬上按住快門，右手掌冒出汗水，食指黏在冰涼的機身上。

不是一個人影，兩個，水手和那個女人，他們摟著彼此，踏著輕緩的步子，他們跳舞，無聲的跳。也許不能稱為跳舞，兩人摟得緊緊左右搖擺，立燈微弱的光線被晃得散成閃爍的黃色影子。

不再猶豫，石曦明按下快門，熟練的上片再按下快門，他連拍五張，想起癱在椅子裡的四勾，他踹椅腳：四勾，快起來，有狀況。

四勾動作太慢，不情願的揉著眼睛貼近相機。他嘟囔：拜託，才剛睡著。

水手和女人不見了。

副處：為什麼日誌沒寫水手和她跳舞？

石：保防官交代寫重點，叫我不要把日誌當抒情文寫。

副處：監視對象的一舉一動和他媽的抒不抒情無關。這是你拍的照片？確定二點八光圈、六十分之一秒？

石：是，陳上士沖片，他沖了十六分鐘，增感到一千六。D七六原液，從桶子裡新倒出來了，不是舊的。

副處：他怎麼說？

石：陳上士詢問我拍攝過程，我說了，室內一盞四十燭光罩在黃色燈罩裡的立燈，六十分之一秒，窗戶開著，用腳架，沒有玻璃的阻隔。

副處：怎麼還拍成這樣？你說一個男人和一個女人摟在一起跳舞，立燈掛淺黃色燈罩？他們在燈前還是燈後？

石：報告，有時候前，有時候後，他們跳舞，一直移動。

副處：確定是水手和你說的女人？

石：確定。

副處：穿什麼衣服？

石：水手穿籃球背心和白色拖到地板的運動褲，女的還是同一件深藍襯衫，豎起衣領，襯衫太大，她捲起袖管，捲了很多摺，擠在大臂變成一大坨，像白雪公主膨膨的衣袖。沒穿裙子或長褲，裸著兩腿。

副處：怎麼跳，華爾滋還是土風舞？我他媽的意思是他們摟著跳、牽手跳、胸貼胸跳、脖子扭脖子跳？

石：報告長官，沒看過華爾滋，女人兩手掛在水手脖子後，全身貼著水手那樣跳。

副處長：臉對臉，臉貼臉，鼻子碰鼻子？打啵了沒，水手的手放在她哪裡，屁股、腰、奶子？好好說清楚。

石：沒看到他們打啵，女人的頭靠在水手左肩，臉朝右，向監視哨的方向。

那一瞬間石曦明的心揪了一下，因為女人的眼神穿過窗戶、穿過巷子、穿過鏡頭、穿過相機機身的和他在觀景窗裡撞個正著。女人眼神中透露什麼訊息？你是誰？為什麼深夜拍我們？石曦明覺得背心不由自主的抽搐。

她的眼神說：我知道你在監視我們。

副處：他們跳舞？確定？

石：應該。

副處：為什麼又拍毀了？

石：不，沒毀，長官請仔細看，陳上士說增感後顆粒粗，可是你看水手摟著黑暗中的女人身體。

片子沖洗出來，保防官和陳上士持不同看法，保防官認為相機有問題，三角形狀的光從左邊射入，使影像曝光過度而模糊不清，難道相機漏光？陳上士檢查了相機，沒問題，他判斷現場某盞燈突然亮了，影響了測光，形成曝光過度而影像不清。

習。

石：長官，你看左邊是女人的身體線條，她很白，加上跳舞移動，有點不清楚，還是看得出來。

副處：我他媽什麼也看不出來。小石，做為革命軍人，不怕任務失敗，怕養成替失敗找藉口的惡習。

石：右半邊是水手，你看，很清楚。

副處：我要的是陪他跳舞的女人，不是他。水手往常半夜起來尿尿還是失眠，他夢遊過嗎？

石：我沒見過水手半夜起床，他都一覺睡到早上。可是晚上他和學生合計喝了一打啤酒，說不定起床上廁所，報告長官，廁所在房子後面，除非上完廁所他到廚房喝水，不然他上完廁所從後門進屋，直接進臥室，不用到客廳。

副處：一打啤酒，他一個人喝了多少？

石：四瓶。

副處：假設他醉了，可以解釋照片裡的人影站得不挺，扭著身體跳舞，要不然還沒清醒的腳步踉蹌。

石：不是腳步踉蹌，他跳舞。

副處：拐丙，很重要，我再問你一次，真看到女人？你沒女朋友對不對，不是你娘的輸精管堵塞引發的幻象？

石：不是。

副處：小石，不是掰的吧，怎麼，怕不受長官重視，想出這個女人的故事？被女朋友甩了，給自己找些想像平衡心情？

石：不，長官再看這裡，相片洗出來我也覺得怪，不可能這半邊曝光過度。等等，你看我十二點以前拍的照片，依照規定，我們交班時，新接班的得馬上拍第一張照片。這是四勾二十八日晚上十點交班拍下照片……找到，十點零三分拍的，左邊高腳小桌上面沒有花瓶和花，最後一張二十九日凌晨我拍的，小桌子上面多了花瓶和花。

副處：怎麼回事？

石：四勾代班，和我用同一台相機，Nikon F。我們分別拍的相片的確從同一捲底片沖洗出來，陳上士可以作證，這捲今天四勾向上士拿的，二十四張底片，絕沒有昨天拍的，沒有前天拍的。

副處：好吧，你堅持拍到女人，那麼二十九日當天下午保防官帶你們進水手家找到了什麼？

上午保防官見到沖洗出來的照片，聽完石曦明說明，向上級提出要求，認為必須冒一次險。下午三點率領全組人展開行動。保防官接到學校裡監視人員電話，水手步進學校的教室，不可能中途折回家。由石曦明帶頭開門，一共四人進入，三部相機，將二十七坪大小的空間一寸不放過的拍。四人八隻眼睛證實桌上沒有花瓶和花。

桌面五瓣梅花的形狀，直徑五十公分，估計近百年歷史，深棕色的漆已泛白，中央鋪塊針織墊子。沒有花瓶和花。

這種小桌子一般裝飾用，上面擺花瓶合理，而且那塊針織墊子不就是擱花瓶免得刮傷桌面用的嗎？

「從他起床到出門，沒碰花瓶？」

「是，沒碰過。」六點起接早班的國強搔頭回答。

找到花瓶，浴室洗臉台上。洗臉台水泥砌的，看來很新，貼了白藍兩種顏色小磁磚，台上的鏡子和置物板也新裝設，與其他人家的不同，置物板不在鏡子下方，在右手邊，大概怕低頭洗臉撞到板子。水手個子高，洗臉台相對的低了點。

板子上一個搪瓷杯，杯內是牙刷、牙膏、刮鬍刀、男人用的玳瑁梳子，還有細頸花瓶，與相機拍到的外形相近，沒有花。

花在浴缸內。也是水泥砌的浴缸，同樣貼了藍白兩色磁磚，放了約三分之一水，冷的，撕下的花瓣漂在水面，枝葉則灑了一地。他們面對浴室，看花瓣的，看葉子的，很久沒人說話。

石曦明與四勾作證，四勾於晚上十點零三分拍的時候，沒有花瓶和花，二十九日剛過午夜石曦明拍的有花瓶和花，國強六點接班拍的沒有花瓶與花，而按國強的說法，七點半鬧鐘響，水手起床到客廳開咖啡機，轉去浴室，再出來吃早飯喝咖啡，沒碰室內其他物品，他坐在桌前喝咖啡時發了一會兒愣，再進屋換衣服，八點五十分出門。水手沒有碰過那張小桌子，而花瓶和花此刻在浴室的板子上與浴缸內。

副處：好吧，冒出個花瓶，再不見個花瓶，最後花瓶在浴室，假設花瓶長了腳。還有呢？

石：報告長官，我聞到上次進水手家搜索聞到的香味，介於香水與香皂之間淡淡、不刺鼻的香，我對保防官說，他也聞到。水手屋內沒有刮鬍水或古龍水，沒有潤絲精或洗髮精，他洗澡洗臉用一塊已洗得扁扁沒氣味的肥皂。

副處：看你們搜集的證物單，小石，說明一下。

石：臥室內一張床，我們在床頭櫃上找到短波收音機，天線拉得很長，保防官按開電源，鎖定的位置不是對岸廣播電台，英語發音，關島電台的。水手聽國外以英語播報的新聞。床腳隔一人走路的寬度是釘死在牆面的衣櫃，裡面共計四件白襯衫與一件深藍色襯衫，深藍色的衣領仍豎著。保防官也在現場叫劉班長檢視衣櫃。劉班長從藍襯衫內撿出一根長頭髮。

副處：很好，小石，你說的女人呢？

石：報告，查無實證。

副處：在你們嚴密監視下，假設你們嚴密，女人沒離開過水手住處，前兩班也沒見過她，就你石曦明一人見過，前一晚見過她和水手跳舞，證實你沒胡扯的是莫名其妙蹦出來又躲進浴室的花瓶和花。我說的沒錯？

石：是。

副處：辦案講求科學證據，你們現在手上有的證據是短波收音機、三十七本外國雜誌、落葉詩刊，連抓人約談的條件也稱不上，沒用處。再談談藏在牆洞裡的東西。

保防官眼尖，他一直不喜歡水手床頭那幅農舍的畫，單身男人掛美女、掛風景都可以理解，掛張筆法粗糙的農舍是什麼意思。

劉班長摘下畫，在所有人焦急期待下，果然畫後有個牆洞，豎著一本閣樓雜誌，擺弄兩個大乳房的洋妞正衝他們微笑。

副處：你的看法？

石：應該問保防官，我們小兵，負責監視而已。

副處：和保防官談過了，聽聽你的意見。

石：他——水手怕別人發現他看色情雜誌，為人師表。

副處：他們留美的怕這個！

石：不認識留美的。

副處：你們的監視早被他發現了，向你們挑戰，故意挖個牆洞弄本光屁股女人雜誌嘲笑你們這群傻屌。操，我看連什麼《容齋隨筆》的鳥書也是他故弄玄虛。這個水手有點個性。小石，你傻不傻？

石：傻？

副處：當然傻，被他玩得全像白痴。唯一我們弄不清的是你說的女人。再說說看。

石：他的女朋友？

石曦明趁區公所下班前趕去查了資料，保防官說水手這個年紀還未婚、沒女朋友，不可思議，如果沒眼花，還連續眼花了三次，那個女人應該住在同一棟公寓內。

「不然就是你扯謊。」

四層雙併公寓一共八戶，扣掉一樓不使用公用大門的兩戶和水手家，剩五戶很好查，去區公所翻戶籍資料，再去派出所查這棟樓有沒有出租的，查流動人口登記，凡是女性，五十歲以下一律列為對象。

未發現可疑對象，三樓確有一戶是老夫婦與單身女兒，石曦明在鏡頭內看過幾次，和他見到的女人差得更多，根據其他兩班監視同事的說法，水手從未和三樓的單身女兒打過照面。

女人藏哪裡去了？

編號七與編號八

副處：休息一下，小石，坐，我們私下聊聊，不列入記錄。想喝什麼？

石：咖啡。

副處：保防官，賞我們兩杯咖啡怎麼樣？不挑剔，即溶的就好。

許雅文鬆開領帶結，兩隻擦得晶亮的皮鞋蹺上桌面。

「小石，你不記得了，我看你長大，論輩分，你得叫我聲叔叔。昨天正好遇到你爸，石士官長，談到你，小石，這麼大的人了，罵不得，打不得，跟你家老頭子鬥氣不肯回家？」

一切發生在十三歲那年，媽跑了，石重生拿著刺刀追出家、追出村子，派出所三名警員和村子裡兩名老兵抱住他。

回到家他質問石重生，媽為什麼要跑？

聽了石重生以各種不堪入耳的字眼罵他妻子，他再問：你是不是又手賤打媽？

輪得到你教訓我？石重生舉起不求人要打兒子，沒想到兒子抓起菜刀說：

「你信不信我會殺你？共產黨沒殺死你，我會。」

「你爸，屌剛長兩根毛就當兵，從北到南，跟孫立人去緬甸打日本人，好不容易抗戰勝利，再打共產黨。小石，他不知道怎麼做丈夫，不知道怎麼做爸爸，一心想你們好，急了弄擰了，別怪他，好歹是你爸。」

石重生在廚房內高舉掃帚打躺在地上的妻子，還對一旁嚇得發抖的子女喊：打給你們看，我們石家沒這種媳婦，丟人。

幾年後，當石曦明進了初中才明白，家裡沒錢修浴室和裝馬桶，母親跟了村裡黃媽媽的一個會，石重生聽鄰居閒話聊及，回到家便打。石重生認為標會的利息重，憑什麼每個月付別人利息，家裡缺過什麼。

石家的人得看石重生臉色決定天晴天陰，母親走的那天，她抱兒子哭著說，我沒辦法再待下去，在家裡被打被罵，出去鄰居笑我。

記得，石重生抓著他妻子已被他剪得不成模樣的頭髮一路拖到村子口，甩在地上用腳踹，他吼：不要臉的女人，就會偷錢。

母親提著小包袱走了，他對石曦明說：不要忘記我，小明，不要忘記你媽。石曦明愣愣看著母親離去，直到母親消失才想到，她為什麼不帶我一起走？

「石士官長是英雄，喝咖啡。」許雅文對石曦明舉舉杯子，「他一心全在你身上。小石，你以為他不後悔，記得他什麼時候開始喝酒？你媽走的那天，誰勸也不聽。」

石重生的喝酒和母親離去無關。石曦明撇撇嘴，不過沒反駁。

「他後悔，可是不知道怎麼辦，到處託人打聽你媽下落，我能體會他的苦。你看他這麼多年還是老黃埔內衣褲，都穿成洞洞裝，我送他新的，他說不是買不起，能穿的捨不得丟。正直的老軍人。」

石重生掌握家裡每一毛錢，每天給妻子菜錢，不曉得外面菜價漲成什麼樣。媽出去幫人洗衣服補貼家用，被他抓回來打一頓，石家書香門第，從未出過沿街討飯的子孫。媽辛苦賣包子，他把蒸籠踩爛，他們石家出過三個進士，女人不拋頭露臉賺小錢。

以前石家到底什麼大戶人家，拿出來看呀。他揮舞菜刀對石重生吼，我不要你的石家，我要我媽。

「說正經的，你爸交給我一件差事，大學錄取率不到三成，不要勉強，陸軍官校不錯，替你爸爭個軍官，光宗耀祖。陸官畢業不出大錯，起碼混到少校退伍。你人機靈，腦子好，中校上校跑不掉，說不定升個將軍，我老遠見到你就立正敬禮喊石將軍好。」

石曦明開口了：

「報告長官，我不是那塊料。謝謝你。」

許雅文伸長脖子看石曦明：

「還有件事，你妹，翠明明年畢業，別擔心，退輔會裡有些老兄弟，講好讓她去榮工處，學會計的女孩，找個鐵飯碗不成問題。」

許雅文放下杯子：

「我妹的事有我。」

「有你？」

「我是她哥。」

許雅文一拍桌子：

「你腦殼鐵打的？生鏽了？叫他們進來做筆錄。」

副處：哪一個像你看到的女人？

石：沒有。

副處：重新看，不一樣的女生。

石：這兩個沒看過。

副處：編號七這個怎麼樣，她留長髮，長得不錯，聽說和黃偉柏走得很近，學校裡流傳他們談戀愛。是不是你看到的女人？

石：不像，她頭髮膨膨的，我看到的女人留直的長髮。

副處：一樣的長髮對不對？洗了吹了就膨，進美容院燙燙就直了。女人頭髮初一十五的月亮變化，她們就是愛整。

石：她的鼻子細，那個女人比較挺。

副處：編號八呢？

石：報告長官，八號去過水手家幾次，有男朋友，同班同學，他們到水手家一起進出。八號的男朋友寫詩，她不寫。

副處：好記性，所以你判斷不是她？

石：是。

副處：我直說了，你的監視日誌上寫了你口中那個我他媽搞不清是真是假的女人，日誌送到上面，各級長官批了，不能改口說你純粹想像，手槍打多硬掰出來。不弄清那個女人是誰，我們沒法子結案。沒想到吧，小小一兵胡寫一通的日誌搞得大家頭痛。

石：請長官提示。

副處：要是有你說的那個女人，找出來。如果沒有，早點承認，我向上面保你，禁足幾個星期，不列入考核，讓你安穩退伍，說不定到時大家早忘了這事，還發你表現傑出的獎狀。怎麼樣，可以接受？

石：謝謝長官關心，我的確看到。

副處：你非得看到不可？

石：看到就是看到。

副處：這時候你又像你爸爸，頑固得讓人不知該拿你怎麼辦。

石：別拿我比石重生，他是他，我是我。

副處：喲，不認老爸了。小傢伙，軍隊裡粗歸粗，我們講究百善孝為先，岳飛是孝子，關公重感情。叛逆有限度，你有投票權了，說不定退伍一兩年結婚生孩子，到時你還叛逆？

石：長官說了算。

副處：小石，相信我，別做後悔的事，你爸年紀大，能再有幾年好活，你是獨子，他全部的指望，天下父母心哪。

石：謝謝長官開導。

副處：給你兩天時間把這個女人找出來。

石：是。

副處：保防官老哥，我們石曦明交給你，他爸是我們老幹部，拿過勳章的國軍英雄，能關照就關照，幫他把女人的事了結，我快控制不住脾氣。

石曦明扮成瓦斯公司調查員進公寓一家一家訪問，市政府規畫自來瓦斯，按度計費，省去瓦斯桶用光等人送來的麻煩，好事，每戶開門配合。可是他找不到可疑的女人。

答應兩天，只給了一天。十月九日，臨交班前從不出聲的電話機響了，國強接的，保防官打來，臨時勤務，兩人留在原地聽候命令。

既然是命令，誰也不敢去買早餐，國強十二月退伍，也要考大學，他想當醫生，不過醫學院難考，混到藥劑系也不錯。他捧著生物課本，沒念幾頁即睡得打呼，倒是熬了一夜的石曦明精神仍好，捧起字典背單字。除了單字，他還背《英語九百句型》，看不太懂，假設語氣的B動詞不合常理，不能If I was a teacher，得If I were a teacher。為什麼?沒人可問，決定先背起來再說。

八點二十一分，保防官帶兩個人進入監視哨。八點二十七分，水手步出大門，兩輛汽車一前一後包夾，前面車子下來一名穿西裝男子，禮貌的出示證件請水手上車。八點三十一分，軍事檢察官座車到，保防官留國強看守哨所，領其他人隨檢察官進入對面公寓，仍由石曦明開門。這次他不必擔心移動水手的物品，保防官下令全面搜查，凡可疑的書籍、文稿、女性用品一併裝箱帶回單位。三樣東西最重要，不能漏：

第一件證物：水手衣櫥內豎起衣領的襯衫。

第二件證物：短波收音機。

第三件證物：一大摞的美國雜誌。

裝箱時石曦明翻了雜誌，未曾經過警總檢查，不缺頁、未塗抹內容。保防官向檢察官說明，大部分雜誌來自晴光市場，美軍顧問團流出的。檢察官皺著眉頭不說話，挑了一本翻。

特別慎重再檢查浴室、臥室與廁所。浴缸內沒有花瓣，空花瓶仍在，石曦明說不出為什麼有點失望。保防官拿鋤頭敲每堵牆，選中洗臉台用力擊下，水泥與磁磚破裂而脫落，裡面沒隱藏保險箱，沒他期望的發報機。

石曦明依照指示取下掛在床頭的畫，其他人對藏在牆洞裡的閣樓美女拍了照，沒收雜誌。

衣櫃內衣服按上次搜查時見到的次序排列，深藍色、深咖啡色、黑色的三套黑裝，水手被捕時穿手肘打了皮補丁的獵裝，留下原本配成一套的燈心絨長褲。藍襯衫的衣領仍豎起，和上次見到略為不同的是：豎得整齊，整個衣領往上拉，過去豎起的衣領比較像是衣服沒穿好，有些地方未豎直。他將襯衫收進證物牛皮紙袋內交給保防官。

石曦明想問而未問，既然上級不信有他寫在日誌裡的女人，要這件襯衫當什麼證物？

搜索其間他忍不住打量銀閃閃的咖啡機，劉班長看他一眼：想喝咖啡？他扭頭喊：檢座、保防官，我們能喝杯咖啡吧？

劉班長摸索一陣子，找出一袋咖啡粉倒進水壺上面的濾紙圓盒內，水加進水壺旁方形水箱，沒多久成功煮出一壺咖啡。退伍後進南陽街補習班，附近有家虹吸式咖啡館，石曦明沒錢喝咖啡，喜歡站在店外看煮的過程，神奇的蒸氣往上與小瓶內的咖啡粉融合，降溫後變成黑水滴到下面的瓶子。六年後他買了一套虹吸罐，沒事時替自己煮上一壺，他會趴在桌沿看著水變成蒸氣再變回水的過程，他總想到劉班長煮的咖啡，太苦，中藥味道。

劉班長分給每人一杯，保防官拒絕，他是茶葉的忠實信徒，甚至擠起鼻頭表示他連咖啡味也嫌惡。

不過屋內找不到方糖和奶精。苦咖啡，石曦明不在意，本來他愛的只是那股香味。大家站著喝，當成飲料或補品，說不定藉機喘口氣。他們該坐到窗前，打開唱機放鋼琴音樂，如果手上各有一本書更好。他們當熱水喝，燙得咋舌。這是一種儀式，向被監視者表示他們是老大，向被監視者表示，你的房子，你的世界，怎樣？

像小孩子在海灘挖沙子堆城堡，年紀大的看不慣小鬼玩得開心，故意把球往沙堡砸。哭？請便。

用過的杯子擱在不同地方，石曦明收了放進廚台水槽內，他沒洗，似乎他不應該洗。沒洗的杯子是種象徵，雖然那時他不明白象徵於此時帶著濃濃恫嚇意味。

搜索途中遇到不速之客，郵差按門鈴：掛號。保防官下去代收，他沒簽字，亮了亮單位識別證。拆開牛皮袋，一本薄薄的詩集，扉頁上寫著：

偉柏兄指正。

保防官眉毛往上一挑，這位詩人也在警總觀察名單內，寄來的詩集當然成為新證物。

十點十七分，證物裝滿七個瓦楞紙箱送上單位派來的小貨車，全員撤退。

他們動作很大，門也不關，公寓內的住戶伸頭至樓梯間打探，不久對面公寓的也躲在窗後看熱鬧。石曦明與國強他們拉低棒球帽帽沿，只保防官揮舞雙手點數送上車的紙箱。

十月初小陽春，氣溫回升到三十三度，太陽曬得路面冒出淡淡蒸氣，巷子便搖晃在蒸氣裡。劉班長對任何任務保持同一態度，不興奮不沮喪，他吆喝其他人回單位吃中飯，記得指揮部發了國慶日提前加菜的公文到各單位，養豬場早上宰了一頭豬，伙房又要施展拿手絕活做炸豬頭皮和醬燒控肉。

證物繳至保防官辦公室，接下來查證和偵訊工作交給警總，憲調組人員照表操課而已。石曦明熬夜，他混了兩碗飯就溜出餐廳，倒上床人事不知睡了一覺。一如過去，他堅守本分提早十分鐘至監視哨值班。

憲調組官士兵很清楚自己的工作，他們執行，不追根究柢。

抓走水手，沒有監視對面公寓的必要，可是石曦明習慣性不時看Nikon F的觀景窗，這晚的月光、星光照進對面屋內，搜證結束後他們沒關窗，雖沒開燈，透過鏡頭看得清一片狼藉的客廳與彷彿事不關己的金屬外殼咖啡機。

晚了，過了一點，石曦明看到那個女人，她沒穿襯衫，穿的是水手的西裝外套，深藍色那套。她靠著窗框抽菸，抽完整整一根。當她將菸蒂彈下樓時，石曦明非常確定她看了他一眼，不是挑釁的眼神，是你還在，問候的眼神。

石曦明沒按快門，沒記錄於日誌內，他呆呆貼著觀景窗看女人轉身，她有如用腳尖走路兜了室內一圈，而後消失。

心臟碰碰碰跳，石曦明知道如果他過去，不會有人查覺，他拿不定主意。掙扎了幾分鐘，捧起參考書，那晚他沒再看對面一眼，書也一個字沒讀進去。

單位放他三天假，不是補休也不是表現良好的榮譽假，石翠明不見了。

通知他的不是石重生，是副處長。

十月六日石翠明放學後沒回家，父親找去學校得不到答案，七日、八日仍未回家，父親報警，並要求警方通知服役的兒子。警方通知了憲指部，憲指部通知了警總的許副處長。

父親坐在門口的藤椅，依然一手扇子一手不求人，隔老遠有如能聞到熟悉的酒味，他一天一瓶紅露酒當日常飲料，這天腳前已有兩個空瓶子。

遠遠看了家門一眼，沒邁進巷子，他轉身走了，大概知道妹妹去了哪裡。

石曦明二十一歲，記憶中的石重生和掃帚、不求人、酒瓶合為一體，還有石重生炒菜的背影，大火、濃煙。他對氣味敏感，母親是洗衣服南僑水晶肥皂的味道，石重生是酒精和大蒜的混合體。母親給他的觸覺是軟軟的、熱熱的，石重生是刺人的鬍渣子與比切菜板還厚的手掌。父親於三十九年在金門娶了家中排行第七的母親，年底生下他。日後母親每回挨打都抱著他哭喊：

「我嫁你爸是為了到台灣，這些年忍著沒離開你爸是因為你們。」

喝得半醉打人，石家每天上演的戲碼，打了再喝，直到醉了躺在地面。酒醉竟是打人的合理理由，警察接受，村子裡其他老黃埔接受，派出所主管頂多只說：怎麼，石士官長又喝酒了，你們勸勸他，酒不能這樣喝。沒人關心被害者，石曦明抹抹淚水扶起母親。

世界分兩半，他、母親與妹妹的，石重生與其他人的。另一半很大很大，他的這一半比老鼠洞更小。

石翠明有個從小學到高中的好同學住在地獄谷旁，爬段坡路，果然見到她一人坐在冒熱騰騰硫磺霧氣的池旁。

同樣，他知道妹妹會說「你可以離家，我為什麼不能」、「我不要回去」、「我死了你們才高興」。

石重生對外人說女兒遲早要嫁人，犯不著打，好壞她自己承擔，可是石重生罵，用最難聽的動名詞。在他認知世界裡，如果不為你好，我何必浪費口沫罵你。將所有罪惡標誌為進入天堂的門票，不經過他醜陋的、踐踏他人自尊的折磨，無法培育出善良。

這天妹妹什麼也沒說，他陪著坐到天黑。

距離畢業尚有八個多月，她熬得住嗎？母親熬不住，石曦明十三歲那年她走了，帶走她所有東西和家裡有限的現金。石曦明十八歲那年，大學聯考放榜那天也走了，考不考得上大學，不需要石重生閻王式的判定有罪、無罪。他提了簡單行李對石重生說，我走了，別找我。

一個接一個逃離石家，他沒資格勸妹妹留下。

從小他有什麼事都對妹妹說，他說了些不著邊際的事情，包括那個女人。

「你真的看到？」

看到，而且拍到，雖然保防官和陳上士不認為有拍到。

「長得漂亮？」

漂亮，下巴比較尖，眼睛一樣大，會說話的眼睛。

「她在你對面的二樓？」

在。直覺裡，女人一直都在對面，水手走了她也不會走。

「哥，你帶我去看看好不好？」

妹妹想出不回家的理由。

那天晚上他違反規定帶妹妹到監視哨，和四勾交接完畢，他喚妹妹上去，買了很多零食，他們一邊聊天一邊看對面窗戶，看到妹妹睡著。他覺得這樣一直下去就好了，和妹妹在一起，關另一半封閉他們的世界在外面。

他第一次拉開窗簾推開窗戶，看鄰居家那樣的看過去，水手家黑的，連立燈也沒亮，黑得透不進星光。點起菸，學女人兩手撐在窗台往外吐煙。不知為什麼，明明有月亮有星星，這個晚上對面就是一片漆黑。

女人也許在黑暗中看他，揮揮手裡的菸，說不定女人臉孔會露出於黑暗外也吐出一口煙。

那晚女人始終沒出現，早上國強來交接，見到仍沉睡中的許翠明嚇一跳。國強會保密，義務役的會為彼此保守祕密，他們屬於憲調組，一點點事情即雞飛狗跳，每個長官一個勁叫：送軍法讓你們退不了伍。

國強買回早飯，三個人開心的吃，剛過九點，一輛掛單位出入證黑色裕隆汽車停下，兩人前後夾著水手上樓，可能找東西，不久水手換上西裝，未打領帶提口箱子再被夾進車內離去。

妹妹也回去，等公車時她問：

「爸是不是有個姓許的朋友？你長官？爸眼淚快掉出來握他手，請他照顧你，他照顧了沒？」

照顧了。

「他說幫我找榮工處的工作，哪有這麼好的事。」

考大學，不要再倚賴別人。妳不是想考師專、師大，公費念書，離家最好的方法。石重生不會讓他女兒升學，即便不要他出一毛錢，他管理家人如部隊，一個口令一個動作。下口令的人只有他。

「爸很信他那套，叫我喚他許叔叔。他到底對你怎麼樣？」

和石重生同樣的世界觀，你們聽我的，以後走路不會踢到石子，吃飯不會噎到飯粒，天塌下來有他頂。

「他講話很有自信，臭屁。哥，你忍住，怕你當兵當不完。」

不用怕，那是他們對充員兵的口頭禪，和他媽的、王八蛋同一意思，不具實質意義的意思。

「女人的事和他有關係？」

他不相信有這個女人。

上公車前石翠明問了石曦明一個看來積壓在她心裡很久的問題：

「媽走的那天提到我沒有？」

石曦明絲毫不猶豫回答：

「當然，她說沒辦法再待下去，小明，好好照顧你妹妹。」

母親走後他不停的編說詞，編得能隨時脫口而出。

「媽要我對妳說，她對不起妳，如果一切順利，她會回來看我們。」

他對許翠明說，哥會照顧妳。

化名桑提亞哥

台灣區警備總司令部所屬保安處、特檢處、特種調查室以上三單位聯合偵訊
主持人：許雅文（警總保安處中校副處長，以下簡稱副處）
筆錄時間：民國六十年十月十日
筆錄對象：石曦明（憲兵指揮部調查組一兵，以下簡稱石）

副處：又見面了，最近好吧，找到你妹了？回家就好，人總是得回家。和榮工處說好，等她畢業就去上班。漂亮的女生，很多人追吧。好好照顧她，個性看來跟你一樣好強，去榮工處好，磨磨脾氣，就近我看得到，不讓她吃虧。石曦明，找到你日誌上寫的那個女人了？站在窗後抽菸，跟水手跳舞的女人。

石：沒有。報告長官，詢問過區公所和派出所，一戶一戶拜訪過，找不到那個女人。我和其他同事連續幾天二十四小時監視，沒看到我說的那個女人進出過水手住的公寓。

副處：再想想，是不是看花了眼？

石：大概吧。

副處：照你的意思回答。政戰官，開始記錄。石曦明，再說說你看到的那個女人。

石：女人不存在，是我的幻想。

副處：你的幻想？日誌上寫你前後看到三次，怎麼可能是幻想？石曦明，再想想，這是正式筆錄，務必照實回答。

石：那——報告長官，我誤認半夜失眠的水手為女人。

副處：暫停。不對，小石，你認為看到一個女人，卻找不到那個女人，不管怎樣這個女人和水手差很多吧，你說女人的半個乳房露在月亮的光線下，水手不可能有乳房，你會把水手誤認為女人？

石：不會。

副處：對嘛，我沒叫你撒謊，看到什麼就是什麼。我們重頭來。

石：我在九月十一日、九月二十五日——

副處：暫停，九月十一日你忘記拍照片，怠忽職守，不用一再強調，上級要是問起，你誠心誠意表示已自我檢討，懂了沒。提提陳上士給你Nikon F相機的事，我想法子幫他記個功什麼的。重新記錄。

石：我在九月十一日、二十五日和三十日凌晨三次看到代號水手本名黃偉柏的住家內出現不明女子。十一日因一時慌張忘記拍照，二十五日拍了，但沒有拍好，陳上士叫我用他的新相機並指導我使用。二十九日再拍，還是未拍好，陳上士懷疑現場突然冒出光線影響了拍攝效果。對於日誌中提到的女人，經過重新思考與多日來後續追蹤，水手失眠時習慣不開燈在室內走動，我以為是女人，經過查證，此女人似乎不存在。

副處：等等，再暫停。小石，不能用似乎不存在，上級派你去監視黃偉柏，你看到女人，這個女人絕對不是黃偉柏，那麼你覺得這個女人是誰？用你的看法說出來，別怕，我們會求證。這是動員勘亂時期的司法案件，不能馬虎懂意思了嗎？思考，你看到一個女人，這個女人哪裡來的呢？監視期間有哪些女人去過他家？繼續。

石：是。因為我奉命監視水手的這段期間，去水手住處的只有他的學生，我相信這名女子是他的學生之一，但因攝影失敗，無法確定女子是誰。

副處：女子都穿什麼樣的衣服？

石：只穿一件水手的襯衫。

副處：只有襯衫，深藍色的，後來你們在水手衣櫥內找到這件襯衫，還從襯衫上找出一根長頭髮的這件？

石：是這件沒錯。

副處：當時女人都沒穿褲子？

石：確定，只有襯衫，裡面有沒有內褲，我看不清楚。

副處：像是剛從床上起來？

石：是，不然不會穿那樣。

副處：很好，所有參與行動的工作同仁與證人都完成筆錄，請在筆錄上簽名蓋手印，大功告成。休息。小石，等我電話，請你喝咖啡，台北最好的。

做完筆錄，石曦明什麼也沒吃便回宿舍，睡得很沉。直到晚上八點醒來，進伙房拿了兩個饅頭便到監視哨。一整晚，巷子內安靜得連貓叫聲也聽不到。他攤開字典背單字，背到H，離Z還很遠，而他有很多科的參考書得念，若再考不上大學，難道非得進軍校？石曦明進浴室往臉上淋了把冷水回去再念。

國強帶早餐來接班，他們饅頭配果醬，什麼話也沒說，直到幺洞四神祕兮兮帶著三份日報進來，三版一則半大不小的新聞：

名校教授涉師生戀
女方家長要求嚴懲

水手和哪個女學生發生戀情？幺洞四看貼滿牆壁的照片，指了其中一張。副處長要求石曦明指認過，編號八的長髮清純女孩。

原以為是編號七，沒想到是編號八。不對，她只去過水手家一次，還跟男朋友一起去的。

「警總派在校園裡的人發現，」幺洞四嚼著牛肉乾說，「姓黃的常和這個女學生在校園裡鬼混，你們知道台大對面有間三層樓咖啡廳叫尚上的吧，嘿嘿，江湖上有名的，一層比一層暗，三樓根本伸手不見五指，我們黃教授把她帶到三樓。聽說女生男朋友闖去，差點要揍姓黃的。」

不太可能，水手每天準時回家。

「女孩父母好像向學校要求開除水手教職，還要女兒去婦產科驗是不是懷孕了。」

如果水手和女學生談戀愛，家裡的那個女人呢？水手不是摟著她跳舞？家裡的女人是編號八？他眼花了？

「新聞鬧這麼大，姓黃的在學校待不下去。罪證確鑿。」

水手厲害，每天上午八點五十分出門搭交通車去學校，晚上七點多回家，成天看書聽音樂，還能勾搭上漂亮女學生。不過石曦明腦子糾纏於同一問題：深夜出現在他家裡的女人呢？站在窗前抽菸的女人絕不是編號八的女學生。

「費這麼大氣力，為了抓老黃泡小馬子？」國強用鼻孔說話，「我們憲調組幹這個？」

窗台的女人絕不是女學生，石曦明重新看牆上的女學生照片，他們拍了十幾張，正面、側面，白天的、晚上的，其中沒有她。不過石曦明沒吭聲，他是個小兵，他等待的不是真相是退伍，案子由派駐校園內同袍揭發，不是守在水手對面幾十天這幾個沒用的傻屌。再說他能向誰提出有違真相的異議，保防官？副處長？

電話響了，任務解除，全員撤退。么洞四和國強先回去，石曦明奉命整理物品，上級要求退出監視哨時要清得連一枚指紋也沒有，因而他得拖地、擦抹牆壁。石曦明不在乎出這趟公差當清潔工，此時沒有回單位的心情。

收拾完監視哨，石曦明累得拼了兩張椅子當床，鋪了軍毯便睡，夢到走出村子的母親背影，夢到母親回過頭看他，是那個女人的臉，女人朝天空吐出一口煙。

醒來後他一直望向對面窗戶，忘記未吃晚飯，忘記得回單位報到，所以十一點半，巷子內靜得能聽到不知哪家男人的打鼾聲，石曦明擅離職守離開監視哨，悄悄開了門，不出聲響踩進水手漆黑的家。

他沒開燈，持手電筒巡視屋內一趟，用過的咖啡杯仍在水槽，他洗了一個，打開咖啡機開關，按劉班長的程序為自己煮了一壺咖啡，一勺咖啡粉一格水。而且他放了唱片，坐在窗前的扶手椅，兩腳蹺在桌面，非常平靜的小口小口喝咖啡，直到眼皮撐不住，可是他聞得出除了濃郁的咖啡香氣，還有曾經聞過的淡淡香味，像某種植物，比茶葉淡，比玫瑰輕、比水手用的肥皂柔和。香味在他身邊繞，忽左忽右，他努力想掙開眼皮，想坐直身體，可是無論他多努力，眼皮好像睜開了點，卻看不清室內的動靜。

說不定他再看見那個女人，從很黑很黑的臥室走進客廳，她推開窗戶仰起臉對天空吐煙。換了件襯衫，不，說不定她穿的是水手睡覺時穿的籃球背心，綠色，波士頓塞爾提克隊，白邊。

那麼她只穿背心，兩手撐著窗台，映著淡藍月光的一條腿拉得很直，腳跟上提，她打算往外跳，她以為她會飛起來，她會跟著風離開嗎？

石曦明被國強叫醒，國強慌張的推他：

「不在監視哨，你在這裡做什麼？快，保防官叫我們待命。」

警總汽車剛過九點駛進巷子，兩名便衣陪水手上樓。九點十三分，水手的姐姐與一對老夫婦坐車也進入巷子，退回監視哨的石曦明與國強兩台相機不計較底片的拍。拍到水手換了口大的箱子從臥室走到客廳，拍到老夫婦從兩邊抱住水手，拍到姐姐拿手帕在一旁拭淚，拍到站在門口兩名面無表情的男人。

警總的車載走水手，老夫婦的車跟著，姐姐一人留下，她呆呆看了零亂的室內好一陣子，拿起石曦明遺忘在桌上的杯子，洗了所有的杯子和咖啡壺，但她沒收拾屋子。關上窗戶，拉上窗簾、鎖上門，一拐一拐往巷口走去。

石曦明第一次發現，水手的窗戶有窗簾，以前從未拉開過。

晚報、日報都報導得很詳盡，某大學黃姓教授涉及師生戀，對象為大一女學生，未滿二十歲，自承曾應黃姓教授之請去他住處聊天。女學生說她已有男友，不料那晚喝了太多酒，一時禁不起黃姓教授勾引而犯下錯事。黃姓教授亦坦承不諱，因涉及女學生名節，經校方協調，雙方家長同意和解，不過事關杏壇清譽，該校已將黃姓教授解聘。

解聘後黃偉柏去哪裡呢？新聞沒寫，消息是開單位黑頭車的二兵司機傳出，黃偉柏父親在台中有點地位，臉上掛不住，當天送兒子上飛機去美國。

「去美國念博士，有錢人多好，捅出漏子就躲去美國，還念博士。」

躲去美國？

營長特別准假，石曦明穿過衡陽路進入武昌街，找到明星咖啡館，登上二樓就看到許雅文永遠擦得晶亮的鞋頭。

「做叔叔的講話絕不食言，咖啡對吧，要又香又濃的咖啡。沒吃飯？羅宋湯配麵包，再來塊波士頓派和俄羅斯軟糖。我另外叫了份軟糖你帶回去給翠明，下次我請你們兄妹倆吃西餐。」

湯裡看得出有紅蘿蔔、馬鈴薯、番茄、牛肉。

「別小看這家店，白俄人開在上海，三十八年到台灣重新開張。白俄人在蘇聯鬧革命時候和紅軍對幹，打輸了，有些貴族逃到東北、北京、上海。七轉八拐來台北開咖啡館。我們這代啊，歷史刻在每寸皮膚、每個胳肢窩。」

麵包沾湯吃，和饅頭沾紅燒肉醬汁吃一個意思。

「還有不到四個月退伍，快可以數饅頭的倒數一百天，現在別把我當長官，當叔叔，隨便聊，重考大學？」

「是。」

「你爸要我勸你考軍校，不過無所謂，三月退伍找個補習班拚一拚，我單位一個小朋友前年退伍，進補習班拚了八十天，瘦得像越南難民，媽的瞎貓遇到死耗子給他混進政大政治系，說不定哪天變成我長官。不好說沒天理，人呀，各有天命。話說回來，不去試，有那個命也是白白浪費。」

「是。」

「聽說翠明自己回家，我講了石士官長，他懂孩子長大有自己的想法，願意調整待你們的態度。你死也不肯回去？真是的。人要是想不開，活得太辛苦。你們父子的事慢慢解決，我不好逼你回去，不能逼他來找你，父子倆一個脾氣，拗，比田裡的黃牛更拗。沒關係，父子天性，誰也割不斷，諾，時間，感情得靠時間一點點過濾出來。」

「是。」

「你爸叫我多看著你點，怕你年輕氣盛，闖禍。」

他從西裝內袋掏出一個信封推到石曦明面前。

「沒多少錢，當我給你買參考書。不准推。看過你的行李櫃，書都牯嶺街買舊的？節儉是好習慣，別以為我不知道，光參考書不夠，得進補習班對吧，又一筆開銷。拿著當叔叔我的心意。」

副處長再拿出一張紙，油印的收據。

「簽名，我好報帳。不用寫你的本名，隨便什麼名都可以，張三、李四、天字第一號、零零七，隨你。用了這個化名，以後不能變，得簽同樣的名字。你的記性在憲調組出了名，不會忘吧？」

石曦明看了收據，金額一千元，夠他買很多書。他磨蹭一下，在領款人下面簽了「桑提亞哥」。

「嘖嘖，這是什麼名字？」

石曦明沒說是那個八十四天沒捕到魚的老人。

「西班牙一個城市的名字，忽然想到。」

「行。桑提亞哥這名字就你知道我知道，不要跟旁人提。」

「是。」

「翠明的事放心，不怕學歷不好，怕不努力，榮工處多的是軍人子弟，相處如同一家人。對了，你沒問我的化名，許雅文是我戶籍上的名字，另外不同場合用不同的化名，不要問，我是你叔叔，天長日久、海角天涯，接到我電話還是路上遇著，叫我叔叔就行。曦明，你聰明，我對你有期望。」

「羅宋湯好吃。」

「上面對你免不了會有處罰，別理你們保防官成天掛在嘴頭當兵當不完那套老詞，嚇唬充員兵。我疏通過，年輕人難免浪漫，值夜班看花眼是常有的事。禁足一個月，這兩天內發布，你不是要考大學，留在營區正好念書，別東跑西跑惹事生非。」

「嗯。」

「離退伍好歹還有些日子，留意你單位裡的動靜，老共的炮彈還是朝金門悶著頭放，金門人拿炮彈殼做菜刀還是往台灣賣，台灣年輕人入伍服役輪流往金門送。地球圓的，三百六十五度他媽的轉，隨時有人可能今天這樣明天那樣。我不拿口號壓你，能為國家盡心力做點事，你不少塊肉，國民有權利，也有責任，三民主義讀過吧。」他再遞去一張紙條，「我的電話和郵政信箱，每星期、每隔兩三天都行，寫你觀察的情形，軍中的、社會上的、憲調組的，貼了郵票往郵箱寄。」

「像寫監視日誌。」

「差不多意思，留心參考書內容，共產黨無孔不入，用選擇題騙人相信毛澤東是人民的紅太陽。補習班老師不得意的多，瞎搞些名堂誤人子弟，他們呀，個個撈錢不手軟，壓根忘記教育的目的，誰的錢都收，前陣子不是逮到個替老共拍軍事基地的老師，他說是興趣，軍事迷，照片投稿到香港雜誌，你信嗎。不用擔心，你用化名，我之外沒人看得到。還有，」他笑著指指石曦明，「別寫抒情文，他媽的我怕花呀雨的，讀了起雞皮疙瘩。」

他以右手食指點點太陽穴。

「從今以後，我們叔姪一條心，做事用腦子，不衝動。」

走出了火焰的圍城

石曦明於民國六十一年三月六日么拐洞洞退伍，不多一天，不少一天。他也未多留一分鐘，領到退伍證書提了部隊發的行軍袋便走，袋上印著兩株稻穗圍拱兩把步槍的憲兵標誌。當他接近營門口，身後響起皮鞋敲擊地面的沉穩腳步聲，他沒回頭，直到出了營門，聽到警衛靠鞋跟敬禮喊「長官好」的聲音，皮鞋聲便停在那裡，他舉起右手向天空用力揮擺，向一大段過去的人生告別。

國強早幾個月退伍，已經進南陽街補習班，替石曦明報了名、訂了宿舍床位。慶祝退伍的大餐由國強請客，開封街巷子裡大碗牛肉麵和沾辣椒醬的牛雜，吃得兩人一頭大汗，硬將夏天提前揪出來。

距離聯考還有一百一十六天，才數完退伍前的一百個饅頭，再過十六天又要數距聯考的一百個饅頭。人生以一百天為計算光陰消逝的度量衡，饅頭人生。

確定考乙組，他從行軍袋拿出翻得起毛的英漢字典，國強看得大笑：

「拐兩，你嘛卡好，真的背到Z？被你打敗，還好我考丙組，不然光看你的字典我就萎了。」

補習班作息正常，七點到七點半早餐，早自習一小時，中午休息一個半小時，晚餐一小時，十一點就寢，其他時間排滿課。石曦明比其他人早起，四點半送報紙，七點趕回來吃早餐。

派報的領班知道他要考大學，特別幫他安排送昆明街一帶的訂戶，離南陽街近。領班拍拍他頭叫他加油。領班是退伍老兵，不認識石重生，不知道石重生是得過勳章的國軍英雄，卻每天帶份饅頭夾蛋給石曦明，不肯收錢。

「吃我一個饅頭富不了你，窮不到我。吃。」

四點半到火車站西角停車場外等卡車運報紙來，接著將副刊和廣告夾頁套進三大張的報紙內，一百五十份壓得自行車後輪常爆胎。四月梅雨季最慘，得用雨衣包住報紙避免沾水，自己則淋得沿路滴水。

五月起他加送一家報紙，幸好都在西門町一帶。要是發生大新聞，報社延後截稿時間，他們只能等，望穿秋水等卡車。

「報紙來啦！」卡車司機喊。

所有送報生迎上去，領了報紙蹲在地面分頭套報，像航空母艦上的艦載機，自行車往不同方向奔去。

補習班周日停課，上午石曦明補覺，中午妹妹來，那是住宿生最快樂的時間，每個人都等石翠明發自一樓的輕脆呼喚：

「石曦明。」

不約而同，所有人喊：

「石曦明，你妹來了。」

掛了鐵窗的窗縫擠滿一雙雙貪婪的眼珠子，石翠明是當時南陽街許多周日不回家男生最大的期待。十七歲，多黃金的年紀，她穿件圓領繡花襯衫配學校制服黑裙，什麼化妝品也不用，石翠明無論站在台北哪個車站、哪個巷口，春天便在那裡。她遺傳母親的美麗、堅忍個性與石重生的身材。從小到大，她照顧哥哥的時候多，和另一個村子的小朋友打架，石曦明被兩個大個子壓在路面吃沙子，揮舞鞋子衝來救他的是妹妹。

如果他能早點出頭，早點跳脫石重生的枷鎖，他一定給妹妹一個全新世界，沒有叫罵，沒有奴役，會有個他找回來的媽媽。

那星期補習班模擬考的作文題目是「夢想」，他寫下母親，寫出想像中與母親一起的幸福日子。最後一句是：我想，母親是一切，但之於我，她卻是夢。改完考卷的國文老師不出聲徘徊在桌子與桌子間，忽然伸手摸摸石曦明後腦，大聲吼，你們知道離聯考還剩幾天了？

兄妹倆走到新公園，石翠明為哥哥帶去補充體力的營養，她炒的豆乾肉絲，肉絲遠多於豆乾絲和辣椒絲，麻婆豆腐的肉末幾乎像肉塊，石曦明大口大口吃，白鐵便當盒內塞得滿到簡直硬如磚塊的白飯吃得一粒米不剩。

直到聯考前一天，石翠明沒錯過任何一個星期日。她進榮工處從送公文的小妹幹起，周一到周六中午，好不容易盼到假日，刮風下雨攔不住她，每次她都問：

「哥，吃飽沒？下次想吃什麼？」

吃飽了。連偶爾石曦明要國強拿雙筷子一起吃，國強也不敢，那是石翠明給她哥的，飯菜上有如閃著「只我哥」三個字。他總去公園後門買燒餅再帶回來三杯冰紅茶，國強說他愛吃蔥花燒餅，從小就愛，一天沒蔥花燒餅就覺得沒吃到東西。

到七月一日聯考的第一天，補習班同宿舍同學透露，石曦明在四個月裡只一個勁讀書，利用讀書與讀書的間隙睡覺。更誇張的說法是他根本不睡覺。唯一不讀書的時候是每周日上午和中午，周日上午他睡得國軍示範樂隊在耳旁練習也吵不醒的地步，中午則是石曦明的另一面，他以手指為梳子插進東翹西翹的濃髮抓兩下，穿運動褲下樓迎接妹妹。一手提裝了三個飯盒的袋子，一手搭在石翠明肩頭，緩緩從南陽街走到新公園。日正當中，他們是一對沒有影子的兄妹。

七月三日聯考結束，他重新背起憲兵的行軍袋握住國強的手：

「開學見，要是不同學校，國強，別忘記我。」

國強忍不住問他為什麼不管做什麼都那麼拚命，好像沒明天。石曦明低頭沉思了一下才回答他：

「我答應妹妹，帶她逃出去。你知道。」

國強知道嗎？國強又到底知道什麼？

國強知道他要很久以後才會再看到拐兩嗎？拐兩的世界速度太快，太急躁，硝煙味太重，站在拐兩身邊，狂風驟雨從四面八方襲來，無處可躲。像詩人葉珊寫的：

而我們已經走出了火焰的圍城
這冷卻要讓你暈眩的血液
感到一種肯定。箭在嚴冬的
戰役裡被頑抗的守衛射出；
從烈火的垣堞向白雪

他回握住那隻粗糙的大手，兩人握了很久。

八月十五日，石曦明站在台大校門口長長的放榜欄架前尋找自己名字，先看到國強的名字，未如願考進醫學院，可是生物系的錄取門檻也夠高。再往後看，看了很久，剛過中段，他找到自己名字，鬆了口氣。一隻手伸來，他握住。

「恭禧，小石，你回去告訴你爸，還是我幫你轉達？大人了，自己去吧。」

石曦明搖頭，

「長官，你去比我好，你去他會高興，請你喝酒，我去他會罵為什麼你就是不肯念軍校。」

「看看你，還記仇。」

「不想挨罵而已。」

「你的成績要是進軍校，會是模範學生。算了，我看就因為你爸非要你念軍校，你就鐵了心腸絕不念。叛逆，話說回來，年輕人有叛逆的本錢。」

「長官說了算。」

「翠明呢？」

「在對面鳳城燒臘。」

「我請你們吃飯？」

「下次，我只想見翠明。」

「好吧。」

「謝謝。」

「對了，小石，最後問你一次，誠實回答我，你真的看到水手家有個女人，穿水手襯衫的女人？」

「看到。」

「確定？」

「三次。」他猶豫一下，「應該算三次半。」

「操，又三次半了，就知道你鬼扯。」

他們吃三寶飯和廣州炒麵，一如過去，一半一半，他和翠明永遠一人一半，與喜歡吃什麼無關，他們從小便如此，什麼東西都一人一半，除了母親離家時說的話。他甚至買了瓶啤酒一人一口與翠明喝著走進台大運動場。他們坐在看台，到處跑步的，打球的，周圍輪轉汗水味與喘息聲，有翠明在身旁，石曦明覺得放鬆。

石翠明記得那天的哥哥不太說話，考上大學帶給她哥的不是喜悅而是生命受到撞擊的重新開始。他對翠明說：

「忍著，我不會讓妳再受他的氣。」

那天對石曦明而言意義重大，他的人生往外跨出一大步，他轉彎了，從過去的影子裡邁出腳，轉往另一個方向。他需要考量許多事情，新的、即將來到的、想解決的事情。

過去某些東西仍停著，他清楚，恐怕會停很久。他想看看在時間空隙間的過去。

和翠明分手後已經九點，他在市區內走路，台北不很大，三個小時能走很遠，從敦化南路底走到敦化北路頭的松山機場，從松山機場的民權東路走到民權西路底的水門，從後車站走到西門町，從西門町走到……

他停在公寓前，監視哨撤掉後不久，房東將房子租了出去，租給一對教中學的老師夫妻，他們在安靜的小巷子內生下第一個孩子，雖然已午夜，窗戶沒拉上窗簾，對著夜空敞開透氣，八月，氣溫不減，空氣依然潮溼炙熱。如果用心聽，說不定能聽到嬰兒的哭聲。

水手家沒有燈光，房屋登記在水手父親名下，未出售未出租，大概等兒子念完博士，說不定政治情況改變，再做一次學成歸國的學者。

留著拷貝的鑰匙，石曦明熟門熟路打開大門，小步登上樓梯，打開另一扇門，一股潮味撲來。屋子收拾過，磨石子地板上乾淨得覺得必須脫下鞋襪才好意思踏進去，可是太久沒開窗透氣，混著書本泛出的潮溼氣味。

所有陳設不變，書架的書排列整齊，靠窗的大桌子沒有雜物，檯燈還在，拔了插頭。咖啡機、唱機，連被單位搜去當證物的短波收音機也還回來。

臥室內，畫倚在牆角，留下床頭上面露出磚色的牆洞，意外的，洞內多了包菸，綠盒薄荷菸。他拿起菸盒看了看，抽過，少了三根，他抽出一根，將菸盒放回牆洞。

床頭櫃下面放書的格子裡，他找到那本《老人與海》，手抹去封面灰塵，翻了幾頁，將書塞進後口袋。黃先生，謝謝你的這本書。

再享受一次。他插上電，輕聲放起唱片，還是同一張鋼琴的演奏曲。遲疑一下，他倒了水、倒了密封罐內應該早已過期的咖啡粉。

秋天的月色比其他季節皎潔，他捧著咖啡杯坐在窗前的扶手椅。喝得很慢，他不再急躁，他等待。

過了一點，對面公寓傳出電扇轉動聲，偶爾一輛機車、自行車經過樓下巷子，台北夜空多了閃紅燈的民航機。他推開窗戶兩手撐著窗台仰首看月亮，不錯，這晚不但有月亮，也能看到難得的銀河。他對銀河吐出一口煙。

然後女人站在旁邊，嘴角也掛著菸，她也看向銀河，眼神專注看銀河。聞到香味，露水般的清新，桂花般的氣息，其間摻雜著皮膚散發出的溫暖。他們沒說話的看夜晚，看了很久。

然後石曦明轉過身子，他用力看向女人，想記住女人每個毛細孔那樣的用力看。女人扭頭對他笑，石曦明也笑。

是女人伸手拉他進屋，貼著他胸膛隨音樂左右移動的跳舞。石曦明感覺他的手掌穿透塞爾提克隊綠背心，撫摸到女人溫熱、細嫩的肌膚。女人兩手吊在他脖子後面，整個身體貼上石曦明胸膛，他摟著女人左一步右一步，可以跳很久很久，至少跳至天亮。天亮之後女人還會在嗎？他不再想這個問題，貪婪的嗅取女人散發出的氣味，體會女人吐在他耳旁的呼吸，填補他空了許久的空洞靈魂。

◇

隨著開學的忙碌，石曦明一個多月沒經過那條巷子，再去時卻見燈光亮起。向附近房仲業者打聽，房子已賣出去，貼了一天紅紙條即被人撕去，買賣雙方都不囉嗦。

至於室內的家具，聽說原屋主裝滿一卡車運回中部，一件未留。買主找了木工稍做整修。看不到屋內有什麼改變，新的窗簾遮去大部分窗戶，剩下來縫隙透出日光燈蒼白的光線。

那晚他又走了很多路，走過西門町，走過中興橋，走過滿是砂石車的省公路，走回學校。之後他從未忘記那條巷子，每次想起，心情便隨之沉澱，看得到河床底部的石子、雜草，偶爾游過的不知名的小魚。

民國九十七年（二）

台北市警局松山分局偵查隊偵訊室
主持人：趙爾雅（偵查隊隊長，以下簡稱隊長）
筆錄時間：民國九十七年十月九日
筆錄對象：許雅文（七十七歲，前行政院人事行政局人二室主任，已退休）

隊長：許老先生，麻煩您跑一趟，這位是您的孫女？

許：不麻煩。這是我孫女，她和我要說的事情無關，她不必進來。

隊長：您孫女說您最近身體不錯，經常對她講以前的故事，要出回憶錄？

許：我這行業，保密三十年，不然送軍法。

隊長：開開玩笑罷了。對不起，我們得做記錄，您姓許，言午許，文雅的雅，和我的雅同一個字。文章的文，沒錯吧？

許：我有太多名字，陳若文、吳文清、喬文成、許雅文，記不清了，算，許雅文是我戶籍上的名字，就許雅文。你看，連我自己也差點懷疑自己是不是真叫許雅文。

隊長：您叫我們查石曦明這個人？查過，他的確在您說的大學教過一年，簽約的客座，也查過他的父親叫石重生，退伍軍人，轉職到市政府公車處，早退休了。

許：對，石重生死了，退輔會出面處理，葬在花蓮吉安鄉三軍公墓。古寧頭得的勳章送給國軍文物館。

隊長：您送來的資料很厚，對不起，我很忙，看了，但沒仔細看，既然您堅持要來，我們當聊天，隨便聊聊。喝什麼，溫水、茶？

許：咖啡。

隊長：咖啡一杯。您的資料，許雅文的資料停在民國六十一年八月十九日，然後要到六十五年才接上，又到七十二年才又出現。這樣，我們先聊石曦明於六十一年八月十九日以後去了哪裡好嗎？

許：他考上大學，七月三日考完聯考，八月中放榜，中間一個半他在敦化南路一處新建大樓的工地打工，搬磚頭、扛水泥，睡工寮，吃便當。

隊長：等等，對不起，有個問題得先釐清，他是您的？

許：他是我布的鍵，我的細胞，用你們警察的講法，他是我的線民，得體的說法，他是我的間諜。直屬我，不用向其他人報告。

隊長：你的間諜，哇，多豪氣的名稱。老先生以前在警總。

許：對，警總。

隊長：警總在民國八十一年改制為海岸巡防署，所以您也——

許：有些專門人員調去各單位。

隊長：就是人二室，專管公務人員操行的人事第二室？可是也在八十二年裁掉了啊。

許：裁得掉單位，裁不掉人，我們直接、間接進各機關的人事單位，我去了行政院人事行政局。

隊長：那個單位管行政院的公務人員，不管——不管公務員的——

許：不管公務員的成分？管，人事行政局不管，我們二室什麼都管。從出生到死，分析得出每個人心裡想什麼，做了什麼。

隊長：老先生以前的責任重哪。石曦明為您做什麼工作？

許：發掘藏在社會裡的匪諜、美諜、思想上不法分子，監視我給他的名單上的對象。

隊長：不算公職人員？

許：不算，他們有代號，沒有名字，所有檔案用假名記載，真實姓名只有我們負責的知道。

隊長：為你工作了多久？

許：進大學就躲著我，學壞了。

隊長：怎麼說？

許：不說了。

隊長：好，那我們回到正題，您檢舉石曦明的原因是？

許：你們要找的人，是女人，要認出這個女人，找石曦明。

麻將裡最險惡的魔鬼是讓你以為能做出大牌，因而迷失心智。

偏偏那個魔鬼的名字叫做希望。

第二部

民國六十四年到六十五年

楚浮、九萬、老高和其他

這是第七場比賽，因為舍監無預警查房，延至午夜一點才開打。

十一月十八日當天上午四點四十二分，當哨音響徹漆黑的校園，我強制中斷到口的呵欠，摸進九萬，最後一張九萬。從此打牌無論九萬多邊、多孤，多悲苦寂寞的無親無友，多邊緣、多悲嗆，我忍不住總將它留到最後一刻，就像水尾老留發財，無論檯面上已經打出幾千幾百張發財，他死守著最後的發財，直到實在無牌可打才出手。屬於打麻將的人對避免放炮的一種執念，況且發財總比白板長相可愛許多。

當時北風西，倒數第二把牌，我剩下七十分，窮途潦倒，可是依然賭九萬，前面輸太多，沒有其他選擇。

檯面上兩張九萬，阿明吃掉一張，水尾打掉混在其他牌中的一張，我手裡一張，海底理所當然還有一張。稍早我碰掉南風和北風，摸進來一萬和七萬，形成對對胡與湊一色的大好局面，因此即使等待最後一張九萬的機率不高，我仍得等，引用王秉忠的理論，輸到沒什麼好輸的人最可怕，他們不選擇，卯起來朝前衝。

麻將分很多派別，科學派主張算牌，上帝派主張手氣，鬼神派相信氣勢，菜市場派誰也不信，只信有胡就胡，放炮認倒楣。

清晨四點四十一分，現場五個人全變成鬼神派，誰都比誰氣勢驚人，阿明摳完鼻子再摳頭皮，如果沒摳出鼻血，即將摳出腦汁。水尾嘴角刁的長壽菸灰快像紀弦詩裡的「手杖七與菸斗六」，隨時可能掉落牌桌，散成無數灰燼，淹沒每一張掙著想出頭的麻將牌最後希望。小廖紅著兩眼頻頻點眼藥水，十一點以後他已經幹掉八顆維他命C和一打養樂多，四圈結束搬風時他從廁所回來，用醫生剛通知癌症末期的口氣說，我尿尿黃黃的，快掛了。守在門後把風的志仁已經喝下第五杯雀巢三合一即溶咖啡，體內糖分高過他原來就很缺乏的腎上腺素。

我們在地獄門口等手氣，沒有明天的等自摸。

不論哪個學院，宿舍長得一個樣子，左右貼牆各一張雙層床，窗前一排四張窄小書桌。麻將的方桌得斜放成菱形，四張椅子才放得進去。沒一面牆壁空的，水尾最愛的電影海報《愛情故事》只能貼在天花板，雷恩．歐尼爾與艾莉．麥克洛親密的靠在一起如上帝看著眾生看著桌面紊亂的麻將牌。

阿明拿起牌再收回牌，水尾打個呵欠，一手打在阿明後腦，那時我想，說不定阿明的頭往前一垂，鑽出一條八爪章魚、水尾的菸屁股掉到褲檔燃燒他的小老二、小廖挖出自己眼珠子以為是魚丸、志仁吐得滿牆鮮血，我將毫不考慮在地球爆炸前吞下最後一張九萬。

我伸出微微顫抖的手摸回綠白相間的牌，看到紅色的「九」時，哨音響起，不過我們誰也不在乎哨音，地球快爆炸了不是嗎？

輕輕將九萬掀開置於右手邊，刻意低聲的說：

「對對胡、湊一色、自摸、單吊、北風、二花，十二台，一家一百五。」

因為最後一張九萬，我的分數累積為五百二十，小廖輸光，我、阿明和水尾一起取得下周二晉級資格。接著我躺在地板便睡著，直到下午五點零七分才醒。要不是下課學生的腳步和說話聲音，說不定我能睡到第二天早上，睡到耶穌誕生二千周年，在理學院教堂內遇見祕魯還是玻利維亞來的火星人。

火星人背著十字架，蹣跚的走在無邊無際冰冷荒漠中。

對，我睡了十二個小時。大四那年上學期，我每周三周五的時間分配便是一半睡覺、一半打牌，沒有其他。睡覺是為了打牌而養精蓄銳，打牌是為了打完了能好好睡覺。

先有雞還是先有蛋，地球兜著太陽沒有起點和終點那樣的循環。

當傍晚我穿著一身菸味的T恤、短褲和拖鞋進理學院餐廳，銀閃閃的自助餐台食盆內能挑選的菜式所餘不多——選擇一、高麗菜湯泡飯；選擇二、醬油澆飯。留在學校吃晚飯的學生大約僅中午的一半，也吃得早，與其在菜尾裡挑狀元，不如選擇高麗菜湯泡飯後再滴醬油。幾分鐘後，吃完第一碗飯的同時得知我摸進九萬時校園內響起哨音的原因。

理學院餐廳的菜單由食品營養系擬的，意味著沒有炸豬排、煎虱目魚，他們舉出無數的營養理由反對炸、煎、烤與鹹、辣、酸、甜，最了不起的大菜是白斬雞與不加辣椒的清蒸吳郭魚。他們主張應放棄任何享受口腹之欲的機會，以便一心一意仰賴食品原本的養分延年益壽，健康快樂。

我在意的是價格便宜，二十元能吃到三道菜，白飯和湯隨便加，每逢月底我們連二十元也湊不出，靠「隨便加」的湯泡飯能過好幾天。還有，我和老高整整一個月沒見了。

老高在廚房實習，她戴白網帽神出鬼沒往我背心捏了一把罵：

「又熬夜打牌，你不要命了。」

她也大四，來自南投，瘦瘦高高、白白淨淨。曾經幻想壓在她身上的感覺，說也奇怪，當我才貼上去，腦中的畫面竟是她穿圍裙站在廚房內的背影。

對，她是那種女孩，會讓我明顯看到婚姻、安定的生活、坐在廚房小餐桌旁等著她端上不炸、不油、不辣、不鹹的晚餐。

第一次摟她肩膀，她扭頭對我笑，像是問我：去坐好，再五分鐘開飯。

她對未來當營養師興趣不大，打算考師大研究所念碩士，補足教育學分將來好當老師。我對師大欠缺好感，可是支持她的理想，營養教育學或教育營養學，聽起來都滿滿的營養。

老高來不及對我講哨音的事，菜頭慌張跑來往我對面一坐：

「教官差點發動全校黨員找你，八點外語學院綜一教室開區委和後補區委聯合會議，不准遲到，還有，螞蟻，卡好心的去洗澡好不好。」

哨音的真相是清晨四點四十二分，宇教官晨跑時經過校門後方的圓環，無意間看到的。

學校靠著縱貫線的省公路，沒有高速公路和高鐵的時代，如果不搭火車，就得從台北車站搭省公路局長途巴士，過中興橋上省道，經過三重，穿過新莊，在龜山鄉進入桃園縣，而後一路往南。

校門離公路僅十公尺，前面是一片水泥鋪的停車場，但僅供三重客運進站上下學生，校長喜歡以清爽的空間突顯高大水泥碑頂端的十字架，規定教職員車輛一律停校內，不得妨礙校門觀瞻，他從未丈量校園內有多少可供停車的空間，還好那時沒幾個老師有錢買車。

進十字架的大門後，走十步是蔣中正銅像，他穿中山裝，右手拿拐杖，微笑的兩眼平視望向外面卡車揚起的塵霧。聽說銅像是依一比一實際尺寸製作，刻意安裝於兩公尺高的水泥基座上，以供眾人仰之彌高。

從未有人對信仰基督教的蔣中正杵在天主教大學門口質疑，是否意味新舊教終於在台灣妥協而表現盡釋前嫌的包容。

銅像左手邊是條小徑，通往聖母教堂。台灣各縣市熱衷於種櫻花樹的幾十年前，拜某位日本修女的遠見，小徑兩邊已栽滿吉野櫻，三月中旬開滿白裡帶著淺紅的花朵，四月隨春雨花瓣落得一地，女生喜歡那時踩著落花上教堂，她們的笑聲能使趴在理學院走廊矮牆的男生感到梅雨季節前潮溼的寂寞。

再往內走是個小圓環，向右去理學院圖書館，向左是外語學院。花叢圍簇中央的旗桿。

宇教官準時穿背心短褲從商學院宿舍跑下樓，在台階下方原地先跑三分鐘熱完身再出發。他悶著頭繞圓環一周，掉頭跑向運動場，於五點二十左右回宿舍洗澡，準五點四十五與校工老曹一起升旗。很多人見過那個場面，老曹節奏的升上國旗，一旁卡其制服背心燙出三條線的宇教官站得筆直行舉手禮。曾經是政戰學校男高音的宇教官用丹田之力，雄壯、威武的歌聲唱國旗歌，很多年以後變成中華奧會會歌的「山川壯麗」國旗歌。

大三的冬天，水尾失戀再失眠，有陣子天沒亮便在校園內逛，連著五天他觀察老曹的升旗和宇教官唱的歌詞是否配合，意思是宇教官唱完的剎那，旗子剛好升到桿頂，不急不徐。像目睹法文系神父與織品系修女一起去校外喝咖啡，他喘得需要人工呼吸般衝進宿舍喊：

「你們知道嗎，宇教官和老曹是神配。」

我以為他們同性戀被水尾發現，原來是升旗，翻個身繼續睡。失戀的人容易培養出怪毛病，有的蹲在神學院樹林內看泥土上辛勤工作的螞蟻，有的對餐盤內的食物發愣，有的拿刮鬍刀剃腿毛，最多的是不論什麼事一律大驚小怪，怕別人不知道他們失戀。

失戀的大學生需要同情，偏偏同情需要時間，大四的人最缺時間。

十一月十八日那天好死不死，宇教官跑步時沒悶著頭，他抬了頭，看見旗桿上已然掛了旗子，是面眼熟卻陌生的旗幟，他不相信的退到圓環外，暗藍的天幕，四盞光明的路燈，他右手遮在眉毛擋住光線認真看，宇教官的視力好，不戴眼鏡，因而他看見掛在旗桿頂端的居然是紅底的老共五星旗。

後來問過他，第一眼見到五星旗感覺如何？秉忠插嘴：

「我會以為一夜之間老共已經登陸了。」

頑皮豹的反應不同：

「趕快降旗藏起來，我保證能高價賣給台大哲學系兩個痞子，他們最愛這味。」

宇教官不像他們那麼政治和功利，他未加思考就吹響哨子發出急促的嗶嗶嗶一長串短音。事後他當然後悔，處理五星旗的後續工作都落到他頭上，連假也沒得休，要是他悄悄降下旗子放把火燒掉或者送給頑皮豹賣給台大哲學系的，事情簡單多了。

菜頭東張西望貼近我耳朵講話，彷彿餐廳內坐滿KGB還是CIA。他大二，選他當區委的原因之一是所有黨員中只有他提名自己。投票不花錢，讓個學弟快樂一年，值得。

我面似嚴肅的聽，沒問，一時間不易吸收，腦子裡仍被條子、餅子、萬子塞得快火山噴發，最多留小指頭大小的細胞群記得約老高去做一件事，什麼事？集中精神思考，想不起來的話，我會像水尾一樣失眠，到樹林找松鼠，要不然天不亮看宇教官與老曹的升旗儀式。

趕走菜頭，發了幾分鐘呆，一件事，和麻將無關、和上課無關的事，做完這件事說不定能和老高散步到她宿舍後面的樹林好好啵她。

懷念她小小的、幾乎沒有乳暈的乳頭。

腦神經終於接上線，送碗盤到回收窗口，我問窗內的她：

「周五晚上看電影？法文系放楚浮的《四百擊》。」

她沒回答，也沒反對，我懂明天晚上得穿襯衫到理學院女生宿舍接她去綜合教室看《四百擊》，至於這位叫楚浮的先生到底對什麼人、對什麼東西打了四百擊，一點概念也沒，純粹牌桌上聽水尾講的。楚浮法國人，得過阿里不達很多大獎，代表作電影的名字叫摸不清頭腦的《四百擊》。

《四百擊》的名字好，對女生時不時得講些夠酷的話，她們喜歡。

楚浮。當我透過回收窗口對老高說出這兩個字，她的腰部扭了一下，像我第一次摸她繃得緊緊的小屁股時的反應。

我是國民黨學生黨部的區委，一來我是黨員，十六歲進高中第一天即入黨，沒人拉我入黨，自己跑去教官室要求的。記得五名教官的十隻眼睛看到UFO似的看了我好久。入黨屬於群體認同的活動，我們村子口逢日曆上的紅字必掛兩面旗子，國旗和黨旗。當我考進高中，村子的總幹事吳伯伯朝我背心狠狠一巴掌，小子，你能入黨了。我爸揮舞他撓背心用的竹製不求人吼：晚上帶黨證回來，不然別進門。雖然我十三歲不跟他說話，但我之所以必須成為黨員，全村共識與家傳事業。二來，去年黨部開會出席率不高，選舉時王秉忠趁我打瞌睡提名我，在場百分之三十的人邊作夢邊舉手，我就當選，暑假受了五天訓，堅定仇匪恨匪的中心思想。

五名區委與兩名後補區委，原來應該每月開會一次，討論不交黨費的是不是該開除黨籍、如何增加黨員數目與黨費收入、下次開黨員大會需準備什麼食物和飲料之類的議題，不知什麼時候起拖成兩個月開一次會，可是會議記錄仍一月一次，由菜頭掰，他是外語學院有名的詩人，喜歡引用龐德的詩句。不是《三國演義》裡曹操手下第一勇將的龐德，看日本浮世繪得到靈感的美國詩人龐德。

宇教官批改我們的會議記錄時必得自殘許多腦細胞，我想，他腦中的龐德八成是三國那個，慶幸龐德一千多年前被關公殺了，絕對不是共產黨。

綜合教室是兩棟圓形建築，位於理學院與外語學院中間，以一棵原該種在土地公廟前的大榕樹區隔為綜一和綜二。

綜一教室半圓形，像希臘的劇場，能坐兩三百人，晚上八點整，按我從萬華賊仔市買來的SEIKO手錶，不差一分一秒，三名教官與七名學生區委全到齊，之後我們確定清晨四點四十二分圓環旗桿上真的飄過五星旗，至於那面旗子到哪裡去了，沒人說，沒人問。宇教官指示，發動黨部力量揪出膽敢在校園內升旗的共產黨。

我尚處於半睡眠狀態，好久之後才從座椅彈起身對隔壁商男舍的游水源說：水源，國民黨對共產黨宣戰了。

游水源拉我坐好，塞兩片已經乾扁的維生餅乾進我的嘴。他對教官說，拍謝，螞蟻血糖低。

能接下宇教官指示的只有菜頭，他主張成立特搜小組，專案專人協助教官調查。三名教官一致滿意的點頭。

吃了餅乾，我清醒許多，明白絕不能讓這種好事落到我頭上，馬上舉手推薦德文系捲毛當召集人，我說大四的要準備預官考試、托福測驗、畢業論文，大二的人頭不熟，應該由大三的挑起大樑，畢竟未來是他們的。

捲毛說我摺屁話的功夫一流，可是掩飾不了他的興奮。

開完會我到宿舍問法文系拱豬的那幾個電影社傢伙楚浮《四百擊》幾點開演，買了票，操，一張票三十元，他們乾脆去搶銀行比較快。收下票回房大睡，睡到第二天上午十點，錯過一堂半的日語語音學。

更精準的說法，從開學那天起，我錯過所有的課，包括重修的中國通史和心理哲學。

叔，

沒錯，教外語學院中國通史的那位倪神父，也沒什麼，他鼓勵我們討論民主，然後就有兩位同學吵了起來，反對的不是反對民主，他反對政府干涉校園內學生活動罷了。你知道是誰，之前提過姓楊的。

剛聽說旗子的事，宇教官第一個發現，我再打聽。

錢夠用，我打工。多謝關照妹。

桑提亞哥

我根本不住宿舍，算游牧民族，哪間房內空出一張床就睡哪間，要是運氣不好沒空床，睡水尾那間的地板，反正沒人反對，每次拱豬贏了錢我一定給不打牌卻幫忙把風的志仁二十元吃紅。他覺得二十元還可以。

雖然窮，我窮得如同富豪。用秉忠的說法：死要面子活受罪。他不懂，窮要窮得有志氣，窮，方能成為具有鼓舞作用的單字。

台北生不能住校，而我不想回家，第一次聯考沒考上，老頭拿他的不求人當林沖的紅纓花槍罵，他不養沒出息的兒子。正好兵單送到，我提起行李去報到，以後沒再回去過——沒踏進他家門的回去過，偏激得連北投區也一併列為禁區。

我違反他的指示，高中畢業未考軍校，考不上大學進部隊服役又未申請留營服役，退伍再次未考軍校，補習班混半年考進他口中什麼鳥學校的日文系。妹說的，她爸揮舞不求人鬼吼鬼叫：我沒有兒子。她爸罵：日文系？我入你仙人板板的你爸半輩子和日本人打仗，兒子念日文系？存心丟祖宗的臉，看我不打死他個龜兒子！

妹跟他說不清，聯考是分發，命運乖舛被分發到日文系，純粹老天爺安排，由不得哥。她說，老天爺的每項安排當然有祂的用心。

不回家沒什麼了不起，費點精神到處找住的地方就是了。三年多前新生報到那天，我背憲兵發的草綠色行軍袋進校門，王秉忠甩著馬尾走來問：

「學弟，當過兵？要幫忙嗎？」

我扔下行軍袋請他一根後口袋壓得扁扁的國光牌軍菸：

「幫忙找個能睡覺的地方。」

他出的主意，外語學院男生宿舍，簡稱外男舍，四層樓七十八個房間，一間留給教官，一間留給舍監，兩間庫房，研究生一人一間，四人房的六十四間，可容納大學部學生二百五十六人。

「二百五十六張床，回中南部的、出去和馬子睡旅館的，找張空床不難，搞好人際關係，每天找一次，辛苦點。」

王秉忠高我一屆，當掉三科得重修一年，不得不相當於留級的和我們同班，說話豪氣，可信度不到百分之五十，找空床的主意卻幫助我解決四年住的問題。從外男舍，我逐步發展至文男舍、商男舍、理男舍，可供游牧的床位一年勝過一年。

說真的，找床位可以算兩個學分，訓練學生適應社會能力，足以列為「校必修」。很少人願意將床位與其他人分享，即使不睡也寧可空著。很少人在校四年不需要別人幫忙，尤其有些忙不是每個人都能做的事。

譬如說沒人不哈英文系小約瑟芬，光是她的小短裙就能搧得老榕樹枝葉顫抖大半天，但有幾個人敢上前問：哈囉，我國貿系的厭頭仔，晚上看電影？這時他們會到日文系找我，幾乎跪下來懇求，我便攔在三樓走廊向小約瑟芬吹口哨：來，小妹妹，過來講句話，晚上看免費電影，參不參？

大二初夏的晚上，三個鎮上的小ㄅㄧㄤ混進校園逗西文系落單女生，被我撞到，那時我仍穿憲兵發的卡其褲、草綠汗衫、戴陸軍輕航隊黑色金邊鴨舌帽、背行軍袋、踩從不繫鞋帶的傘兵靴，三個小ㄅㄧㄤ嚇得屁滾尿流跑了。

好一陣子我走路有風，甚至某些女生主動找我講話，她們認定我未必真如傳說的有益，至少無害。

譬如英文系要考《白鯨記》，幾個女生急得等在日文系門口，抓到我便問《白鯨記》到底寫什麼碗糕？我會吐口煙仰天念幾句：

我想我可以航行一下，看看世界的水鄉澤國。

大家都同意，緊急時，全校能派上用場的恐怕只有我，因而沒人不想賣點交情，秉忠的用詞：感冒藥，擺著，總有吃的那天。

化學系饅頭例外，他背後罵我人渣，當面質疑我進大學不好好讀書，時間用在搶別人床位？我沒扁他，沒人扁饅頭，饅頭得用啃的。

大一下，我發現游牧民族不只我一人，至少另有五人，搶空床位靠運氣和人緣。校園內流行撲克牌的拱豬，每人每天不拱一下睡不好覺，水尾那間的志仁不拱，他們當然需要第四咖，我豬羊變色成為他們房間的常客，有時我覺得有固定的地板比不固定的床位要幸福。

水尾上道，他對所有人說明出借床位不是壞事，螞蟻睡自己的睡袋，起床後掃地抹桌子，比他媽的傭人還好用。

一天搬一至二次家對我而言比打蟑螂容易，部隊發的行軍袋內三件汗衫、三條內褲、一條皺巴巴西裝褲、一件夾克、睡袋、筆記本和課本，洗臉洗澡用的毛巾掛在袋子外隨時晾乾，另一件T恤和卡其褲穿在身上，大部分的課本我寄放系辦公室，助教同情我。一塊肥皂與牙刷牙膏塞旁邊小袋子，一干證件與現金在褲子口袋，唯一的大頭傘兵靴穿到鞋底破洞再去用舊輪胎補縫，又能走三個月。

大四時口袋內新增加秉忠送我的三顆骰子，他說要天天摸，骰子是和賭神溝通的管道，一如拜土地公的那炷香。

「你不天天摸骰子，神仙哪知道你是祂的信徒，哪知道你參加大賽。天天摸，把它們摸得閃閃發光，賭神在天上一眼就看見。」

「賭神是誰？」

「就是財神呀，你不認識祂？騎老虎的玄壇真君趙公明，見到祂的廟就拜準沒錯。」

周三與周五是麻將日，其他時間我們雖然不打麻將，拱豬、撿紅點、象棋，能安慰靈魂的遊戲多了。志仁曾經提議玩大富翁，我們覺得太遜，沒同意，他也沒再提。

自從年度大賽開始後，我的行程很緊，周六與周日得進市區當家教，那是我僅有的收入來源，比功課更重要，從不耽誤。周五原是老高日，錯過四次，必須恢復，大學混四年不能沒女朋友，對不起人生。周三和周五半夜比賽，等於周四與周六的白天廢了，拱豬、撿紅點、象棋，打呵欠撐眼皮仍得應付，那是我能在宿舍內混下去的公關活動。

對水尾他們說了五星旗的事，沒人回應，他們都不是黨員，不關他們的事，再說大四生只對怎麼免服兵役有興趣，抽不出時間關心其他事。

大四是人生第一個停滯期，兵役制度像老兵口中台灣海峽那樣堵在面前，不能前進或後退，只能原地踏步，因此大四一整年聽不到男生談未來，最積極的兩件事莫過於吃和打炮，吃到九十公斤以上，體檢丙等不用服役，否則找個馬子逮到機會無暝無日拚命打炮，打到老二軟掉為止。當兵兩年，女生不可能苦等兩年，她們不是王寶釧。大四不必瞻望未來，沒空理會過去，只有此刻的現在。

希望是大一至大三的專利，三年之中他們努力追個馬子以便大四時有炮可打，不會進軍隊仍是處男的不好意思光屁股和其他男生……共浴。秉忠說的，連打手槍也沒假設對象，活得辛酸。不然想法子找醫生開具長短腳、手肘外翻的丙種體位證明免除兵役。以上兩項於三年內無法完成，大四只好積極加入國民黨，在學生黨部內選個小組長、區委，說不定當兵分發到政戰或文書的涼差。國民黨一向照顧他的子民。

我已服完兵役，我的入黨更和希望無關，是繼承。

「五星旗，你是說對岸老共的旗子？」水尾終於表達了他的看法。

從小在眷村長大，誰家沒幾面青天白日的旗子，高二時胡保敬夾在國文課本裡給我看的，一張傳單，印三個朝同一方向舉右手的人像和右手前面的紅色旗子，左上角四顆小星星圍著大星星的旗子。

我問水尾看過五星旗沒，他射出紅心皇后說：

「看恁祖媽。」

凌晨四點四十二分發生的事至此再也與很多人無關，當它是個傳說。

水尾找我去樓頂陽台抽菸，我們play一根金邊紅盒子的高貴Dunhill，他想賄賂我。晉級到第八場比賽很不容易，他問我有什麼主意？

沒主意，能吃能碰不放炮是打麻將基本準則，人人皆知。

「不是啦，」他說，「你看我打牌有什麼問題？」

大賽救了水尾，失戀的他終於找到人生新目標，比誰都興奮，還找關係請人帶他進昆明街的地下賭場見習。日後我常勸失戀的學生去打麻將，容易分散注意力，也沒有時間思考Bee Gees合唱團提出「How to mend a broken heart」的問題。

水尾比王秉忠好，秉忠綽號王對對，喜歡對子，第二場輸光被刷掉，意料之中。水尾精，扣牌是他的本性，坐他下家的經常四圈吃不到一張牌。就同學間打友情麻將來說，酷刑。

「守得太凶。」我無可不可的說。

為此他口沫四濺解釋了十幾分鐘，若說秉忠領我認識麻將，那麼教會我怎麼贏的則是水尾。

秉忠教導我親近麻將：

三種花色，餅子、條子、萬子，一到九各四張，同花色連續三張就成搭子，一二三餅、四五六條、七八九萬，另外若相同的三張也成搭，一一一餅、五五五條、九九九萬。寫漢字的三張一樣也成搭，東東東、發發發、北北北。五組搭子外加兩張同樣花色與號碼的對子，四四餅、六六條、八八萬就胡了。

「比橋牌容易吧，」他的拇指與中指在我眼前搓，「排列組合的遊戲，需要數學精神，不需要數學的麻煩。」

水尾則教我了解麻將：

麻將一共一百四十四張牌，不容易作弊，大家技術差不多，輸贏百分之七十靠運氣，所以賭的是運氣，努力把運氣的環境做好，贏的機率就高。

「你看，我先守住，擅守者藏於九地之下，等運氣來，擅攻者攻於九天之上。要是我沒先守住，運氣進來的機會是不是比較小？」

我同意，我們再play掉另一根Dunhill。

「到底找我什麼事？」

「我們公家。」

Play掉第三根和第四根Dunhill，我始終不知道怎麼回答。依前幾年慣例，我們兩人都外語學院，會和其他學院的兩人同一桌，如果我和水尾練好暗號和默契，說不定能促成至少其中一人晉級，水尾的意思當然是要我成全他。不過只能幫助他晉級到第九場而已，不保證最後贏得冠軍。

冠軍不重要，獎金重要。我比全台灣所有大四生更需要獎金。我凝重的吐煙說考慮一晚上，明天給答案。

睡得連幻想和老高上床也沒，睡得遺忘了大半個夜晚。

最初是秉忠找我，本來他在法文系的宿舍打牌，我游牧經過，看了兩眼說了句冒失話：聽一餅強過二餅，桌面上十一張餅子，沒三餅和四餅，想當然耳，二餅都在別家手裡了。他不高興的推牌下桌抓我到水尾房間，沒揍我，他把麻將倒在桌面，洗了兩次拿毯子蓋住，問我明牌是哪幾張？我寫下。他抽掉毯子數明牌，三十七張，張張被我說中。

這沒什麼，從小在鞭子底下背書過日子，進小學前能背整本《曾文正公家訓》。背書有個邏輯，記住前一句最後一個字和後一句第一個字就連上了。背書早成為我生活的一部分，能背校門口開往市區客運的時刻表、最愛點名的五個老師所有課程、日文系大一到大四每個學生乃至於外男舍二百五十六張床的名字，只要告訴我誰不回來睡，馬上知道第幾號房的第幾張床今晚可能是我的。生存的本能靠長期的訓練。

大學聯考英文考六十三分，是因為我背下整本《遠東實用英漢字典》。秉忠聽得吐舌頭，吐得我擔心再也縮不回去。他指我鼻子說：

「你會贏，螞蟻，你會贏。」

我綽號螞蟻，秉忠取的，有天中午我們一起在理學院餐廳吃飯，月底，我向廚房討了一小撮白糖攪白飯。熱量，我解釋，有一頓沒一頓的人需要遇到機會即補充熱量，糖的熱量高。

「不怕得糖尿病？」

「糖尿病是富貴病，」我舔舔嘴唇的糖粒，「比餓死光榮。」

大四那年開學第一天，九月十五日，他連續教我十天麻將，並且帶我看了起碼二十場麻將，然後坐在商學院的西餐廳，他點了雙份豬排咖哩飯和兩杯冰紅茶餵我。

「熱量夠淹死你了吧，說，你說。」

蛋白質與熱量幫助大腦運作，我說明我所觀察的麻將，一百四十四張牌，每個人一開始各分得十六張，摸過六次牌後也打出六次牌，加上碰的和吃的，出現了大約三十張牌，剩下一百零六張，扣掉自己手裡的十六張，剩下九十張，大概能推算出其他三家手裡的牌。

以為他會誇我分析得好，沒想到他說：

「螞蟻，你錯了，推算其他三家的牌誰他媽不會，你要推算的是還有什麼牌等你去摸。」

要不是情不自禁深愛對子，秉忠會成為江湖高手，他能逆向思考麻將。

我們實驗了兩個通宵，到他家和他的兩個朋友一起打牌，純教育性質的不計輸贏。起先打到第十手時，我得說出另三家手裡有哪些牌，最後打到第四手時說出其他人聽什麼牌。再說明我手中的牌組合經過，我等的牌估計還有幾張。

進入最後測試，他將十六張牌排列整齊：

「聽什麼牌？」

有二三四五六餅，聽一四七餅。過關。

另一列十六張牌：

「聽什麼牌？」

沒有麻將頭的對子，倒是有五六七八萬，聽五八萬。過關。

他站起身伸懶腰，掏出五張百元大鈔扔在我面前：

「螞蟻，報名參加麻將賽，我投資你。」

以為秉忠想訓練我為江湖高手，畢業後到港澳賭場海削一筆，跑到泰國買個島從此廢掉下半生，不是，他算盤打得沒那麼遠大前程，虛榮，以便萬一我踩到雞屎贏得比賽，他可以對人說，那個螞蟻，我徒弟。

有些人這樣，真的這樣。

秉忠、四十萬、五星旗和其他

麻將賽是校園內的神祕活動，簡稱大賽，全校只有這一項稱得上大賽，一如「世界盃」這個名詞專屬足球。很多人知道大賽的存在，但不會有人檢舉，不打牌的更不好奇。學校嚴禁賭博，大賽有個極弔詭的規定，計算單位是分，考試得幾分的分，不是元，豬血糕一支幾元的元，既然桌上沒現金，彼此事後也不你給我幾百元，我給他幾十元，能算賭博嗎。

無人檢舉還有個大家心知肚明的原因，打小報告沒好處，教務處不發獎學金，而且學校叉燒包子大小，藏不住祕密，用肚臍眼也猜得出誰是教務處的細胞、誰是訓導處的細胞、誰是教官的細胞，檢舉者的身分一定保不住，到時得罪全校近千名參賽者與關係人，犯不著。秉忠說的：

「不打麻將，算大學生嗎。」

更重要的，比賽規定贏者的獎金只能用在留學，得拿到國外大學的人學許可才匯進帳戶。名目多正當。另一個角度想，為賺出國的學費而日以繼夜打麻將，怎有空念書？不打麻將沒錢出國，又多矛盾。當時無人提出疑義，想到能贏得去美國的保證金，興奮之情或許可以一時忘記托福怎麼考到六百分的另一大現實難題。

麻將大賽比亞特蘭提斯、孫立人住哪裡、馬雅象形文字更神祕，它沒有歷史，談不上恩怨情仇，不知誰是創辦人，甚至沒人說得清究竟主辦單位是寫實或抽象的存在。各系每年開學自然跳出一名聯絡人，收報名費、通知比賽時間，至於多少人參賽、到底比賽幾場，都屬於神祕的範圍。

報名費五百元，抵我一個星期兩個家教的收入，秉忠稱為「本錢」。如果三百人報名，贏家可以獨得十五萬，神祕的主辦者再出同額費用當獎學金，湊成三十萬，可以去美國念書了。

誰是慈善事業的主辦者？為什麼出另外的十五萬？更大的祕密。我一度猜想是秉忠，他愛麻將，他老頭老母有錢，他熱愛大學生活，說不定會愛到再設法多當掉兩年。秉忠明說不是，他的上面還有人，收了報名費與登記報名表，他負責上繳而已。他的上面是熟人，如果他污掉其他人的報名費，會被亂拳打死，他上面的如果污掉報名費，會被他亂拳打死。總之，黑社會式的ＤＮＡ串連關係。況且大賽已經進入第五屆，說明這真是種組織健全，老少不欺的活動，不用擔心五百元報名費扔進水裡。

民國六十四年，實際參加者超過四百人，不只本校的，外校也來了一百多人搶錢，總獎金高達二十多萬，對等加碼到四十萬。那個年代月薪六千元已是外商待遇，好額人，二十萬能買台北的公寓。

報名者增多，若按照輸光了下車，其他三人晉級的方式，得打到第二年六月。秉忠通知第八場起改成五二制，底五十分，一台二十分，仍維持輸光的下車。從原來的底三十分、一台十分，增加到五十、二十，等於加倍，這是水尾找我公家的原因，輸贏速度加快，保險的方法是我幫他晉級。

拒絕了水尾，獎學金對我重要，請他務必體諒。水尾罵了一句三字經而已，我們未因此翻臉，第二天秉忠通知晉級者由主辦單位抽籤分桌次，大家會收到去哪一宿舍幾號房比賽的條子，可是不公開對手名字。

還是幫到水尾，當我們拿到宿舍號碼，我告訴他那間房住的是誰，對手可能是誰，如果真是我設想的那位，他對門清有上輩子的感情，對沒台的屁胡有三代的仇恨。這對水尾總有些幫助，那晚前四圈他坐主場對手的上家，死不打條子，差點引發主場多年未發的氣喘病。不僅外男舍，理男舍、文男舍每間房住的是誰我瞭若指掌，至於商男舍，知道一半，游牧民族找過夜地方，足艱苦。

比賽規則和市面打的十六張一樣，能算台的全算，像門清、自摸由兩台算成門清一摸三（增加不求人一台）的三台。無字無花算台、八張花牌全拿的八仙過海八台、平胡與全求各兩台。底三十分，每台十分。之前每場每人均為五百分開打，三一制，第八場起改成五二制。據說某個激進分子向主辦單位反應，如果維持每場淘汰一人，三一制能打到地老天荒，不刺激，降低比賽的緊張程度，要是打五十、二十，說不定四圈牌就結束，參賽的人更集中注意力，不會老是上廁所、找零食。

「他媽的大賽欸，不是殺時間或培養同學感情的衛生麻將。」激進分子的宣言。

神祕主辦單位代表之一的秉忠說，主辦單位從善如流。他提醒我若進入最後十六強，相信仍打五二制，最贏的兩家晉級到八強，再取前兩名進八圈的四強賽，最後贏家拿全部，一關比一關競爭激烈。

第二名和第三名呢，大家打得那麼辛苦才進四強，多少該分一點。

「第二名和第三名？」秉忠伸張脖子看我，「贏到名聲和尊敬，說不定變成校園裡的傳說，還想怎樣？」

比威廉波特世界少棒賽刺激多了。

前七場打得跌跌撞撞，參賽者皆有備而來，拿台大老狄來說，過去一年打了五十場麻將，將過程做出一本冊子，封面上寫「十六張麻將真經」，列出他犯下的錯誤，需要時看一眼能提神醒腦。和期末考不同，主辦單位沒有規定比賽時不能翻書。書，麻將的大忌，老狄不迷信。

老狄苦戰至第五場因放了把十一台的大炮而乾鍋出局，將筆記本送給我，臉色灰暗的於天亮之前騎自行車沿省公路回市區。筆記本內前四項提醒是：

不可喝主場提供的飲料，喝自己帶去的。
不可與牌友聊天，他們故意分散我的注意力。
抽菸房內打牌時務必開窗，否則容易昏睡。
不可於精神渙散時等自摸，能胡就胡。

最發人深省的一句則是：

麻將裡最險惡的魔鬼是讓你以為能做出大牌，然後你就迷失心智。偏偏那個魔鬼的名字叫做希望。

我送老狄到校門口，握住他汗溼的手，老狄，我說，留下記憶。他揉揉眼回答，螞蟻，你可以，加油。看著他奮力踩踏板離去，彷彿看見步校受訓彎身持槍往拐么四高地奔去的最後一名攻堅者，炮擊與機槍的火光閃在四周，喊殺聲震動大地。省公路不見車輛，霧裡的柏油路延伸至看不清的遠方，他吸一口大氣踩進回家的路。輸了仍得回家，悲壯的背影。

他留下名字叫希望的這隻魔鬼。

是的，我見過魔鬼。

秉忠雖然早已出局，對我的連戰皆捷倒是很興奮，請我吃了好幾間餐廳，怕我熱量不足打到一半昏倒。他爸海軍少將，陽字號驅逐艦隊副司令，圓山飯店會員，能進去蓋高尚的游泳打網球。我去過一次，沒游，吃了漢堡薯條和可樂，學冬天的貓，肚皮朝天享受陽光，曬掉連續多日晝伏夜出長出渾身的青苔和磨菇。他總穿條寬大的泳褲在池邊晃，陽光底下能數得出他肋骨，那幾年流行瘦，不是普通的瘦或精實的瘦，是電視新聞裡鑽地洞的越共那種瘦。

他不必擔心去美國念碩士的費用，他擔心能不能從台灣的大學畢業。不愁沒有女朋友，他唯一煩惱是歷任女友無不要求畢業馬上結婚。不住宿舍不住家裡，他媽在仁愛路有間房子專供他好好讀書，他不敢住，外語學院一半女生知道那個地方。有次他請我和老高吃飯，吃到十一點，帶我們去仁愛路過夜，扔鑰匙給我：

「你們晚上睡這裡，電話不要接。」

那晚電話響了三次，第四次老高剪斷電話線再剪斷話筒線。秉忠第二天拿著斷了線的話筒發愣：

「操，螞蟻，你馬子太極端。」

秉忠故意安排的，他擔心我憋一肚子精蟲畢業，影響身心發展的健全。不幸我和老高沒打成炮，她很堅持，什麼都可以就是不准進去。我說進去了兩個人都溫暖，她說她夠暖了，不想更暖。做男生，能說什麼？

我抱她的腳丫睡得也還算不錯。她的腳特別，白厚小，五根腳趾頭分得很開，愛穿日式涼鞋，她相信趾頭分開，走路時接觸地面的面積大，平穩，健康。

她奶子小，走路不會前傾，也健康。我開玩笑的，她三天不跟我說話。

對老高，沒什麼好挑剔，大學三年交過四個女朋友，只有她不在乎我的窮，這點很重要，前三個女生聽說我游牧無不掩嘴驚叫，就再見了。

我的窮，在學校有點小名氣，別人抽長壽，我抽金馬；別人喝啤酒，我喝五加皮。一個月五至八天靠理餐免錢的豆芽湯泡白飯維持生命。

沒人同情或可憐我，沒人唾棄或閃躲我，拿到家教費用、撿紅點賺了錢，我請他們到學校對面吃客飯，花費有限，精神長在。大家喜歡螞蟻，至少別討厭就成了。不過女生偏好安全感，一位前女友對她同寢室的說，螞蟻人不錯，就是不確定性太高。老高聽到轉告我。她可能暗示我得糾正不確定性這點。

我睡掉四分之三的《四百擊》，陪老高在校園散步聽她發表影評，崇拜革命家式的女生，幾年前美國伍茲塔克音樂會上瓊．拜雅的風采，於微笑中灌輸信仰，以吉他弦為劍，挑戰政治人物設定的價值。她知道大賽的事，叫我不要太累，功課要顧。我半昏迷狀態下啵她，記得從耳朵後面啵到紅豆般結實的乳頭。她喘著大氣推開我，不要這樣，她捏我耳朵，再這樣我不理你。妳還是理我好了，我替她扣上胸罩。

送到宿舍前她再問我念日文系的贏去美國的獎學金做什麼？再一把推開我，踩著夾腳拖進去。每次分手與她每次離去的背影，總讓我想到電影《第三集中營》裡史提夫・麥昆騎德軍機車試圖躍過邊境鐵絲網的畫面，他躍了，沒躍過鐵絲網。導演不該毀滅觀眾的期望，不道德。

分手後我想了想，老高說的果然是個忘記考慮的大問題，日文系的去美國做什麼？賣日本式的中華料理？也許不值得傷腦筋，周圍所有的人都計畫去美國，包括中文系的，連秉忠也豪氣萬千：

「一定要贏，贏了一起去美國，不然我一個人太無聊。」

他從不思考為什麼去的問題，只思考去，和其他人一樣。我們是超級樂觀的一代，所以老高丟下的問題沒困擾我太久，一切先贏了再思考不遲。

星期五起宿舍十一點起停電，沒人敢問為什麼，校方說了算，屁眼想也知道和五星旗有關，但五星旗為什麼連鎖反應為宿舍停電？

晚上要念書的學生集中到一樓交誼廳，舍監逐房點名，謠傳周六上午教官將突擊檢查每間宿舍，可能想找到芝麻開門的寶庫，裡面堆滿五星旗和毛澤東寫的毛語錄，說不定周恩來站在裡面向他招手：宇教官，吃咱陝北油潑麵不？

叔，

打聽過，倪神父愛抽雪茄，愛喝葡萄酒，同學喜歡他，至於他是不是像你擔心的影響我們思想，不必擔心了，下學期起他去梵蒂岡，為此他每天笑嘻嘻，我如果去補上他課，大概不用考試也能pass。

找不出升旗的人，不過他應該了解宇教官晨跑習慣，宿舍十一點關門，十一點以後校園內沒人，老宇四點二十分左右出來跑步，推算升旗的時間為十二點至四點。老宇住商學院宿舍，商學院的嫌疑最大。

桑提亞哥

PS：最近忙，實在沒空和您老人家見面。謝謝你關照姓石的還有我妹。

難不倒打麻將的人，我被分到文男舍，他們已準備好蠟燭和手電筒。用毯子遮住窗戶，鋪毯子在桌上，塞毯子在門下面的縫。那年頭每個住校生都有條純羊毛的毯子，且大部分是草綠色軍毯，好像我們來自同一個師同一個旅同一個營，分享同一種血與汗的傳統。

我的軍毯來自美軍，當然純羊毛，繡了英文，退伍時夾帶出營，八百年前賣了二百元，換三頓有肉有菜有辣椒的客飯。

前四圈運氣離得我很遠，三家輸一家贏，主場中文系駱駝手風順到一餅單吊自摸，我們認為和窗前養的紅龍魚有關，牠是駱駝的新寵物。外傳紅龍魚帶來財運。很大條，至少半公尺，魚缸得更大，三不五時餵食、換水、打氧氣，舍監怎麼可能沒發現？駱駝指指他的花棉被，查房時拿棉被蓋魚缸說曬被子，有跳蚤，舍監當場倒彈十公尺。

我們三家一致同意用有跳蚤的被子再蓋住魚缸，否則向主辦單位上訴主場作弊，駱駝不能不接受，他怕前面贏的四圈不算，自認沒有紅龍魚助陣也已穩住江山，沒多想我們誰也搞不清主辦單位在哪裡。

後四圈手風變了，簡單的計算，東風上一把打出一張，我手中一張，外面還有兩張，而這時不可能有人手裡握兩張東風，不可能握著一張東風不當廢牌打掉。等單吊東風的機率比等二、五餅高，五餅被碰了，只剩一張，說不定在另一家手裡。從沒人打出二餅，可見有人熱心收藏了兩到三張二餅，打算留給兒子、孫子當傳家寶，摸到二餅的人絕對不敢打掉，怕放炮。

選擇死守東風，它是我前世情人，來世戀人。軍隊裡的口號，主義產生信仰，信仰產生力量。結果我自摸東風。秉忠說的對，有位神仙在雲端管理天下的麻將，他老人家愛擇善固執的男子漢。

和光線不好、提防舍監、不開窗太悶都有關係，雖然八圈沒打完駱駝就萎了，仍然打到天亮，我帶著一砍三的戰績晉級第十場。勝利後沒有凱旋儀式，我得先用冷水洗臉恢復知覺，再攀文男舍後面的排水管離開。駱駝心眼小，沒警告我該爬左邊的，右邊的螺絲釘鬆了，害我從二樓摔進矮樹叢。

不論多累，得回外男舍，水尾等我。他也剛結束，不幸輸了。偶一為之的單吊救了我，單吊成為習慣性的老毛病自然害了他。水尾的單吊和我的東風單吊徹底不同，我是不得不，他是不由得不，他享受單吊多一台的快感。秉忠評論，大賽好比ＮＢＡ，各隊拚了命搶進季後賽，但有些自命不凡的傢伙仍陶醉在得分王的夢裡。

我們近七點才睡，水尾不需要評論，他是需要安慰的男人。我睡吳聰賢的空床。一說阿賢迷上萬華茶店仔的性感阿姨，騙父母加阿公阿嬤補習托福、補習英文要錢，拿了錢去找阿姨，打炮打得講話比七十歲老人更沒力氣。一說他嫌宿舍吵，躲到二十四小時Ｋ書中心，想考公費留學。兩極化的說法。總之，一星期他有一天不在宿舍。

吳聰賢的床位品質在平均質之下，手槍打太多，有股腥味。

帶著連續晉級的滿足感，我睡得死去活來，夢中聽到哨子聲，聽到敲門聲，聽到教官吼叫突擊檢查，至少我一直都沒醒，睡得比埃及木乃伊還要沉。

秉忠傳來消息，商學院一個痞子連戰皆捷從未輸過，最近一場八圈自摸了七把，不知誰給了他新綽號，佛手。理學院數學系的另一傢伙也神，胡了一把高達十六台的自摸，我問，他的新綽號是釋迦？人人有備而來，顯示參賽者高手如雲，戰況將更趨激烈。

大部分則戰局膠著，上一場有一桌打到十三圈才讓一人乾鍋而結束。再考量教官最近查房勤快，主辦單位由聯絡人通知對外不要多談大賽的事，要是忍不住想談，務必以拱豬做掩護。

大賽清新單純，不想被捲進政治事件，而大家明白，抓不出升五星旗的人，教官會殺無赦的逮到什麼算什麼。

我沒意見，早點結束最好，免得每晚夢裡盡是餅子、萬子、條子，老實說我連走路也看到發財和紅中，問其他人，大致陷入類似情境，化學系一個小子做實驗也能說夢話喊，碰。

「放心，老高那裡我照顧，你專心打牌。」二條臉孔的秉忠朝我搖頭講了那個時代的至理名言，「要是去不了美國，螞蟻，老高看不起你，沒馬子跟你，孤老以終，到時別指望我收容你。」

他怎麼照顧老高？天底下最危險的莫過於將女朋友交給最好的朋友，拿雞蛋捶雞蛋，破光光。

「欸，我請她同寢室的盯著，有什麼風吹草動通知我。哪個笨蛋敢動她腦筋，我找人去捶。」秉忠一向傾心於雄性動物的地盤論。

教官查房，沒搜出五星旗，搜出十二副麻將，所有人口供一致，研究中華國粹，不涉及賭博。即使教官火氣大到想記幾個人的過也辦不到，法律系的系代表向訓導處陳情，因現場未逮捕現行犯，未扣押賭金，不能因擁有賭具而判刑，一如不能因擁有撲克牌認定為賭徒，而且麻將比撲克牌，根本國技，能否列為賭具，請校方向教育部請示。

麻將被沒收，沒說明原因，至少教官未再追究它用途，和五星旗比起來，麻將實在不是個東西。黨部接到的指示一字未提麻將，全部聚焦於五星旗。在國父遺像與黨旗前念完總理遺囑，上級教育黨部派來的指導員以沉痛的口氣呼籲，希望全體黨員同志揪出學校裡的壞分子。

新的謠言不知是不是共產黨放的，居然指國民黨的職業學生升上五星旗，藉機整肅異己。

宇教官急著發言，不揪出升旗的小子，大家日子不好過。他看看我：

「你們來自忠貞的愛國家庭，看得下五星旗掛上學校旗桿嗎？」

他沒看物理系的黑桃，沒看急著想發言的菜頭，他看著我：

「不比散布共黨言論，這次升旗子，存心顛覆我們學校，所有大專院校聽說了，你們出去不覺得顏面無光？」

秉忠從後門爬進來塞給我不知他哪裡弄來英文系的《伊里亞德》，裡面夾著紙條，下場改周一開戰。周六周日連續家教兩天再上牌桌燒腦，會死人。

宇教官仍然看著我，他忍不住了：

「聽說學校最近有些異樣活動，螞蟻，你人頭熟，多打聽。」

我額頭發燙。

「你們日文系在外面包場地放不三不四的電影，組織三島由紀夫讀書會，多去了解。三島由紀夫寫的盡是軍國主義思想，你們居然把他當大作家研究，不像話。」

鬆口氣，他說的不是大賽，想從共產黨追究到軍國主義，由他。

「呃，」我不能不回應，「我去了解。」

最後滿頭白髮的上級指導員講了段國共鬥爭史才散會，他講了起碼三十分鐘，三分之一是成語、三分之一出自蔣中正語錄、三分之一咳嗽，濃縮為一句口號：匪諜就在你身邊。

秉忠瞭解黨部運作方式，他開導我：

「上級指導員得冠冕堂皇的講，那是他應付人生的手段；你得點頭如搗蒜的聽，你應付人生的手段。螞蟻呀，你看，他講了，以為你聽進去，你裝聽了，讓他以為你聽進去，他有成就感，你有慈悲心，多完美，這就是國父孫中山他老人家說破嘴的大道之行也，天下大同。」

秉忠認為政治是洗衣機，把各種衣服扔進去，加了洗衣粉稀哩呼嚕由它轉，轉到大家頭昏，衣服就洗好了，散發同一種香味。

「螞蟻，洗衣粉就是我們高中三年讀的三民主義，聯考你考九十分對吧，我九十五分，多補，幸好有三民主義，不然考不進大學。」

等等，讓我想想秉忠的洗衣機理論。不行，滿腦袋仍是麻將。

老高透過英文系女生找我們系裡的女生帶來話，要見我。她幾乎不曾主動找過我，事情大條了。

大三的盧桑也來找我，下周一系裡新生盃籃球賽開打，是一連串迎新活動的重頭戲，一至三年級早開始練球，唯不見四年級的動靜，他客氣提醒：

「螞蟻，你們不能不參加。」

當然參加。系裡的新生盃打完，十一月底各學院的學院盃，各院冠軍隊伍再打十二月全校五院賽。大一、大二時期我們期盼籃球賽，大三起學校成立體育系，誰打得過他們，沒意思，從此意興闌珊。

無論如何，新生盃得應付，事涉傳統，無法打折扣。

萬事莫如老高急，我跑著去理女舍，好久沒跑，提起腿千斤重。

她站在理女舍後面小水池，身子修長，睡衣式的袍子到膝蓋，我跑上去要抱，她輕巧閃開，神情嚴肅講了許多話。

「你們系主任要當你。」她說。

「聽你們班上講的，從開學到現在你一堂課也沒去，你完蛋了。」她再說。

「連王秉忠也去上課，你為什麼不去？」她繼續說。

「要是缺課超過三分之一，不是重修，是退學。」她厲聲說。

「你不是答應我順利畢業嗎？不守信用。」她幾近聲淚俱下的說。

「你那麼努力考進大學，為了什麼？不是叫我對你抱持期待嗎，這樣下去我要期待什麼？」她提高嗓子說。

「螞蟻，不要再打麻將了好不好？」她終於比較溫柔的說。

我的頭幾乎垂到肚臍，原來我讓女生失望到這種地步。男女交往彼此給予對方保證，維持保證是愛情的支柱。支柱快斷了。我胸口很悶，大賽的事不僅是一種比賽，影響到我人生了。

籃球、阿玲、八卦鏡和其他

面對系主任，很痛苦，比面對老高更苦。他個子矮小，一年四季穿同一套很舊、表面起毛球、散發濃濃樟腦丸氣味的深色西裝，冬天頂多在裡面加一件前排釦無領羊毛背心，走路用拖的，拿皮鞋當拖鞋，戴厚得看不清他眼珠的眼鏡。課堂裡他會不時以右手中指關節推鏡框談起往事。

日本占領東北後，他的中學課程增加了日文，成績不錯得以去東京念大學再回瀋陽教書，陰錯陽差，學的是理工，教的是文學。戰後一度被列為算漢奸同等級的附敵分子，經過幾位東北出身的立委、國代作保，勉強洗清罪名，再因戰爭輾轉到台灣教書。

外語學院五個系，他是唯一本國籍系主任，講日語腔的英語，每次五系的系主任會議後總傳出關於他的笑話。

他不高卻駝背，穿雙很重後很大的黑皮鞋，當他撐著傘穿過被稱為「淫雨」的春雨，彷彿背起整個陰沉天空加諸他身上的壓力。

可能因此他珍惜工作與學生，帶頭反對課堂點名，主張大學教育當然以文學為重，要學商用日文不如去補習班。他私下對老師表示儘量不要當掉學生，「當了學生是我們老師的恥辱，能救就救。」

這話是葉助教傳出來的，期末考後系辦公室外長廊等著討分數的學生立刻安靜得有如扣除蟬聲的夏天夜晚，悶得冒出火光。

我和秉忠都在討分數的隊伍裡，他推我去綜合教室前抽菸。躺在草地看颱風來臨前芥川竜之介的深橘色、憤怒的天空。

「我們就由他當掉怎麼樣？」

聽起來是個好主意，可惜我沒有時間，不能瀟灑的念大五。

大二那年他沒當我，中秋節助教揪人去他家包餃子。系主任妻子早逝，和女兒住一起過日子。我和秉忠都參加，我為餃子，他為系主任女兒。

曾小姐已經出社會，大約二十四歲，在專賣日本書籍的出版社工作。曾家被不同形狀的書架區隔出不同區域，有些書架幾乎快散掉，有些書從書架蔓延到飯廳。每次曾小姐都說書隨便拿，不然我家要爆炸了。系主任笑嘻嘻接著說，拿走的書要看，書不看就不叫書，是垃圾。

餃子上桌時她在我耳邊問，你是螞蟻？加油，我爸說你有天分，記憶力好。

日後我和秉忠沒話講的空白時間便會點根菸躺在草地，他總這麼重啟話題：

「記得系主任的女兒不？」

我們自然因此陷入回憶，想念那名漂亮又能幹的女兒怎麼為父親調吃餃子的佐料，怎麼制止父親偷偷倒第三杯酒，怎麼摟著椅子內的父親吻布滿老人斑的額頭。

「你想的和我想的一樣？」

「應該一樣。」

秉忠以左手食指敲臉頰，每次他這麼做就能吐出煙圈，橢圓形，大中小，後面的穿過前面的，原子彈爆發那樣。

「沒見過這種女人，連打手槍都不敢想她，聖女。」

「她的餃子好吃。」

「茴香的。」

「她的氣味好。」

「不准超過界限。」

痛苦正在於預期系主任不會罵我，不會明說當掉我。他會說以前讀書多麼辛苦，轉而問我有什麼更辛苦的事讓我無法上課。

能對他說我想去美國念書，為去美國打麻將掙錢，為打麻將而不能上課？

星期天上完家教，我趕回學校，待在外男舍交誼廳一整夜，設法追上系主任教的日本文學進度。班上女生大方出借課本和筆記，我集中精神如同當年背《論語》般，背下夏目漱石的《吾乃貓也》第一章並絞乾大小腦翻譯成中文。天亮溜進二樓浴室從頭到腳沖了十分鐘冷水，換上水尾只到我小腿中間的西裝褲和襯衫，準八點十五分守在系主任辦公室前，無論上午有課沒課，他總搭第一班教職員交通車進學校。

我交出翻譯稿，將夏目漱石的小說第一章默背一遍，中間停頓兩次，他笑瞇瞇提詞。

「大家叫你螞蟻？螞蟻，你表現不比其他同學差，不過文學不單單背書和翻譯，你想得透？」

我都已經努力成這樣了，還想怎樣。

「文學是種思考方式，和科學、藝術相同，表現出來的媒介面向不同罷了。」

他在口試？

「還沒找到住的地方？對不起，前幾天才聽說，系辦公室的沙發可以嗎？我叫助教換新的，長一點的，不然我家有一張，堆書，搬來好了。」

他家沙發都被書壓垮了，不太好吧。

「聽說你打麻將，為了賺錢念書？」

世界有種人能讓你在他面前比嬰兒剛出生時的哭聲更誠實，事後我想過，和信賴有關，值得把自以為是的未來攤開給他看。

我一五一十將大賽的事說了，他露出兔子門牙笑個不停。

「別誤會，不是笑你們不上課去打麻將的荒唐，笑的是，螞蟻，年輕真好，能熬夜，敢把夢想押在說不定是場騙局的麻將比賽上。」

我解釋規則，說明贏家得到的獎學金，故意不提只給去美國的。他聽得忘記閉上嘴。

「聽來和你的未來有關係，還有幾場得打？」

還有三場，我隨口瞎說。

「輸了呢？」

「當做浪費時間。」

他大笑：

「好，年輕，有大把大把大好年華歲月任你浪費。」

臨告辭前他對我說了一句事關畢業的話：

「該上的課還是要上，有空翻譯第二章，你翻得很好。」

我點頭，該回去上課，待我應付完大賽，一定一堂課不缺。我在肚裡對自己發誓。

大賽聽說殺到只剩下不到五十人，再兩、三場就進入十六強決賽，而且競爭激烈的程度超過以往，有人做出小三元、有人摸到七張花牌的七搶一、有人自摸清一色。

自摸清一色，怎麼可能。魔鬼出現了，秉忠與另一位聯絡人親眼目睹。

體育系馮大胖摸的，他在文學院餐廳二樓咖啡廳重述過程，表情不是興奮，是驚恐。

「牌一上手就十一張萬子，十一張耶，十六分之十一，你們說該不該專心等萬子？我告訴自己，把不是萬子的全打出去徒然便宜下家不說，搞不好放炮，還是照規矩先打掉前不著村後不著店的一萬。突然間，不知道誰控制我的手，打出去的是二條，明明手上還有三條。不是我想打二條，有人幫我丟出去，接下來，秉忠在現場，我不亂掰，接下來摸進來的每一張都是萬子。」

他兩手一攤：

「就這樣摸出清一色，我忘不了，三四五萬、四五六萬、五六七萬、三張八萬、三張七萬，最後單吊一萬，摸之前我有預感，就是它，就是它，果然一萬。」

他伸出兩隻手：

「打完牌我的手還抖不停，現在，你們看，一回想清一色，又抖了。」

一萬，前不著村後不著店的一萬。不知誰說的，麻將裡最叛逆的就是一萬，丟或留一念之間，要丟早丟，要留就留到底。

馮大胖是三鐵選手，特地請假回花蓮拜他家旁邊的千歲廟，他由千歲看著長大。他向千歲爺祈求，任他打完大賽，以後絕對認真念書。至於千歲爺怎麼回應，馮大胖沒說擲筊杯問神明的結果，下一場他一把未胡被淘汰出局。他對其他人說：

「八圈牌，從頭到尾我一張一萬也沒摸到，你們說是不是有鬼？」

另一件傳聞發生在商學院，有個小子在主場自己房間貼了符咒，聽說拜託宗教研究所在學的師公畫的，驅邪鎮鬼，貼在其他三人椅墊下，他自稱前一晚腰扭傷，非得坐他加了靠背墊的椅子不可，搬風，不換椅。巧的是那天圖館系老包殺紅了眼，書包背面貼了八卦鏡，向宮廟借來的，屋內若有小鬼、妖精，無不打出原形。

打到第三圈蠟燭和手電筒同時熄火。老包以打火機到桌下撿掉下去的牌，意外看到符咒，和主場小子幾乎打起來，另一人則發現老包書包背面的玄機，也打成一團。

文學院和商學院的聯絡人趕去現場，幸好四人輸贏不大，大家同意撕了符咒、沒收八卦鏡，經過搜身後繼續比賽。

愈接近最後關頭，牌的出現愈打破腦袋也想不通。商學院陳澄清與水尾同桌那場，水尾把把有事，當場被打爆。水尾轉述，第一把牌，陳澄清的十六張牌有四張紅中、四張么雞，而陳澄清屬雞的，雞遇見紅中中央的那把劍，不可能不見血。陳澄清馬上蓋牌，摸進來什麼打什麼，如他所願放了炮。接下來陳澄清幾乎要什麼有什麼，西風南那把，連五莊。

「打完陳澄清才說，他被四張么雞、四張紅中快嚇死。拿到那手牌真的不能胡，老一輩的說有不乾淨的東西在牌桌旁。我一個大伯，叫大伯，不是真的大伯，過年和朋友打牌，摸進牌，一手揪心臟來不及等救護車就掛掉，大家看他的牌，螞蟻，就等自摸的大三元，紅中、白板之外，發財兩張，缺一張齊，別人扳開他僵硬的指頭，相信嗎，他手裡那張是發財。」

我們投籃熱身時轉述給秉忠聽，他一臉剛和閻王爺喝過茶的表情點頭同意，太詭異的牌不能胡，太大的牌不能胡，我說，胡小牌又被罵沒志氣，打個屁。

「不信邪，下次你試試看。」

迎新籃球賽第一場大四對上大一新生，經過三年菸酒、麻將的摧殘，老傢伙理應不是剛從成功嶺下來小朋友的對手，奇怪的是大炮手氣奇順，上半場三弄兩弄飆進九球。大炮也付了五百元，第三場被淘汰，控制不住脾氣，放炮摔牌、打錯牌敲自己腦袋，自殘有名，可能把氣出在球場，連撞帶拐，非把球搞進籃框不可。我盡力得了幾分，快傳到前場，沒人守我，要是上籃不進太說不過去。終場我們贏了五分。

新的狀況是大四一下子士氣高昂，萬一再贏下去，我們得打學院盃，搞不好打進校際盃，我沒有體力一邊打麻將一邊打籃球，再一邊翻譯夏目漱石的《吾乃貓也》第二章。

老高難得來看球，賽後我急得向她說明去向系主任道歉的過程，雙手呈上翻譯稿影印本表達我的悔過自新，她態度不熱情，口氣近乎冷淡：

「不要再耍小聰明，螞蟻，我和同學到這裡聊天，不知道你們比賽，不是來看你。正好對你說，我受夠了。」

大四開學的第一個星期認識老高，秉忠辦的舞會，目的在照顧仍沒女朋友的孤單男同學，第一支舞我請最靠近我的女生，竟沒被拒絕。

長人。我說，妳很高，多高？

我姓高。

那我叫妳老高可以嗎？

你是螞蟻，很有名。

沒想到我有名，是因為還算帥？

我們宿舍的女生說你是本校開校以來最窮的學生。

窮到全校都知道，我該榮幸？

你記憶很好是不是？她拿來一張唱片封套，給你五分鐘，把兩面十二首歌的歌名記下來。

我記下來背給她聽。

你連英文也記得住？他們說你能背整本英文字典？教我們中國通史的倪神父說你是他教書以來唯一能把王安石變法土地政策說清楚的學生。

照樣被當。

誰叫你不上課，倪神父最恨學生翹課，瞧不起歷史。

星期五晚上有空嗎？

幹麼？她甩掉我的手，也停下舞步。

吃飽了，校園裡散步幫助消化。

螞蟻，沒人第一次約女生只在校園散步，我相信你很窮。

這麼可愛的女生，她也受夠我了。

終究得面對選擇，我可以專心打球和上課，為大學四年留下些健康的回憶，說不定還能保住老高。我說服自己，就算輸了，輸的是秉忠的五百元，要是贏，說不定根本騙局，主辦者賺進二十萬報名費腳底抹油早開溜，騙得幾百個笨蛋以為打麻將真能賺到去美國留學的學費。

順其自然的輸，說不定是最好的選擇。

那天晚上我去校門外吃了大碗魯肉飯補足精神，意外遇到生物系阿亮在人行天橋下面的土地公廟拜拜，他緊閉兩眼默念了好久，燒了不少紙錢。他是那晚的主場，理男舍四〇七號房。

輕鬆打牌，意思是不必在意養肥下家，糟的是我沒辦法叫大腦停止記牌。四把之後，腦子裡自然出現其他三家的牌形，六把之後我猜出對家阿亮聽一、四萬，上家德文系寶寶聽二、五、八餅，下家企管系偉國苦苦等我放九條，而我離聽牌大約還有十二個光年。

神智有如目不轉睛連續看荷花池二十分鐘，飄離牌桌，聽到女人嘆息聲，聞到幾乎遺忘的香味，我問有沒有薄荷菸，一股熱氣包住我。

就在眼皮閉上的那一秒，我摸到一萬，整個人驚醒，一萬使我湊出第二搭，再摸了五萬，湊出第三搭，一直想打出去的九條變成兩張九條，還馬上碰了九條。最後海底自摸。

那晚我砍了三家，毫無懸念光榮晉級。

不太對勁，第二天我老實對秉忠說出過程，要什麼牌來什麼牌，丟什麼牌都沒人要。事後問誰有薄荷菸，沒人，那晚根本沒人抽涼菸。打完牌進廁所反胃想吐，又吐不出來。

「沒關係，這種事我見多了。」

他騎風神一百飆時速百公里帶我去新莊一片農田中央的武聖廟，叫我誠摯感謝神明相助，保證贏了之後必奉上金牌還願。

不能對秉忠說我不想比賽下去，他是我金主。何況如果已經打到快進十六強，退出的意義在哪裡？

「你昨天跟在阿亮後面到土地廟，螞蟻，說不定路過的陰靈上了你的身。為什麼在那裡蓋人行陸橋？以前出過車禍，撞死三個人，其中一對母女，女兒不到一歲！趕快拜關公，答應還願，這樣你贏的業績算關公的，正神會趕走附你背上的兄弟仔。還有，吞這包香灰。非吞不可，不信你去看鏡子，兩眼發黑，額頭一二三四，五顆新冒出來的青春痘，火氣大。」

業績算關老爺的？打金牌給關老爺？獎金是真是假還搞不清，一下子我又多了金牌的承諾。

香灰讓我拉一晚上肚子，感覺還好，一股力量擠壓我腹部，清空我肚腸，走路有如踩在空中。

第二天晚上水尾問我為什麼整天逢人就笑，一個人站在校門口也笑？我笑著回答他，快進入十六強的人都會笑，晚上睡覺會吵到自己，一夜笑醒七次。

很久沒洗臉，一向只沖臉，我對著鏡子看很久，又瘦又白。研究所的達倫晚上進希爾頓飯店的迪斯可舞廳當ＤＪ，幾乎不回來睡，他叫我睡他房，免得舍監懷疑是空的，送到系辦公室追究他多久沒上課。

達倫是另一種大學生，大二起進咖啡館彈吉他唱歌，大四當起ＤＪ，也留一頭長髮，但不紮馬尾，喜歡右手往耳後一撩，可以拍廣告的瀑布式長髮便大風吹起瑪麗蓮・夢露裙子般飛揚。

大三暑假前我坐在榕樹下，他背吉他經過，瞄到我的行軍袋，

「憲兵？你是游牧的螞蟻？」

他往我旁邊坐下，一撩長髮，

「日子過得飄泊，不喜歡負擔？」

他請我一根菸，粉紅色菸紙與金黃色濾嘴，

「教你個更好的辦法，去樹林裡紮營，帳蓬我借你。」

然後他撥動琴弦唱了首英文歌，我記得其中一段歌詞：

我停在拿撒勒
覺得快死了
我只要一個地方
可以擺平我的頭
「老兄，能不能告訴我
哪裡能找到一張床？」
他獰笑而且搖我的腦袋
「沒」他僅如此說

「酷，」我打著拍子說，「不正是說我。」

「去過拿撒勒嗎？那是耶穌的故鄉。」

「帥斃了，哪天帶我去？」

「聽好下面這段，其中幾句是這樣的。」他唱，「我拎起行李，我找個可以躲的地方，當我見到卡門和惡魔，並肩走著。我說，嗨卡門，一起到西門町逛逛？她說，我得走了，不過我朋友會留下。」

「不錯，我可以接受惡魔，他吃蒜吧。」

達倫狂笑一陣子走了，他有紅色跑車接送，臉上不帶表情的美女，校園裡傳他女朋友住在陽明山別墅，幾乎不出門，除非接送達倫。有一雙曬成巧克力的長腿和性感厚嘴唇，當達倫彈起吉他，長腿便踩出迪斯可的步子。

當然，誰也沒見過卡門的長腿。

達倫留字條和鑰匙在系辦公室，字條寫：

「我得陪卡門，惡魔留給你。PS.螞蟻，活著。」

研究生住四樓西側，一人一間共十間，配五間全坐式馬桶的廁所，淋浴也五間，水泥砌的洗臉台長得能讓十個人同時刷牙、洗內褲，躺在裡面泡澡。我暫時脫離游牧生活，用達倫的洗髮精、潤絲精好好洗了頭。第一次用潤絲精，原來能使頭髮變得鬆軟。我每十分鐘跑進浴室看鏡子，裡面的人真是我嗎？

原來達倫說的惡魔是我。

達倫比我高十公分，很瘦，可是我已經瘦得能穿進他的尖領襯衫，上次吃飯是那碗魯肉飯，難道沒再吃別的？

最令人害怕，感覺心涼的，是忘記自己多久沒吃東西。我曾經一天內只吃一個饅頭，分兩次吃，第二次饅頭乾得和石頭差不多硬，泡水吞下肚。這次更慘，壓根想不起來上次什麼時候吃飯。

好幾個晚上夢到蘋果，這時想到《白鯨記》裡男主角伊希梅爾說的：地獄是個觀念，最初是因一個沒有消化掉的蘋果餡餅產生的。

上次想到這句話是大二的寒假，走在往合歡山的路上，刺骨冷風沿山坡芒草而下，兩天前我在埔里一家小館子吃到烤得外殼酥脆，裡面蘋果醬甜中帶酸的派，接下來我沒再吃過任何東西，這樣我會忠貞懷念蘋果派，可是沒想到我正一步步接近觀念裡的地獄。

做蘋果派的姐姐兩手往圍裙抹去麵粉，炒切成丁的蘋果，舀在麵皮上，捲了麵皮進烤箱烤，烤得餅皮焦黃就好了。地獄在烤箱裡，我聞到派皮的香酥味，可以想像用叉子畫開派皮，黏稠狀蘋果醬汁以火山熔岩的澎湃腳步流出來。

蘋果是噩夢，它離地獄太近。我嚇得只穿一隻球鞋進理學院餐廳，老高的視線足足停在我身上一分鐘以上，不過沒對我說話。

點了煮得快爛成泥的冬瓜、一尾醬油燒的不知什麼魚、炒地瓜葉、三片白斬雞，四菜加上免費豆芽湯，好久沒這麼如在家裡般好好吃飯。老高不情願甩下一便當盒的切片水煮五花肉：

「我們試做的，吃不完，老師請你試吃，拉肚子不關我的事。」

拉過了，此刻百毒不侵。

塞進三碗堆尖的飯，我對鏡子看，還是瘦，白得比西語系白子阿佳更白的白，接近電影裡敷了厚厚一層粉的吸血鬼的白。

白得怪，周邊一圈黑，中間白。想不通。

拿出《吾乃貓也》、向系辦公室借來《廣辭苑》，翻開第二章，一個字也看不進去。想的依然是麻將。和以前不一樣，以前滿腦子不同花色的麻將牌，此刻卻是清晰明確與阿亮、寶寶與偉國打的最後一把牌。我飄在牌桌上，嗅著薄荷菸味，看見手中剛摸進來的一萬。我中毒了嗎？

誰說的？連續打長時間的麻將，心智被麻將抓得太緊，三魂七魄的一部分可能離開軀殼。姜太公右手招魂旗，左手攝魂鈴，他搖著旗子和鈴鐺喊：急急如律令，螞蟻速到封神台前報到。

喝過香灰，我需要再去收驚嗎？

說不定我會再次忘記吃飯，睡單人寢室，死了也沒人知道，到快放寒假達倫回來收拾行李，他看到乾枯的骨骸在發臭發酸的床上，屍體右手牢牢抓著一張被啃掉一半的九萬。

達倫會撥動他的吉他，不悲傷，不歡樂，沒有感情的唱〈Knocking on Heaven's Door〉。我在天堂的大門外徘徊，我懺悔，上帝，我不該為了麻將而玩物喪志，您能原諒不小心餓死的子民嗎？

我想變成這樣？考了兩次聯考，和老爸翻臉，一心念大學，念了三年多，臨畢業前沒拿到畢業證書卻變成乾屍，去跳樓豈不乾脆，為什麼用麻將一寸寸、一分分謀殺自己？我甚至沒保人壽險、意外險。

妹呢？她還指望她哥能長點出息，帶她逃離老爸獨裁下的家。

在水龍頭下沖頭，警告鏡子裡像鬼的人，不能再打，絕對不能再打。我要恢復正常，和班上小土豆過一樣正常的大學生生活，準時上下課，耐心對待家教的四個孩子，好好翻譯出《吾乃貓也》第二章，哀求教授幫我寫推薦信，寄履歷表給台北所有的日本企業，兩年後挽老高進禮堂。我們去北海道落滿雪的小鎮度蜜月，打炮打到床單起火，床墊起火，旅館起火，她就懷了紅孩兒回台北。

該帶朵玫瑰站在理女舍交誼廳內，正常男生追女生那樣的等待。真心誠意對她道歉，我說考慮很久，決定留在台灣考進日本商社當會社員，當正常上班族，存錢帶她到北海道度蜜月，生一個胖胖的紅孩兒。

聯絡人溜進研究生住宿區，秉忠神祕兮兮拉我進達倫房間，

「休兵三天，風聲太緊，你好好休息。我打聽到，好幾場殺得屍橫遍野，很多人提早出局，最多只剩三場，挺著。」

好不容易說服自己是正常人，一下子，一百四十四張麻將牌又回來。

我揣了達倫修鬍子的小鏡子進教室上課，系主任對我點頭：

「歡迎螞蟻同學，他把夏目漱石的《吾乃貓也》快重新翻譯成中文了。」

其他同學捉狹的眼光中，我尷尬、慚愧坐進角落，旁邊的阿玲踢了我一腳。

下課時看了看鏡子，沒變，死白死瘦。

我換了球衣下場，以往合身的背心與短褲怎麼變大了？掛在我骨頭上，可以去稻田中央扮演稻草人。大炮答應我，打完比賽，他找其他同學合夥幫我翻譯《吾乃貓也》第二章。應該感動，我卻來不

及感動就被架到球場。

籃球又贏了，成功衛冕系冠軍，我跪在籃框下反胃犯嘔心。外語學院一向男生少，我們班上能組成籃球隊算不錯。本來只能組桌球隊，大一時大炮聲淚俱下說，進大學不打一次全校籃球賽，終身遺憾。第一個被他感動的是秉忠，於是秉忠嘴角刁菸、一手插腰指著我們鼻子：

「為了大炮的夢想，你們如果還不打，是人嗎？」

四年來，八個人打全場，可是我已經垂垂老矣的大四生，跑三十多分鐘，骨骼崩落、肌肉萎縮往水泥地面一躺，兩眼看到宇宙黑洞朝我飄來，張開它墨黑的大嘴吞噬我，黑洞內是其他參加大賽者和一張特大號九萬。大炮問我不要緊吧？當裁判的體育系老師用腳尖戳戳我：

「二十歲的男生這麼虛。」

觀戰的幾個女生拉我去保健室，我說不用，大量脫水，要補充加鹽的水。阿玲長得秀氣，做起事孔武有力，餵我喝了可能四兩鹽巴與八公斤水，她朝大炮喊：「堪用。」

至於組織系代表隊參加外語學院盃，大炮體貼，對其他三個年級表示我們老了，應該交給大三負責，怎麼挑選隊員，聽大三的，大四全部退出，請大家體諒，這是慣例。

沒這個慣例，我們上一屆沒主持系代表隊選拔是因為他們連敗三場，被學弟的我們灌了二十分，該集體切腹，沒臉談籃球。大四的八名球員由大炮領頭一起謙遜的向其他三個年級學弟鞠躬，讓我們一起為大三鼓掌，祝福在他們的領導下，日文系一路過關斬將打趴體育系。

八家將在球場留下合影，此後我們沒再打過籃球，畢業後幾乎沒再見過面，很久很久，久得ＮＢＡ出現新規則的三分球。偶然機會得知一八六的中鋒阿慈於畢業四年後病逝。大學結束是某種悲傷的開始，許多徵兆，籃球賽的結束是徵兆之一，不幸當時我們不當一回事，可惜我當時不知珍惜。

合影前我也看了鏡子，略微快樂的死白死瘦。那張彩色照片經不起時間的搓洗，多年後早看不清臉孔，剩下肩搭肩的八個人影，好像失去魂魄卻留下想再上場磨擦水泥地面的空洞幻象。

人生由黑白的超音波掃瞄照片開始，色彩逐漸豐富，卻於不經意間悄悄褪色，最後回到當初模糊的黑白。這是很多年後我經過公園籃球場的感想，球滾到我腳邊，我撿起扔回去前改變主意，問小朋友能不能讓我投一球，他們不是很爽但勉強同意。白髮阿伯站在罰球線，又拍球又瞄準投出去，球在天空畫了一道美麗弧線，彩虹的曲線，李廣對匈奴大軍射出他最後一箭，快速爬升，美妙下滑，卻在未碰到籃框前即落地，留下很悶很悶，沒有氣的籃球落地聲。

還有半年畢業，其他人等著當兵，我已經當過兵，沒有再飄泊的權力。托福沒考，其他人已忙著到南海路美國新聞處找適合的大學科系與申請資料，我吃了香灰拜了關公等下一場麻將。說不定能打進最後四強決賽，左手九萬右手發財殺得死屍成堆，抹臉上的汗抹出一掌的血，趙子龍百萬軍中救阿斗，殺出曹軍重圍奔向張飛占領的長坂橋，我喊：翼德救我！碰，核彈落在廣島，我放的炮。

不論之前多努力，一次放炮結束夢想。我怎樣才能去美國？進大學不就為了去美國？打麻將不就為了去美國？如果不去美國呢？

如果不去美國……我會坐在門口藤椅裡，一手搧扇子聽收音機裡的平劇還是川劇還是越劇，還是平克．弗洛伊德、余光，可能不耐煩的喊：小小蟻，別亂跑，回來，他媽的，老高，看妳的小小蟻，叫他給我死回來。

在理女舍門口等了半小時，我又看了鏡子，晚上的我比較不那麼白，依然那麼瘦，眼眶黑得像熊貓，半夜逛龍山寺被當成鬼。

不需要麻將鬼，我已然是牌桌旁活生生的鬼。

託每個進宿舍的女生找二一三房的老高。同學，請幫我帶話給她，日文系的螞蟻在樓下。同學，告訴她，都是我的錯，不再打麻將，打死我也不碰麻將。同學，說我愛她，牛頓愛蘋果，瓦特愛蒸汽機的愛她。對，我是螞蟻，說日文系的螞蟻她曉得是誰。求求妳，請對她說，螞蟻會守在這裡，夜晚到天明。

出來的是修女，我握住她的手，上帝知道我對老高的虔誠，Sister，妳能轉告二一三房的老高嗎，從此我每天上教堂，為世界和平祈禱。修女拍我臉頰，螞蟻，醒醒，已經過了會客時間了。修女捶我肚子，螞蟻，快回去，明天再來。她是大一教我們日語會話的Sister Ohuna，我跪在她的腳前，Sister Ohuna，請你拯救我，不是迷失，只是忘記對她說，我像栗子愛秋天那樣的愛她。

我下定決心，不見到老高，我從秋天守到春天，守到火星人的飛碟降落在總統府前。Sister Ohuna嘆口氣的進去。

絕望，不是我的絕望，忽然間明白Sister Ohuna對我絕望，老高對我絕望，捨棄理學院、法學院、商學院前途光明的男同學，和外語學院日文系的交往，她原來應該直覺上就喜歡我，逐漸喜歡裡增加了期望，我從未問過她將來想過什麼樣的人生，東歐電影裡那樣在鄉下有棟小房子，放假帶孩子去划船、釣魚？日本電影裡男人在大雪的火車站盡忠職守迎來送走每一班冒蒸氣的列車，她在家裡煮味噌湯？

也許她想過，新的畫面取代舊的，由黑白片進入彩色片，說不定想著想著她笑了，半夜起床點盞燈寫在日記內。累積到某個程度，當她鼓起勇氣想對我開口談她夢想的未來，卻看見又白又瘦提著行軍袋到處找過夜床位的一具殭屍。

曾經問過班上女生畢業後想過什麼樣的日子，忘了誰說的，她想有間能看到海的房子，早上喝著咖啡聽音樂寫作，十年二十年後她的小說在國外出版，她仍坐在看到海的房子內聽音樂，咖啡杯冒著如煙霧氣，桌上擺著國外寄來的出版合約，她攤開稿紙寫下一本小說。

沒有男人和孩子，她的夢想裡沒有其他女生想要的男人和孩子，沒有男生要的ＢＭＷ和經理頭銜名片，她要海和小說。

甩掉水尾的法文系法蘭西絲有次也說過她對未來的憧憬，很多人圍在商學院餐廳二樓拱豬並聊天，畢業後她計畫去法國留學改念藝術史，走遍歐洲各大美術館。我們喝了不少啤酒，她說得高昂，說得口沫橫飛，現場只我和水尾沒笑，不，我看了水尾一眼，他被酒精熏紅了臉，守在法蘭西絲身旁握著黃標台啤茫然的傻笑。法蘭西絲的夢想裡沒有水尾。

老高呢？她想當老師，說不定到南投教一所高山上的學校，每個孩子有張黑裡透紅可愛臉孔，不肯離開家鄉去城市賺錢的強壯男人砍了柴送到她住處，讓她在冬天感覺不到季節的變化，讓她得到溫暖。我不是砍柴的男人。

另一個可能，她寫黑板時轉了個身，白裙的蕾絲邊舞出弧形線條，底下男學生個個差點把脖子伸到講台。我小學時的那位女老師，放學總有輛大汽車等在校門口，駕駛座內坐著打細領帶戴飛行員墨鏡的男人……不是我。

水尾根據他失戀的經驗，還有一個可能，螞蟻提業務員用的〇〇七手提箱從公園逛到棒球場，吃五十元的便當，看不收門票的少棒比賽，看到一個小球員飛快往外野跑，他高舉手套，嘴張得能吞下棒球，不幸差了一步，球落地撞到牆往場外滾，他追、滑倒、抓到球又掉，好不容易要往本壘傳，壘上的跑者全回家了。

小球員看著手套內的球，他該把球擲回給捕手，還是把球扔出全壘打牆？

水尾將打開的書本放在頭上，像建築裡人字形的懸山頂屋頂。小球員將手套戴在頭頂，像法國建築突出於窗戶上的遮陽棚，兩手插褲袋回休息區，教練走到陽光底下等他，小球員沒留意局勢的改變，居然踮腳走路外，還把手套扔到半空再接住，教練拉尖嗓子學女生罵人：

「螞蟻，都幾點鐘，死到哪裡去，你不吃飯別人要吃飯。」

秉忠搖頭：

「求求你，水尾，每個人都失戀過，都會再戀愛，不要這麼悲觀。」

秉忠不懂，絕望是另一種深刻的傷痛，不是失戀的那種，她說不定站在二樓自習室窗前看著下面焦慮的我，往霧氣的玻璃上打個大叉叉。不哭，而是發愣。不是難過，是無法形容的空無。

真的。我站在女生宿舍門口，對用看到死蟑螂眼神的女生說，請轉告二一三房的老高同學，日文系螞蟻在樓下等她，真的，螞蟻愛她，像司馬懿愛諸葛亮那樣愛她。

三十分鐘後出來的不是老高，是班上的阿玲，我把玫瑰送給她。拿著花，她發了好久愣，不難過，不空洞，舉起花打在我臉頰，

「要死，你前面三年做什麼的？」

沒事。我說，接著我就哭了。

坐在外語學院後面的草地，我哭到宿舍門禁時間過了，其間說了很多不復記憶的話，不是失戀那種失去的難過，是以為能給老高希望，給的卻是絕望的難過。以為進了大學能改變人生，終究依然什麼也不是。一如給妹妹的承諾，我可能做得到嗎，既然做不到為什麼讓她期望？我是個屁，秉忠說得最不留情面，大賽只有冠軍全拿獎金，其他參賽者以日夜顛倒的幾個月人生換個記憶，換個臭死自己的屁。

直到阿玲打噴嚏，十二月了。

我有外男舍大門鑰匙，很多住宿生有，不知道哪一屆學長偷了舍監鑰匙複製一把，複製的那把一再複製，我拿到的必須轉很多次才打得開門。舍監早睡覺，我有整晚開門的時間。那晚奇怪，一插進去就開了。

研究生雖一人一間房，略微小，床也仍是單人的。她看著床：

「這麼擠。」

我可以睡地板，睡習慣了。

「床單有味道。」

可以用我的睡袋。

「哇，你的睡袋幾年沒洗沒曬了。」

她想怎樣，我竟連帶女生回來過夜都被嫌棄成這樣。

我們只能側睡，她面牆，我面她長著細毛的脖子。我睡不著，閒著沒事吹那些細毛，她一直反手

推我，忽然轉過身抱我，

「你要等到天亮啊。」

我們很輕很慢很小聲的做，屋內有點月亮幾番折射落進來的淺淺藍光，她從額頭紅到胸部，我握住她柔軟卻挺立的乳房，她抓住我的手，我分開她的腿，她的腳反夾住我的小腿。我們糾纏成一團，呻吟聲讓我嚇得停住。她說沒事，她叫我繼續。

你要是敢現在停，我掐死你。

她全身顫抖用力摟住我瘦得只剩皮膚保護的頸椎，任由我衝撞，一直顫抖到最後。

「講清楚，我可沒有暗戀你三年。」她說。

「你剛好站在宿舍門口，還有你哭，故意裝可憐騙別人的同情。」她說。

「如果我不想，你根本別想，我會踹到你下輩子都不敢碰女人。」她咬著我肩膀。

「我說，你閉嘴。你不欠我，我不欠你，大學三年我沒做過，快畢業覺得不甘心而已，你來的時間對，就做了，就這樣。我不會叫你娶我，我不會嫁你，明天早上起我們不認識，誰都不准記得今天晚上的事。」她語氣平靜。

「你再裝那種樣子，我踹死你。」她的腳踢我的腳。

「還有，我愛乾淨，有多餘的床單可以換嗎？」她無情的說。

「不要用那種眼神看，噁心。每個女生都有第一次。」換床單時她大腳踹到我背心。

「我安全期，放心啦，男人沒用，我媽說的對。」她重新躺回床上。「你是不是真的喜歡食品營養系那個女生？如果你喜歡她，別惹我，等你不再喜歡她，可以請我吃飯，最恨和別人公家，你聽懂沒？」

躺回去後她沒睡，說個不停。

「我爸工廠在台南縣的田中央，做五金，出口日本。我三個哥哥，大哥當醫生，二哥當流氓，三哥在美國。我爸叫我接工廠，我不肯，他逼我大學志願全部填日文系，我媽哭著求我，說生男的沒用，只有我能幫爸，這樣我念了日文系，要不然我的成績可以進國立大學。從第一個志願填到第四個，只填四個，台灣只有四個學校有日文系。拿給我爸看，他是傳統台灣男人，受日本教育的台灣人，很久沒抱我，他抱了我。我媽在廚房哭，都是她害的，我沒辦法看別人哭。」

我輕輕撫摸她比飯碗大、比飯碗更有溫度的乳房，她摸我摸她乳房的手。

「不是沒人追，很多，我沒辦法。大二暑假回家，我爸閃到腰，由我媽扶進工廠上班。他四十歲才生我，已經六十了。他坐在機床後面檢查每一根栓音響的長螺絲，我媽叫他休息，他罵髒話罵到工人聽不下去。我的命運叫我畢業回家，我爸全心全意愛我二十二年，滿滿的。滿到這裡。」她指著心臟。

我親她的耳朵，小小的，沒有耳垂的，沒穿洞沒戴耳環的耳朵，她身體縮成蝦米叫討厭，很癢。

「你想，哪個男生肯跟我畢業到台南鄉下守那間都是機具的工廠？去看電影要騎兩個多小時機車，買新球鞋要坐火車。乾脆不交男朋友了。」

她的脖子抽動，我翻過她身體，將我的臉埋進她的淚水裡。

早上八點醒來，她熟睡中仍兩手抓著蓋到胸口的毯子。我小心鬆開她的手，將毯子拉到她脖子，蓋得密不通風。

叔，

老宇快撐不住了，聽說國防部和教育部都給他破案期限，兩周之內。我問過商學院宿舍的朋友，那晚有人半夜上廁所，看到一個人影下樓，大約凌晨四點。沒問出人影是誰，繼續追查。

桑提亞哥

我躡手躡腳進浴室，洗過臉認真的再看鏡子，不那麼白了，還是瘦。外面下雨，室內一團團的霧氣，我穿過霧氣，霧氣穿過我。突然明白，以前和另兩個女孩做過，那時她們雖知道我窮我混，不知道我真的窮真的混，阿玲目睹我最窮最混的樣子，她不一樣，她真的把我當成大學四年的お土産？而我呢，寄託未來於一場莫名其妙且即將輸掉的大賽，我到底在做什麼！

螞蟻，到頭來你還是個屁，嘖得看不到盡頭的屁。

回房時她已坐起身，用仇恨眼光看我：

「警告你，你們男生喜歡炫耀上了多少女生，要是你敢說我一句，別忘記我二哥是流氓。」

我跳上床情不自禁抱住她再做了一次。不再推我，她兩腳牢牢掛在我後腰，兩手掐我肩頭，嘴裡喃喃自語，不像她講話的聲音和語氣，念經的感覺，有抑揚頓挫的念經。我們罩在霧氣裡以最後一口呼吸交換對方壓抑多年後終於釋放的靈魂。

做完我仍在喘氣，她抓住我頭髮，乳房垂在我眼前說：

「螞蟻，去把麻將打完，已經進決賽，說不定你贏了能去美國。還有，我二哥是大尾流氓，後腰掛槍的流氓。」

不再有選擇，我開始重新進課堂上課，系主任公開我的翻譯，表示他期待。阿玲和月月借我寫得密密麻麻的筆記，離期末考不遠。和她們一起進商學院餐廳時看著笑得燦爛的阿玲，我腦中想的是怎麼對老高說？

親愛的老高，對不起讓妳失望，為了妳，我決定即使在校園遇到也不跟妳打招呼，請當我是空氣，省公路被大卡車排氣管污染的空氣。

無法想下去，阿玲說的對，把麻將打完吧。都已經摸了牌，不論輸贏得八圈後才能離開，這是麻將鐵的規則。

一旦坐上牌桌，世界濃縮到剩下一百四十四張牌，四種花式的翻滾，偶爾夾著四面八方吹來的風。

連續三個晚上我沒夢到麻將，沒夢到老高，夢變得很空，聽得出細微的背景音樂，很柔的那種，像年輕女生用雙手捧著音符的稚嫩聲音唱一首老歌。

JOKERS、套子、古曼麗和其他

忘記抓匪諜的事。忘得精光。剛睡醒趕去理餐吃最後一碗湯泡飯，等眼皮打開到百分之九十才發現桌上多了張紙條：你叔找。菜頭東張西望靠近我撂下一句話：老宇找。

國民黨在學校的學生黨部很公開，就差沒每年新生入學時與橋牌社、網球社、西洋音樂社一起設攤位拉社員。有些黨員心裡有數，不少同學對學生黨部真正賭爛，把我們當職業學生。我曾經解釋過，黨部不貼補我們學雜費，不算職業，我們交黨費，和桌球社、文學社交社費沒什麼不同，只差我們不愛戶外活動，愛抽菸開會，其他社團不開會，愛不抽菸的活動。

黨部窩在學生活動中心地下室一間本來聽說堆雜物的小房間，活動中心五層樓，五樓七個社團，話劇社、牧野文學社、橋牌社、天主教合唱團、讀經社、甲骨文研究社、崑曲社，其中合唱團占了三間教室的空間，他們人多，他們唱聖樂，他們站在通往天堂的階梯，相對之下，校方顯然有意把黨部安排在連白天都得開燈的底層，沒有淒風或苦雨，他媽的根本沒風存心悶死人。

不能在房間外面掛國民黨字樣的招牌，我們往門板貼滿黨徽貼紙；不得公開招攬黨員，我們站在門口吹口哨：妹，晚上跳舞嗎？不能以黨部名義辦座談和演講，我們用孫中山的名字照樣辦理，例如「孫中山誠摯邀請您／論馬克思的階級謬論」、「孫中山陪您／周日舞會，調酒、點心伺候，入場費男生一百元，女生免費」。

各宿舍不時傳出哪個系的誰被約談，哪個系的誰被黑頭車架出去，捕風捉影時，我不能不進地下室，一股混合汗味、菸味的地下室味撲鼻而來，下樓梯後經過軍樂社、柔道社、手球社，擠在轉角處掛菜頭瘦金體書法「革命尚未成功，同志仍須努力」當春聯的便是黨部，曾經數度遭噴漆、尿尿破壞，「風雨生信心」的依然存在。

根據大學法的大學自治規定，情治單位和警車不能進校園，誰敢來學校約談誰！百分百確定被約談的人只一個，我。

宇教官找我去，他坐在國父遺像與國旗前面，額頭金光閃閃：

「看看這張名單，有你認識的嗎？」

我不願意看，當場推回去。

「拜託，教官，找到嫌疑犯，保證跑步來向你報告，別叫我亂猜。」

「為什麼上面也有你名字？」

我名字？接過來看一眼，事情比想像的複雜。

「不知，說不定誰記性不好，畢業前列欠款人名單方便催債，不小心把我列進去。不會，我比老鼠更窮，學校裡不可能有人敢借錢給我。」

「這樣，我問你一個名字，圖館系的包正直，熟嗎？」

老包，我熟，熟透了，他愛打花牌，不依順序不肯排列整齊的花牌，任何偷瞄的人會頓時神經錯亂。聽牌時一定蓋下牌，優雅的等待該他胡的那張牌。如果他又豎起牌，表示他聽單張，想換更容易胡的牌，如果始終蓋牌，聽的應該不錯，例如手中握了七八餅，等六九餅來送聘金。

回憶和他打的那場，扔出來四條，無非想吊我打五條，他等五八條。我拆對子打出安全無比的北風，他嘆了口很深很長的氣，長到我以為他會斷氣的氣。

「見面打招呼的程度。」

「企管系的張偉國呢？」

熟，愛做大牌，絕不輕易損牌，他愛門清勝過多摸一次牌。和水尾類似，先打邊張再打大字。我們給他的綽號是「門清自摸一摸三」，簡稱「摸三」，色情味濃，他很爽。他體育系的女朋友臉很臭，仇視參加大賽的其他人，隨時抬起腳打算迴旋踢。

「聽過，他女朋友體育系的，個子不高，愛穿短裙和恨天高的厚底鞋。練空手道、跆拳道，胸部很大。」

「學生之間怎麼談五星旗的事？」

理學院的挺數學系林文明，他後來居上，打牌超級謹慎，卻又敢賭。他住台北，天天通勤，聽說老爸開貿易公司賺美金，參加大賽想證明自己實力，對外說他不在乎獎學金。沒人買單。騙肖，不想贏錢，熬夜參加大賽怕寂莫喔。

商學院的賭國貿系趙無為，和林文明相反，絕不守牌，戴起鋼盔往前衝，前幾場低空閃過，不過麻將這玩意兒講究氣勢，他不怕放炮死命衝，打到對手害怕。趙無為，後勁強。

文學院的挺中文系李明欽，他信佛，打到一半念大悲咒，其他三咖怎麼打得下去。有一次打他宿舍的主場，居然放唱誦的錄音帶，南無喝囉怛那哆囉夜耶，說可以安定情緒。這裡是天主教大學，尊重一下上帝可以嗎？

有匹黑馬，織品服裝系的古曼麗，雖然出線機率不那麼高，卻是唯一愈戰愈勇的女生。那年頭拋頭露面和男生打麻將的女生不多，意味她膽識過人。留胡茵夢式長髮，五官像醫生調整過，該高的高，該亮的亮，講話用舌頭不用嘴唇，如甄妮，很多人哈她，屬於我們大學四年期間不可解的神祕之一，沒人見過她男朋友，連有勇氣追她的男生也沒聽說過。

外語學院的挺德文系鄭沛然，自摸面無表情，放炮面無表情，私下他綽號白板，乏味至極，從大一到大四同一個女朋友，該女友曾向友人抱怨，手都沒牽過。我認為鄭沛然不算個咖，和他牽不牽女生的手無關，牌品欠佳，別人自摸他就要上廁所，水尾懷疑他上完廁所不洗手。

「沒什麼人談五星旗，禁忌，大家不敢談，多打聽多麻煩。」

「不行，拖一天任由匪類横行一天。你就近方便，私下搜理男舍，簡體字的書、印刷很粗的傳單、短波收音機。每兩天寫一次報告，扔教官室前面的信箱。名單，我要可疑分子的名單。」

扔他辦公室前的信箱？不如在教務大樓公告欄貼大字報：我要追古曼麗，說不定死得更英武壯烈。

菜頭約其他四名區委到文學院餐廳吃中飯，難得全員到齊，和菜頭的號召力關係有限，和文餐的菜關係緊密。文餐不計較熱量、卡路里、膽固醇，烤的雞腿、炸的豬排、糖醋的魚、麻辣的豆腐，考驗食客承自祖先的ＤＮＡ強度，就是貴了點。

菜頭鬼鬼祟祟拿出一張名單要我們傳閱，一個多小時前宇教官給我看的那張，十六個名字，但第十五個用黑筆塗掉，我的，正面反面都塗，免得無聊分子對著陽光看出我名字。

十六個名字中，十六個參加大賽。

我說刪了這十一個，他們麻將打得昏天黑地，沒時間、沒體力、沒情緒去掛旗子，宇教官天不亮跑步時，其中至少六個在牌桌上兩眼通紅等待自摸，各自的證人不少於七名。另外三個聽說功夫不賴，沒見識過。凡對麻將執著到幾個月不顧國計民生的人不可能沒腦子到校門口掛五星旗等教官跑步時候順便沒收。

「還有兩個。」菜頭不放棄。

獅子頭套餐值得省略晚飯。水尾教我的吃法，獅子頭配第一碗飯，一口半個，豪邁，過癮。湯碗裡的白菜和湯汁配第二碗飯，分次倒在飯上，也可以用煮得水嫩的白菜包白飯，滿足。第三碗飯倒進獅子頭的碗公，攪攪再吃，吸收躲在陶碗毛細孔內的精華，不浪費一顆鹽。四十歲之前我同意這是吃獅子頭最好的順序，海棉吸收熱量，壯大體力。

「這兩個不參加團體活動，姓錢的一星期四天家教，他媽住院很久，家庭負擔重，孝子。菜頭，你要是敢賴姓錢的掛旗子，我號召全校男生抵制你。你娘的，天下布武。姓周的孤僻，愛練功，不信你去看他房間，床底下你以為是馬克斯和列寧的書啊，清一色武俠小說，我問他明年畢業怎麼把小說運回家，他答應全數捐給文男舍，造福後進學弟。他掛旗子？要不少林，要不武當，共產黨參加過華山論劍嗎？他不會掛五星旗。」

那頓飯隨後轉往大賽的話題，菜頭不太高興。

「五星旗欸，我們和共產黨鬥爭幾十年沒贏過，現在五星旗掛到學校，我們不起而對抗嗎？」

全校唯一關心五星旗超過大賽的就是菜頭了。何止學生黨部，除了ＮＢＡ，大賽是檯面下最熱門的話題，哲學系的兩齒私下公布晉級最後三場比賽的預測名單，包括了林文明、趙無為、李明欽、古曼麗、鄭沛然和我，還有其他九人，因為訓導處和教官查得實在太凶，下一場舉行的日期未定，預測下一場贏家可望進入十六強。于教官拿到的正是兩齒寫的十六強預測名單。

其他區委問我要是贏了，日文系的去美國念什麼？

比較文學。

什麼是比較文學？

比較《老人與海》、《家變》、《金閣寺》的三棟房子。

《金閣寺》是棟金光閃閃漂亮的兩層樓書院式小房子，《家變》裡王文興寫的是日本人留下榻榻米木造房子，《老人與海》呢？

老人住在海邊的破棚子，風吹雨打，棚子沒塌過，堅固莫比敵。

喔。他們同時說。

菜頭好應付，教官難辦，他們的軍服即代表命令、服從，無從拒絕起。

當天下午宇教官給我一個名字，叮嚀務必盯牢。

大傳系的，找文學院的黨員盯啊，我外語學院，成天跑文學院，烏龜進兔子籠，目標顯著。他說信得過我，其他人太嫩，不牢靠。再加一句：

「螞蟻，你常進出各學院宿舍找空床位睡覺，我們睜一隻眼，閉一隻眼。商學院失竊音響那次，教官我沒懷疑過你喔。你人頭熟，非你不可。」

聽來沉重，我的名聲遠比音響重要，莫虛有的音響成為下輩子還不清宇教官的天大人情。

到一九八〇年代，大學仍有軍訓課，穿卡其軍訓制服搞立正、稍息、向左向右向後轉。一九五八年的八二三砲戰後，老共並未完全停止砲擊，單打雙不打延續到一九七八年，報上常見「匪昨砲擊金門」的標題，由一版頭題，經過二十年縮到二版一小則四欄題新聞，與當日蛋價、股價、幾月幾日星期幾的依然存在。我當過兵再重考大學，是班上年紀最大的，所有示範、行進間答數，教官都找我，又是黨部小組長、區委，比學校中央大道盡頭的大禮堂更大更搶眼，早被視為教官室埋伏在校園內的大細胞，如果不是人緣好，已被人蓋布袋打掉門牙。

盯了兩天，跟著那個名字上餐廳、進圖書館，他和女生在體育館後面約會，嘴對嘴啵得砸砸作響，我數星星。他吃炸雞腿，我遠遠吞口水。他上《易經》、《山海經》的課，我打瞌睡被趕出教室。

要上桌開賽了，擠不出時間。不能回報宇教官：報告教官，跟不下去，再跟下去我自己的女朋友都跑了。

我捧著良心對他說，我窮，為了籌措學費兼四個家教，大四課外教材多，買書花的錢凶，要再接一個送報的工作才能活下去，早上四點半出門，七點以前送完，從校園到中興橋頭，騎自行車騎得人快廢了，他找別人更恰當，萬一我送報出車禍，他難過後半生，何必。

他的眼神透露不相信我的誠懇，他的情報不能不相信我真的很窮，窮到軍訓制服向同學借，買不起軍訓皮鞋的地步。

「沒有其他原因？對我老實說。」

差點以為他知道麻將大賽的事，還好我的窮不是掩飾下的窮，看得見、聞得到、摸得著的窮。

答應再出一趟任務。我進文男舍睡那個名字的上舖，正好空著。那個名字抱著拉很長天線的收音機躲在棉被裡聽，我一時間以為逮到了，再仔細聽，他聽相聲，邊聽邊吭吭笑。校園裡什麼樣的人都有，什麼樣的嗜好更有。

雖是北京人講相聲，相聲百分之百是和麻將平起平坐的國粹。結案。

我半夜摸進宇教官房間對他說，那個名字確實有點怪，可是他真的聽相聲，這樣的人會天不亮起床到校門口掛五星旗嗎？

他不太肯信，問我那個名字聽對岸中央台的相聲還是本岸中廣的相聲？

凡相聲他都聽。

為什麼躲在棉被裡聽？

溫暖。教官，我們孤苦無依，需要溫暖。

除了相聲，其他呢？

他聽平劇，能跟著唱。

我說服宇教官，數學系的組織合唱團敲鼓打鑼學Deep Purple唱違反善良風俗的搖滾樂，那個名字提振中華文化聽相聲，彼岸的和此岸的不都是相聲，該發獎狀表揚，如果不信，請教官爬牆去聽。

宇教官垂頭喪氣朝我擺擺手，我理解，說不定他後悔將五星旗的事往上呈報，搞得自己灰頭土臉。要是他假裝沒看見，繞過圓環，如往常順中央大道跑向運動場，情況會不會不同？說不定水尾的失戀症候群又犯了，半夜起床找松鼠，他看見飄在旗桿頂的五星旗，他尖叫。宇教官當場吹響哨子逮捕他，多好，現行犯。

操，哪個笨蛋沒事天不亮跑去升旗。

總之，任務暫時解除，比賽接著殺到。

我運氣背，和兩齒最新評比實力排第一級的大頭囡仔分同一組，生物系大頭比水尾更精，絕不輕易胡小牌、絕不輕易放給下家吃。前一場直到第六圈才開胡，第七圈連五莊，做出雙二花、西風西自摸，終場大勝。

對付大頭囡仔，得打亂他的節奏，不做牌、不貪自摸，有胡就胡，嘻笑怒罵配三字經，抽菸比啃瓜子快。我前五圈胡了六把，包括一次連莊。他急了，十六強在眼前，把每個人神經繃得如碧姬・芭杜後腰的皮膚，一彈就破。

我說，大頭囡仔，你等三條對不對。他左手抽筋般抖了抖。我說，大頭啊，別再等四餅，我手裡三張。他左手再抽筋。我說，單吊九萬難啃，我寧可抱九萬當傳家之寶也不會打出去。他兩隻手一起抖。

第六圈大頭囡仔忘記補牌，當了相公，對他的信心和面子打擊很大，更一敗不可收拾。麻將有個迷信，冥冥中麻將神公平的給每個人機會，錯過的，神明不同情。忘記補牌、打錯牌都是神明不容許的錯誤。

順者愈順，背者愈背，麻將不可悖逆的原則之一。手氣不好時得穩住，抱頭挨打，冷靜等神明漏出來的機會，貓撲老鼠一把抓住不放。神明賞識有耐心的人。

第八圈大頭囡仔轉運，胡了一把五台的大牌，有點扭轉頹勢的跡象。得澆熄他逐漸旺起來的手氣。

剩下三把牌，我放七萬給下家胡了一底三台的小牌，他已經輸了一屁股，扳不回頹勢。距八圈結束剩下兩把，我餵對家兩張甜美的牌，他胡了，仍追不上我。最後一把，大頭囡仔忍不住絕地反攻做大牌，他自尊心強大到輸不起的地步。

我說，大頭囡仔，條子快打絕了，別等五、八條，你和它們沒緣分。我說，唉唉唉，有人等不到五、八條，改聽單吊二條了。

給大頭一把左輪，他會把六顆子彈全轟進我嘴巴。

他亂了陣腳，我把握機會，當他打出八萬，我輕輕喊了聲「胡」。諸葛亮氣死周瑜同款效果。他甩下牌尺厲聲罵，我操你的螞蟻，人生還長，不要遇見我。

麻將一如古希臘的小說和戲劇，所有為人生打拚的英雄好漢，任由奧林匹斯山上眾神擺布。在不得罪眾神的前提下，卑微、小心謹慎一把一把胡。決賽不必學岳飛氣壯山河戰金兵於朱仙鎮，學史可法守揚州，守一天算一天。

麻將有其邪門之處，千萬別胡了兩把，自鳴得意的搖擺，麻將是十七歲的女生，說不爽就不爽。打麻將得陰天出門帶傘以免忽然下雨，進餐廳自備碗筷可以盛免費的湯和飯。台大老狄筆記本上寫的：

> 麻將裡最險惡的魔鬼是讓你以為能做出大牌，然後你就迷失心智。偏偏那個魔鬼的名字叫做希望。

老狄不該念電機系，該念哲學。而我，那天同桌的強胃散把我按回椅子，用很重的口氣罵：

「螞蟻，你賤，嘴賤。」

我低頭不回嘴，接受他的謾罵，不過也稍微自清：

「強胃散，戰爭後大家記得勝利者，不記得忠烈祠裡的英雄。」

可能因為這句話，強胃散幾天後放話說我對不起老高。那個年代所謂的對不起就是指女孩肚子大了。

過分，他可以罵我，不能犧牲老高就為了罵我。

在理學院男生宿舍後門堵到強胃散，那天晚上的氣候可以用袁枚的《祭妹文》形容：

紙灰飛揚，朔風野大，阿兄歸矣。

我捶到他跪下，付出左頰紅腫的代價。

秉忠帶我們去診所擦藥，他搧我巴掌，呼強胃散耳光：

「比賽，我操你們兩個白痴，比賽的恩怨情仇只在牌桌，你們把仇恨帶進茶米油鹽裡，操，白痴。」

我和強胃散沒再說過話，老遠見到便轉道。我那時想，等我們再長大一點，說不定能一起喝杯啤酒。不知民國八十幾年，報上看到強胃散照片，頭髮少了很多，兩頰多了肉，標題是：

台商會長主張兩岸建海底高速鐵路

不少事情過去了就過去，沒有挽回或補助的機會。老高對我的絕望不就如此，她和絕望妥協，我不想放棄但仍絕望。

第二天最後十六強名單悄悄流傳進我手裡，和兩齒的預測、教官手中的姓名略有差別，他猜中了十二人。

分四桌，各桌前兩名晉級。八強賽也是前兩名晉級至最後的四強賽。一律八圈，打完計算分數決定晉級人選。為加快速度與增加壓力，打完四圈才准上廁所，膀胱不好的人自備瓶子。

「螞蟻，和預賽不一樣，前兩圈設法做把大的，搞得另三家心浮氣燥，搶著能胡就胡，不給他們扳回去的機會，最後守住不放炮，贏一半。」秉忠的教戰分析沾著口水。

麻將沒辦法用數學計算，該用情緒計算，順著當天手氣走。

「到底誰是主辦單位？會不會最後揣了我們報名費翹頭？」我問秉忠。

「我也搞不清，總之有個主辦單位，最好多別問，不小心毀了好不容易建立起的大賽傳統，斷學弟學妹生路。」

「萬一我贏了，寄來一張卡片上面寫：恭禧螞蟻同學贏得大賽，致贈中華路美術社精心製作錦旗一面，至於獎金，已捐給婦聯總會。」

「悲觀主義。這樣，螞蟻，你申請到美國大學，抵達美國，無論東岸西岸都有一名之前的冠軍請你吃比臉大的牛排。他們不請，我請，可以吧。」

十六人決賽前，秉忠排定行程，得在三天內拜九間宮廟的財神爺，他相信禮多神不怪。他是金主，我認命由他擺布。

基於原則，決賽仍在校內宿舍舉行，把風的人增加。主辦單位透過聯絡人向十六人說明，在校外打麻將被警察臨檢逮到是賭博罪，列前科，影響申請美國留學簽證，警察局通知學校和家長去挨罵，搞得雞飛狗跳，風險太大。校園內被抓賭，充其量向舍監、教官苦苦哀求。大家串供說打好玩的，一台一根香菸，頂多記一支不痛不癢的大過。大賽不出學校。

打的時間無法控制，由主辦單位尋找合適的宿舍，不得有異議。其他飲料、糧食、菸酒皆自備。入場照例搜身，嚴禁室內出現宗教飾物。

「什麼算宗教飾物，教徒戴十字架也算，水尾成天掛手腕他阿嬤給的佛珠，算嗎？」

「算。」

「我帶祖先牌位呢？」

「你他媽的螞蟻，麻將打到大腦缺氧啦？」

討論神明有其原因，與我和大頭囡仔火拚的同一天另一場，姓名保密的參賽者在商男舍與商學院餐廳中間防火巷內，持三炷香祭拜，現場留下滿地撲克牌，牆上則整齊排列五張Joker。

宗教研究所的師公帶八卦鏡與羅盤至現場勘查一個多小時，得出結論，Joker也稱鬼牌，那傢伙搞五鬼搬運。

五鬼搬運是民間傳說，五名瘟鬼能夠不破門窗潛入民宅取走財物，用推理小說的說法，密室偷竊案。經過幾百年擴大解釋，偷偷摸摸弄走別人的錢都稱為五鬼搬運，不過五鬼和撲克牌裡的鬼牌Joker徹底無關。

麻將打到這種地步，大家瘋了。

還有一場，打到第七圈，某個雜碎帶張四條進廁所扔進馬桶沖掉，少一張牌打不成麻將。聯絡人英明，有史以來從未發生缺牌暫停的比賽，不可破例，立刻向其他寢室借來一副。

扔四條的小子沒想通，一百間寢室的宿舍內起碼藏了九十副麻將牌，他扔不完。

事後研判，小雜碎手氣不好，想延期再賽，改變手氣。手氣是天命，不容變更。丟麻將牌進馬桶，天譴哪。

會計系頑皮豹沒這麼好運氣，他偷換骰子，室友透露他的骰子在濟公神像前拜了三天，拜到與他的靈魂勾結。上桌偷偷以自己的骰子換掉主場的，連胡幾把，同桌的見苗頭不對，在聯絡人見證下，另兩家同意之下換骰子，說也怪，頑皮豹轉勝為敗，第六圈便輸得精光。

為此主辦單位記取教訓，統一於賽前分發骰子和麻將牌，免得主場有樣學樣，搞得其他人心理不舒服。

「怎麼打成這樣？」我問。

「你想不想去美國？你有錢去美國？其他人五歲祖父母就在銀行為他存一百萬？螞蟻，為了去美國，人家用頭腦想出新點子，你別自命清高。」

「找找合法的，不必欠神明人情又能幫我的辦法。」

秉忠想了很久，摘下手腕的勞力士換下我的賊仔市SEIKO。

「八二三炮戰我爸的船到金門運補，老共炮彈差一公尺炸到甲板。回到台灣我爸赫然發現錶停在那顆炮彈炸開的時間。這隻錶沾了靈氣，你戴。借你到比賽結束，不准耍無賴不還，我爸給我的寶，他有事沒事檢查看我當掉沒。還有，」他抓抓我頭髮和下巴的鬍子，「比賽結束前不准進理髮廳，一根也不許剪，手指甲、腳指甲、鼻毛統統維持原樣，他媽的你到目前為止福星高照，別亂整。」

秉忠列出的規矩多，不能洗澡，不能看書。他搶走我借來的《廣辭苑》，一千多頁，他說：大書大輸。不准換不同牌子的牙膏，怕神明聞錯人。稀飯、辣椒不能吃，比賽時拉肚子耽誤時間符合取消資格的條件。不可吃白菜、白斬雞、白蘿蔔、白糖，白代表空，大忌。

白的不行，莫非得吃黃瓜、黃牛、黃蓮、黃麴毒素？

「你吃紅蘿蔔、紅心地瓜、紅燒肉，攪飯用紅糖，喝咖啡加冰糖，不吃白，影響到你生活嗎？」

第二天他送我一條全新的紅色三角內褲：

「螞蟻，穿它，一樣，不准洗。比賽完剪成碎片到土地公面前燒掉。」

我們向上帝討人情，與閻王打借條，走火入魔了。

阿玲對紅內褲好奇，下次你穿給我看——比賽完穿給她看，天機不可在比賽前洩露，秉忠另一條規矩。

我和阿玲的事守得比掛旗子的是誰更牢固，大家一直認為我和老高一對，而日文系吃飯一向一串人，看不出阿玲在桌面下踹我小腿。

這事困惑我好一陣子，對不起老高呀。試過求她同系同學傳信去，沒回音，到理學院餐廳找，她結束實習了。實在抽不出時間守在她宿舍前，再說萬一遇到阿玲，太尷尬。

一個人躺在達倫的床上，我反省過，難道因為阿玲肯和我上床就勝過老高？阿玲表明跟我在一起是為大學四年留下一點不遺憾的回憶，難道她不會反悔，決定對拒絕當五金廠新老闆的我說，螞蟻，我們畢業就結婚好不好？如果老高回來找我呢？如果阿玲的大尾流氓二哥改頭換面進工廠做螺絲釘，阿玲自由了呢？我到底愛誰比較多？

阿玲意志比我堅定，她顧慮的只一項：

「小螞，不能讓我出事。」

不可能，我用的都是達倫留下的套子，清一色美國貨，有的稍稍過期罷了。我同意下次戴兩個。向秉忠要套子隨時有，但他太詭，說不定搞什麼用針插出幾個洞的玩笑。人命不能開玩笑。

叔，

畢業前功課忙，四處打聽，文學院聽對岸相聲的與此案無關，我下星期轉往商學院宿打探。妹交男朋友瞞著石重生，他只會壞事，讓妹喘口氣吧。

桑提亞哥

阿玲與老高之外，第三個女人出現，織品服裝系的古曼麗找上我們教室，聽說她穿高統馬靴，皮短裙下面剪出幾十條流蘇，左手撥耳邊長髮，敲了外語學院大樓三一三教室門問：

「螞蟻在嗎？」

夭壽，阿玲在教室，第一秒鐘必然肚子內一把火。三分鐘後消息流傳到食品營養系，老高本來愛東想西想，更會聯想到開天闢地、宇宙洪荒。而我在達倫房間拿放大鏡檢查套子包裝袋上印的有效期限，一小時後才得到消息。鼓起勇氣，單刀赴會。

古曼麗說的第二句是：

「我古曼麗，請螞蟻找我。我在理學院圖書館等他一個小時，要是不敢來，叫他自動退出大賽。」

她若是兩年前來，多好。

ＮＢＡ的標誌是個運球的球員，取自湖人隊傳奇後衛傑瑞．威斯特，他在民國六十三年退休，平均一場得二十七分。我們學校若有Logo，非古曼麗不可，她穿迷你裙，一手捧著硬殼洋文書，長髮飄飄。曾有兩個無聊的南部大學男生組隊租遊覽車來本校膜拜她，沒人抱怨分攤的車錢有些貴。

沒洗澡，沒梳頭，我忘記穿外套，近乎發抖坐進理學院圖書館。她不發抖，坐得比宇教官挺，推來一本厚得能當宋朝人枕頭的精裝書，隨意翻開其中一頁，我以為掩人耳目，讓圖書館內用眼角瞄來的其他同學以為我們討論功課，順從的接過書。她問我：

「聽說你記憶力很好？」

「還好。」

「你會背校門口客運的發車時刻表？」

「記得。」

「學校各部門的電話號碼？」

「記得。」

「過去三個月愛國獎券的頭獎號碼？」

「不買獎券，可是記得。」

「織品服裝四年級所有女生的名字？」

「我記她們的名字幹什麼？」

「那好，」她調整書的位置，「背這一頁內容，給你十分鐘。」

「為什麼？」

「想證實傳聞。」

「為什麼要證實？」

「你背不背。開始計時。」

面前是陳壽的《三國志》，她修得長圓形的指甲指著《典韋傳》。

十分鐘後我將書倒過去還到她面前，默背至第十行的「太祖夜襲」，她用力闔上書。

「可以了。」

「怎樣？」

「我向主辦單位抗議，這樣比賽不公平。」

說完她踩著高跟馬靴走了，閱讀室內不論男女皆目送她離去，搶嗅她一路忘記帶走的香水味。剩下我不知該把《三國志》塞回哪一排書架。

下午收到老高封得密實的信，一張筆記本撕下一角的紙，上面寫：

螞蟻，你不要臉。

頓時我明白，外面認定我和老高是一對，和古曼麗公開見面無疑傷了她的面子，難堪至極。

沒辦法向老高解釋，倒是馬上能對阿玲解釋，我們站在系辦公室外的走廊，討論父母離婚那樣神情頹喪、面無人色，兩名女助教和不明究竟的大一生從各個角度包圍過來，他們好奇我會向阿玲說什麼——他們不會以為我和阿玲怎樣，他們以為我向阿玲討教女性心理學以對付古曼麗。

不了解古曼麗找我幹麼，我小聲說，古曼麗來踢館的。

「男人，」阿玲心理分析，「你們虛榮，和古曼麗沾上一點邊，你可以加油添醋對男生宿舍演講三天。」

助教認同的點頭，但我誰都不想說。不是那種人。

「你可以當做不知道古曼麗來找過你，你可以睡到明天天亮，以前不認識古曼麗，現在為什麼要認識？你還是去了，一點時間沒延誤。你和她在理圖做什麼不重要，你去了。」她說，「男人，每三分鐘勃起一次，無時無刻不想女生的胸部。」

助教抿嘴對我用力點頭，但我從未想過古曼麗的胸部，我連她腳後跟也沒想過。

「小螞，勇敢面對自己，你心虛得月球上的太空人都看得見。」

「我們還是，還是朋友吧？」我拉她到中庭花園。

「畢業前是同學是朋友，我說過，你是回憶。」

她講得很冷酷，進菜場買豬肉，一斤二十元，她對老闆說十五元，不然菜場還有其他肉攤。

當別人的回憶，類似先考、先妣，感覺不很好。

叔，

老宇迄今無進展，心情很差。我的進展也有限，目前鎖定商學院經濟系，因為半夜離開宿舍的人可能是商男舍三樓的學生，那裡是經濟系地盤。

不要給我錢，最近能過日子。

桑提亞哥

古曼麗的抗議未被接受，神祕的主辦單位要她提出記性好與打麻將作弊間的證明。麻將一百四十四張，撲克牌五十四張，打麻將算牌不犯法，打麻將不算牌是笨蛋。

我成為笑話，被古曼麗擺了一道。走在校園內隨時聽到打招呼的聲音：

「螞蟻，差一點，加油。」

「那是日文系的螞蟻，他居然想追古曼麗。」

「螞蟻，多灑點糖。」

「你到底上了沒？」

水尾他們在宿舍窗口對我齊唱「我們敬愛你，我們崇拜你」。

我不怕被擺道，牌桌上討回來就是了，怕老高的心情，又不能貼大字報聲明她早切割我，把螞蟻扔進陰溝五百年了。

應該模仿大學聯考放榜的榜單，在校門口貼出長長的名單，標明哪個系的誰想追哪個系的誰，誰跟誰在一起，誰跟誰分手了。她真的真的很難堪。

秉忠通知我開戰時間，對我的痛苦，他的回答得像洗茶杯，唰唰唰搓幾遍算盡完義務。

「沒事，三天後沒人記得。三天後我幫你約老高，誠意點，買玫瑰道歉，九十九朵。」

我沒對他說老高甩掉我的事，我怕阿玲曝光，私心裡，我用老高當阿玲的掩護。為什麼怕別人知道我和阿玲在一起？怕再被甩掉一次？不，螞蟻的臉皮比石門水庫的水壩厚，我只是希望老高可能哪天心情轉好會回收我。老高罵的對，我下流。

可是我必須忘記恥辱，距離目標只差三場比賽，輸不起。

失火、螞蟻下流、單吊和其他

我、古曼麗、李明欽、陳林森四人一組，四人取兩人，陳林森見到古曼麗就頭昏，出局一半。而且陳林森列牌整齊，軍隊裡的排隊，從高到矮，打出二萬代表左邊沒有一萬，右邊可能有四萬和五萬。

不能讓他出局，得一次解決古曼麗，我要討回來。

我是陳林森上家，儘量餵他吃牌，陳林森胡的多，古曼麗和李明欽的損失便大，我餵陳林森，同時保持不放炮。剩下，我等，等機遇轉到我右手摸牌的拇指、食指與中指。

前四圈陳林森領先，李明欽第二，古曼麗落到最後，她只胡了一把小牌。搬風後她坐我下家，噴噴香水說：

「螞蟻，靠你照顧了。」

陳林森受不了香水，洗牌的手離古曼麗近到古曼麗想去洗手的地步，我對香水過敏，打了好大個噴嚏。

古曼麗坐陳林森上家，陳林森又領先，她必須提防陳林森，寧可扣牌延後聽牌機會。我不想贏了，絕不讓下家古曼麗有任何機會。我守得滴水不漏，後三圈她一張牌也沒吃到。我等機會，第八圈的西風圈，連三拉三加自摸，升到第二。最後一把，我放四餅給陳林森。我和陳林森晉級。

從晚上十一點打到三點，中間沒休息，我一口水未喝，抽掉兩包菸。古曼麗戴上棒球帽，穿男生夾克由理學院聯絡人陪同出宿舍，離去前她說了句和老高幾乎一模一樣的話：

螞蟻，你下流。

第二天校園內一半的同學聚在餐廳討論我淘汰古曼麗的打法，大賽史上比分最接近的八圈麻將，水尾終於改以仰慕我的表情請我抽Dunhill。

「你怎麼打的？」

能對他說我根本不想贏，一心只想拉下古曼麗報仇嗎？

「運氣，水尾，麻將百分之八十靠運氣。」

「坐古曼麗旁邊，不會心動？」

不心動，從腳心到頭頂的仇恨。

「她不知抹了幾瓶香水，我臨危不亂，關起嗅覺。水尾，你要是聞到，大學四年最後你只記得她的茶花香味，今生今世沒辦法和其他女生交往。」

阿玲也會罵我下流嗎？她沒問我比賽過程，我沒打算講。她推我下床，扔睡袋到我頭下：

「我心情不好，不要惹我。」

她心情不好可以學老高窩進女生宿舍，既進了男生宿舍卻不許我上床，理由是她心情不好？關燈後我悄悄摸上床，她扭了一下，我在她耳邊說，妳明明知道我和古曼麗沒什麼，而且我寧可不贏也絕不讓她晉級，我做到了。

「她輸了，對你說什麼？」

「她說我一直扣她的牌，不夠君子。」

「不可能那樣說。」

「好吧。她說我下流。」

「這才像她說的。」

她拉我過去，兩手兩腳章魚式吸住我。那晚她說了很多話：

「你真的要去美國？」

「留在台灣不是比較好，過年要不要來我家玩？」

「我二哥不會打你啦，他不敢。」

「你沒有家，以前過年你去哪裡？」

「我爸對外省人沒成見。」

我沉沉睡去，早上醒來仍記得有個聲音曾對我說了很久的話。我輕輕吻她，吻她每一根頭髮、每一寸皮膚。她笑得打我，

「小螞，你真的有病。」

「謝謝妳。」

「謝我什麼？」

「謝謝妳鼓勵我打完大賽，謝謝妳挺我。」

八強賽在驚險中蒙各方神明保佑安全進行，四名聯絡人擠進窄小宿舍見證哪兩人晉級。我們沒考慮過排氣問題，四名參賽者、四名聯絡人、一名把風的，九個人不停的抽菸，只有一扇窗戶排氣。不打牌、不抽菸、不喝酒、不交女朋友，財金系的米糕散步回來以為我們這間房失火，找舍監之前即打了電話到消防局。

把風的從大門傳訊息上來，秉忠反應快：

「蓋牌，搬桌子。」

我們將桌子從三一二室搬到三〇一室，麻將桌的四隻腳可以摺疊往內收，塞得進三〇一室順子的床底下。秉忠和另一聯絡人守在三〇一室，我們仍留在三一二室撿紅點。消防隊罵了米糕一頓才撤退，教官與舍監難打發，掀被子、翻床板大搜查，找到一垃圾筒菸蒂無法構成犯罪證據。

「你們這麼愛撿紅點？」教官問。

「教官，」國貿系趙無為溫情回答，「離畢業只有半年，以後說不定再也見不到，我們連睡覺也捨不得。」

教官聳聳肩走了，誰都年輕過，誰都畢業過，誰都不再記得以前好同學的名字，不是嗎？

這次我沒有假想敵，順著情緒打牌，該放的炮，放了；該吃進來的牌，吃了；該胡的，沒謙讓；該碰的，理直氣壯碰了。

我舉手問聯絡人能不能去洗把臉，不但聯絡人同意，其他三咖也同意，他們也都要上廁所、洗臉。

看著鏡子裡的我，很不清楚，我的手掌來回抹鏡面，好不容易抹乾淨，鏡裡的人不是我，陌生的臉孔，和我一樣的是眼眶發黑、眼白發紅。用冷水洗了頭，轉身看到焦明台他們，三個人都用手掌抹鏡面，他們和我一樣看到不是自己的自己。

牌必須打下去，已經和獎學金無關，是種使命，我們吊點滴也得打完。

回到牌桌，我摸到三張東風、三張南風、三張北風，另有一張西風，如果一切順利，拿到三張東風、三張南風、三張北風、三張西風，十六台，一台二十分，一底五十分，一把牌能拿到三百七十分，若是自摸，三家付我錢，一千一百一十分，當場幹掉三家，打得他們落進十八層地獄永世不得翻身。

毫不考慮打掉西風，我記得台大老狄的筆記：

> 麻將裡最險惡的魔鬼是讓你以為能做出大牌，然後你就迷失心智。

西風是魔鬼，打掉魔鬼，既不湊一色，也不對對胡，我只想胡，隨便怎樣的胡。我摸到二條，自摸。

我和趙無為晉級，贏的少了以前的喜悅，輸的僅嘆息，不再懊惱與悔恨。

「我捏一把冷汗，」秉忠和我趁夜色走回外男舍，「你聽四餅，幹，哪有人單吊四餅。焦明台手上三個對子，你猜到他會拆其中一對，拆四餅，打四餅送你做功德？幹，螞蟻，你有一套。」

那晚我沒猜牌，不知道焦明台有三個對子，不知道他拆四餅，兩眼看不清楚牌搭子，額頭感覺發燒，第六圈有股說不出來半透明的膠囊包住牌桌，我的手得插進膠囊摸牌。根本沒看摸的是哪張牌，該打該留，完全沒感覺。

覺得好累好累，累到爬不上樓梯，秉忠扛我上去，往達倫床上一拋，他睡地板，大少爺第一次睡地板，睡得他第二天直不起腰。他說我叨念了一整夜的夢話，隔十幾分鐘重覆同一句：我拒絕你，我拒絕你。

「你他媽拒絕誰？」

「秉忠，只對你說，你懂，其他人不懂，我拒絕了魔鬼。」

他點頭，

「差點大四喜那副牌，看你一大早打掉西風就猜你不想被大牌拖住。螞蟻，你記性好，沒想到你求勝意念強烈，西風打得好。」

水尾和老包大早滿臉諂媚提著早餐慰問我，四人沉默的吃，一句大賽的事也沒提，因為得等這晚另一組結果出來，四強現身，才有足夠的戰情可討論。

吃完我繼續睡，其他三人居然沒去上課，泡起咖啡聊天。他們都要出國，水尾拿到德國大學獎學金的機率不低，但得重頭念大學部，拚一點三年能念完，德國人在乎大學成績，除非想做學術工作的才進研究所。

「去美國兩年拿碩士，去德國三年重拿學士，你腦袋怎麼想的？」

「想讀機械，高中成績不好，學校把我分乙組，現在有機會重來一遍，申請到獎學金的話更好，為什麼不試。」

秉忠有出國的學費，沒有出國的成績，他老神在在，一伸腳就踩進美國的死德性。

老包慘，成績夠，卻不到拿獎學金的地步，家裡七個兄弟姐妹，他老四，爸媽顧不了他的未來。

「先當兵，工作兩年再說囉。」

「工作兩年？」秉忠不以為然，「兩年後你成天想加薪想換更好的工作養老婆小孩，早忘記留學的事。」

「怎麼辦？」

我睡得半夢半醒，聽到老包的話彈起身，拿出達倫的麻將牌鋪在地板，

「你們幫我看看，昨天這手牌我思考很久。」

照昨晚第六圈第三把的牌形排出。

「連別人打出去的牌你都記得？螞蟻，去美國，我出資，清光拉斯維加斯每間賭場的保險箱。」

四家聽牌，我單吊八餅當麻將頭，好處是隨時可以換牌，壞處是運氣在你想左右逢源時狠狠砍你一刀，懲罰你的背叛。

他們終於安靜了，我可以再睡，睡到后羿射下最後一顆太陽，大地從此漆黑一片。我看到阿玲僅穿一件豎起衣領的襯衫站在門後，她把剩餘的月亮光線全吸進臉龐，她藍色的笑，她伸出兩手攬住我脖子，我們便左一右一她的小腳踩在我大腳上炙熱的跳舞。聞到熟悉的味道，有點遙遠，有點深沉。我說好久不見了，她抬起頭，我看到細長睫毛下的黑眼珠。這是適合飛行的夜晚，我們手牽手站上窗台，一股風經過，我們便跳了出去。

老包踢醒我，說，你日文系的去美國不是浪費資源！確定非去美國不可，我必須找個窗口，等候那偶爾經過的一陣風，再不飛，我飛不了了。

晚上出去找食物被偉國喚住：

「孤魂野鬼，別嚇人。想去打探另一場的消息？說起來沒人相信，保險系的領先，之前從沒聽過他名字，今年大賽的黑馬。」

八強賽第二組打得詭異，一開打連黃四把，就是連續四把牌沒人胡。現場的人傳出過程，不是沒人能胡，是沒人想胡第一把。

麻將有許多不科學的信仰，經驗過的人沒有不相信麻將有鬼，邪門。信仰的第一條是：

寧挨千刀剮，不胡第一把。

可靠的解釋是胡第一把容易惹麻將神仙不高興，覺得這傢伙沉不住氣。笨鳥先飛的意思。因而常打牌的人不願意胡第一把，除非不胡會癢到難受的地步，如自摸、如清一色、如對對胡湊一色。一台、兩台的小胡，大家寧可放過。

前半個小時便在「不胡第一把」的咒語下毫無進展。現場三名聯絡人不能干涉，他們見證，不是裁判。

偉國說得面紅耳赤，差點高血壓。

「你聽過這種事沒，四個人堅持不胡第一把，像——你歷史好，你說。」

「西線無戰事。」

「對，四個人憋住氣忍住不胡，現場旁觀的以為他們比氣功。」

「最後怎麼辦？延期再戰？」

「終於第五把保險系的自摸，你聽說過吧，放過自摸會惹神明不高興。不胡第一把，不能放過自摸，兩相矛盾，他八成考慮再三，更怕自摸不胡惹火神明，第五把他喊自摸。其他人鬆口大氣，像——你歷史好，你說。」

「像盟軍等到好天氣的登陸諾曼第了。」

「沒錯。」

打到第二圈，保險系的共計自摸一把，胡了兩把，處於領先地位。

偉國不想陪我抽菸，他急著去文學院聽消息，雖然他被大賽淘汰好多天了。

我逛去理女舍，站在樹下站二十公尺外的大樓，即使晚上斷電，好幾間的窗戶仍瀉出晃動的光線。她們和大賽無關，進大學為了念書，為了前途，一刻不肯浪費。

老高是哪一間？

為什麼我想的不是阿玲在哪一間？忘不了老高？

渾噩中回到外男舍，半昏迷躺回床上。第二天一早依然有人叫我起床吃早飯，多了幾個人，水尾、秉忠、老包外，阿明和大炮也來了。他們帶來我似乎睡掉一個世紀的消息：

消息一，晉級四強決賽的四人是大傳系陳千里、保險系洪孟信，我和趙無為。

消息二，四強賽日期未訂，消防隊半夜進學校的事傳到校長耳朵，下令徹查全校消防設備，並要各宿舍進行消防演練，因而比賽受到影響，入圍者靜候通知。

消息三，古曼麗被淘汰的經過傳遍校園，三個不要臉的男生聯手夾殺古曼麗，織品系義憤填膺貼出海報，八個淌血的大字：

清潔校園，消滅螞蟻。

古曼麗撕掉的，她認為這樣等於替螞蟻打宣傳，她不願和螞蟻沾上一粒白糖的關係。

消息四，教官抄了文學院男生宿舍，清出一大堆五百萬年前的Playboy，很多頁噁心的黏在一起。

消息五，菜頭不知被誰打了一頓，鼻樑斷了，已至派出所報案，校方說服他由訓導處偵辦，以免警察進入校園。他的傷勢不嚴重，校醫推薦他去做修補門面整容手術，他到處找人湊錢。

消息六，日文系阿玲終於交男朋友了，有人看到她清早離開外男舍。水尾喊一定是小土豆，他要掐死小土豆。

消息七，五星旗事件遲遲未找到主嫌，宇教官辦事不力，下周調走，調到國防部總政戰處，聽說新調一名女教官來，很鐵血。

消息八，托福考古題開賣，英文系烏魯木齊弄來的，他只收影印工本費和走路工錢，要的人趁早，只賣三天善心。

消息九，本校真有人申請哈佛，經濟系的怪咖，他住商男舍三年多，百分之九十九的同舍同學叫不出他名字。

消息十，學生會代表向校方正式提出改革請求，期望理餐徹底改善烹調方式，否則不排除私下鼓動學生轉去其他餐廳吃飯。

消息十一，理學院圖書館關閉兩天消毒。

理圖？為什麼？

「別激動，」老包慢條斯理啃他的包子，「一個多月了，管理員找到臭襪子、臭汗衫，管理圖的顧修女愛乾淨，下令搜查，找到一副麻將牌。」

「又怎樣？」

「可能是外校來的參賽者，他們為養精神，摸進理圖過夜。顧修女認定偷過夜的人一定帶來跳蚤、病毒，關兩天全面消毒。」

水尾熱衷大賽，打斷老包的話，「聽說洪孟信贏的經過嗎？」

「前四把沒人胡，放給他黃莊，寧挨千刀剮，不胡第一把。」

「財經系洪孟信在第五把自摸，打完牌別人問他為什麼敢胡，他臭屁說，神仙喜歡有信心的咖。」

大家沉默了一陣子，我忍不住：

「他怎麼贏的？」

「拖鞋打蟑螂，劈哩趴，打成一團泥。」

洪孟信八圈下來自摸五把，其中兩把連莊時摸的，打得大傳系未來電視新聞主播的帥哥左玉成發誓今生今世再也不碰麻將。

「老洪不住校，住校外出租套房，裡面供趙公明神像，從他家鄉玄什麼宮請來的。他們班上有人去過，裡面香燭味贏過文學院餐廳滷豬腳味，他從早燒香到晚上。你們經過看得到，省公路左邊那排五層樓，窗戶外面貼了符，樓頂插黑旗。」水尾口氣激動。

「趙公明是財神，他許了什麼願？」大炮問。

「沒人知道，許的願想必很大，不然他怎麼可能東風圈摸東風，北風圈摸北風，做完對對胡又做三暗坎。」

「明明大學生，一場大賽把我們變得比站壁的更迷信？」阿明打了自己一耳光。

一下子又沒人出聲，直到饅頭屑和果醬被舔得不用洗碟子，菸屁股塞爆達倫的刷牙鋼杯，老包意味深長說了一句：「這就是麻將。」

大炮站起身，手背在腰後走到窗前感慨：「我們經歷過，大學四年沒白混。」

叔，

真的別再寄錢給我，助教摸信封就知道裡面有錢，我活得下去。

翠明考公務員的事拜託了，她很用功，一定考得上。掛旗子的事仍設法了解中。

桑提亞哥

鼻樑橫貼紗布的菜頭召集開會，校外一間小館子的下午休息時間，宇教官語氣低沉說明校園內最近流行好幾份名單，其中有些名字一再重覆，我們應該追究到底，務必徹查清楚。菜頭頻頻點頭，我了解他鼻樑為何受傷了。

每人伸直脖子看名單，我最近兩眼焦距對不太準，水尾說八成散光加重。閉目轉瞳孔，左十二轉，右十二轉，看清楚。媽的，那是八強入圍名單，叫秉忠他們聯絡人口頭通知就好，寫在紙上能不出事？

「名單上有螞蟻，學校裡除了你，還有其他人叫螞蟻？說，怎麼回事？」

我哪知道。

開會同時，各宿舍的舍監搜查其他人的房間，全校近五千教職員學生噤聲，教務處對外宣稱是年度消毒，所有住宿生將棉被、床墊、私人用品搬到操場曬太陽，校工戴口罩、護目鏡一間間噴消毒水。

「螞蟻，你和五星旗有什麼關係？」

在那一刻，我祖傳的、繼承的、十六歲即加入的國民黨的資深黨員人格裂成蜘蛛網。

「如果不是，這張名單是什麼意思？」

「說不定胡寫的，討厭我們。」

「認識其他七人？」

無法否認，我認識半個學校的學生。

「抓匪諜的關鍵時刻，憑空跑出名單，討厭你們、陷害你們？認得出誰的筆跡？」

我調查局嗎？

「我下星期調走，這幾天沒別的事，陪你們熬，查出名單為止。」

這時只能低頭裝孫子。

「前兩天在文學院餐廳，好幾個學生圍著一張紙條交頭接耳，我上去看，是張名單。」

宇教官沒看菜頭，不同以往，菜頭低下頭也沒看宇教官。

「問了持有名單的同學，他說他有不回答的權力。哼哼，法律系的，以為他們念四年的六法全書高於國家安全？」

宇教官開始看我了。

「學校出現一面五星旗是小事？大學生講究自由，講究嬉皮？知道大陸怎麼丟的嗎？從大學開始。我們研究戰略、戰術，他們在背後滲透進每一間教室，把共產黨形容成拯救人民的革命家，我們呢？國民黨才是革命家，如果不是國民黨，滿清割地賠款賠到今天只剩他們老祖宗的墓碑。」

宇教官講得額頭青筋暴現，我送去茶。

「現在不只是我們學校的事，所有情治單位動員追查匪諜，我被調走小事一樁，抓不出匪諜是大事。」

「報告教官，」菜頭難得提出疑問，「五星旗會不會是校外人來掛的？」

「誰的責任範圍誰負責，共產黨把旗子掛在我們學校，我們負責。」

進來一個面善的穿西裝中年男人，和宇教官交頭接耳幾句，宇教官招呼其他人：「換個地方聊，螞蟻有事。」

宇教官帶其他人離開，留下我。

他遞來一張沒有頭銜、公司，只有名字和電話號碼的名片，粗黑的仿宋體字，每一筆畫清晰得如劍鋒。陌生的名字，但我認識他，認識他額頭每一道皺紋、藏在國語裡的四川鄉音。我認識他像我認識的每一張麻將牌。

「好久不見，能熬到大四，不容易。」

他抖抖西裝上衣，像是上面沾了灰，他拉拉褲管，露出永遠晶亮的皮鞋，不放心的拿餐巾紙抹抹鞋頭。

「確定經濟系的？」

最初為他寫的是社會調查，南陽街哪一家館子換了新廚子、火車站前多了一位無家可歸的流浪老人、補習班哪位老師在課堂上埋怨政府。他用五百公斤重量的單字叮嚀：

「寫，重，點。」

於是改成寫每名老師的動態，教數學的王化民換了賓士，對坐第一排正中央女同學眨眨眼講兩句自認幽默的話。教國文的老夫子，無論分析作文、解釋史記，中間總穿插兩句罵國民黨的話。許雅文最感興趣的是教地理的吳新雨，為此我不能不於午休時間摸進教師休息室翻了吳新雨包包，裡面有份和課本不一樣的中國鐵道圖，上面沒有平漢和粵漢鐵路，多了京廣鐵路。

「混淆我們的認知，」他說，「把所有名稱都改光，共產黨的愚民把戲。」

不就兩條鐵路併成一條。

不久吳新雨被請進保安處，上午八點進去，晚上十一點出來，第二天進教室，臉色黑了點，上課會莫名其妙停頓，好像他忽然想到什麼重要的事。

至少吳新雨出來了，很多人進去便要很多年後才出得來。

許雅文的回信經常以兩千公斤重量的單字結尾：

「匪，諜，無，所，不，在。」

進大學後我一再聲稱課業忙、打工忙，儘量疏遠和他的關係，由每兩周見一次面拖成一個月一次，升大四後根本躲著不見面，喝明星的咖啡太苦澀。可是仍定期寫信，不為錢，和不想見他面的理由相同，看到他就想到他背後的石重生和石翠明，他背起那一老一小，像背起我遺忘在宋朝的整個石姓家族。

他老人家來了，裝作以前不認識我，遞來名片，沒有公司和頭銜的那張。

他沒顧慮與我見面其他人怎麼猜想我和他的關係？

「你現在叫螞蟻？好名字，螞蟻，名單不名單我不管，找出掛旗子的人。」

我不說話，以前和他碰面我很少說話，慣例他說我聽。

「這件事重要，有膽子掛五星旗，背後有組織、有計畫，煽動力強。」

「掛不到幾個小時，看到的人聽說只宇教官一人。」

他的食指啄木鳥式的啄桌面。

「幾個小時？你們學校老師和學生談起這件事比十大建設更熱心。掛旗子就是製造題目讓你們討論，讓每個人覺得他們來了。共產黨花樣多。你查出這個人。」

他掏出一個信封擺在我面前，

「桑提亞哥，我們靠你了。」

他再將一張紙推來：

「老規矩，領的稿費請簽收，我好報帳，簽桑提亞哥。」

我推回信封：

「報告長官，別客氣，不缺錢。」

「你不缺錢？小石，收了，別逞強。」

半命令式口氣，我乖乖收下，乖乖簽名。

「嗯，簽蟑螂？有個性。」

「不想再當桑提亞哥，換個名字換手氣。」

「無所謂，我替蟑螂編個新身分。」

想翻了桌子操他祖宗，不過我仍乖巧坐好。

「你和王秉忠交情不錯？有空做做他父親關係，快升中將了。」

「沒見過他爸爸。」

「小石，叔叔我答應你的全做到，過年過節就算忙得不能去看你爸，禮一定到。翠明畢業進榮工處，熬幾年能熬到公務員資格，等分配國宅、等每年人事行政局調整待遇。至於你，不是非要你幫我工作，怕你誤入歧途——等我說完。你對你爸的態度，叛逆有限度，將來後悔無濟於事，不要再犯錯。」

他戴上帽的起身比〇〇七手勢朝我打了一槍，

「積極點，我要名字，愈快愈好。對了，螞蟻同志，申請美國大學得推薦信吧，找我，能幫得上忙的絕對幫。拿了稿費去剪頭髮，像太平天國的長毛，現在的大學生，真是的。」

子彈竄出他的食指，以慢動作飛向動彈不得的我。看著子彈接近鼻樑，感覺它火辣無情穿透我臉頰。

他走了，我繼續僵直坐了半小時，也是他當初立下的規矩：

「我走了半小時你再走，路上碰到不准跟我打招呼，被同學看見要是問起，說我是你爸的朋友，你叔叔。」

半小時後我拜完土地公走天橋回學校，在理餐後面找到秉忠，說了教官找我們的事，他是前任區委，黨部的事沒瞞他的必要。以為他又少爺脾氣嘟囔：他們再查查看，叫我爸處理。他轉著眼珠說：

「螞蟻，去睡覺，我向主辦單位反應，決賽今晚打，不然怕打不成。」

我、阿玲與其他同學在商學院餐廳拱了幾把豬，其他人去上課，我回宿舍睡覺，阿玲跑回來對我說一句話：

「大賽完了快上課。」

懂，我懂。

二十四小時，求老天保佑我到明天凌晨四點，非打完最後八圈。

關爺、點滴、螺絲釘和其他

我睡了很久，秉忠來叫，十一點開戰。洗了半小時冷水澡，十二月，晚上從東北方來的狂風吹得窗框空空響，我毫無涼意，冲完才看到手臂起了雞皮疙瘩。

鏡子裡的人依然瘦得可怕，益發慘白，而且鏡面擦不乾淨，一層水霧，映出的我被人看到會以為是服裝店窗台裡沒穿衣服的模特兒。

好不容易抹乾鏡子，看見身後怎麼有股煙，淡淡的，淡得幾乎看不出是煙，我卻清楚它的確是煙，以前看過。穿過它，果然是透著淡淡香氣的煙霧。

打開窗對沒有星星的夜幕吐了幾回煙，眨眨眼回房嚼掉一包軍用乾糧硬餅乾，做兩個伏地挺身便撐不住。

不行了，我躺在水泥地面，沒有力氣撐起只剩骨架的身體，我正在融化，冰淇淋那樣的融化，滲進水泥的毛細孔，等待下一個住進來的研究生以拖把將剩餘的我磨擦得發熱發光，變成水蒸氣而消失。

我挺得過最後八圈比賽嗎？

忘記怎麼走到商男舍，坐上桌，趙無為扔了包三炮台來，他可能說了幾個笑話，陳千里和洪孟信張嘴，可能配合性發出笑聲，我沒聽到趙無為的笑話，沒聽到另兩人的笑聲，記憶凍結在趙無為打出的第一張牌，紅中。

聽說秉忠和趙無為扛我回宿舍。聽說我們打到兩點便結束八圈。聽說我的菸頭燒到自己一撮髮梢，差點把我頭髮燒光。聽說舍監十二點查房，被秉忠騙去別間房翻床墊。聽說全校男舍一半寢室晚上點蠟燭吃消夜拱豬聽大陸電台相聲，等大賽結果。聽說阿玲和班上女生找水尾問我的情況，水尾順口問她有沒有空看電影。聽說教官和一個中年人來看過我，找了醫生，量脈搏、血壓的，說我太累，營養不夠貧血，打了一針。聽說我靠那一針什麼也沒吃再昏睡三天，扛起我去沖冷水也不醒。聽說我喊一些沒人聽得懂的話。

聽說我贏了。

第四天聽說的，洪孟信在前兩圈領先，其他三人從第三圈起心靈相通封鎖小洪，四人輸贏始終差距不大，沒人做大牌，一把一把小胡，沒人連過莊，八圈僅一把自摸。要是平常，四名聯絡人看得鐵打瞌睡，那晚緊張到八圈結束所有人跑步搶廁所。

聽得模糊，睡得模糊。

我一點氣力也沒，秉忠交代不能讓我吃固體食物，餵湯泡飯，還是吐。陳千里、趙無為有風度來看我，他們問為什麼不送螞蟻去醫院，和秉忠叫計程車架我進市區看病。聽說計程車停在校門口，六個人提床單裡的我從理男舍經過理餐、外語學院、理圖、曾經掛過五星旗的圓環、拿拐杖的蔣中正。全校四分之一的人看到我的紅內褲，另外四分之三當靈異傳奇談論了一個星期。

秉忠安排，選羅斯福路郵政醫院再躺三天，吃不進食物，靠點滴維持體內養分水分。一度懷疑是瘧疾、一度懷疑中耳不平衡，醫生試過幾種藥，沒有效果。仍是秉忠堅持，和水尾架我去武聖廟還願，他要我兩手捧金牌和欠條向關公三拜九叩。

金牌是秉忠出錢打的，花了三千元。欠條他寫，我簽名，寫明我向他借了三千元。事後他解釋，向神明還願不能由別人出錢，水尾想出欠條的辦法，神明應該接受。

廟裡挺著大肚皮的老人弓身看跪在關帝爺前的我：

「他怎麼了？」

秉忠比手畫腳說明許久，其實他也不清楚怎麼回事，沒人清楚怎麼回事。

「打麻將？打很久？」

很久，而且是一心一意想贏的久。

「看到什麼不一樣的？」

看到一股淡淡的煙飄在我身後，從鏡子裡看到。打牌時那股煙罩住我，抬不起手，張不開嘴，不知從哪裡來的另一隻手從煙裡出現替我打牌。有種像人講話時吐出的氣，微弱卻使我逐漸失去氣力。聲音說，抱緊。我舉不起手，一陣風掠過窗前，她飄了出去，飄在風上，隨著氣流上下浮動。

「很多陰魂愛麻將，從小沒聽過老人家講喔。賭博不能太久，心裡太用力想有的沒的，路過的、找不到回家路的就會來。」

老人指示下，秉忠扶我過火、過香爐，拜很多神明。

「執念。」老人握一把香對我周圍揮打。「大學生，放輕鬆，你執念太久，放下，放下。」

他握著香繞著我轉，口中念念有詞，有如西部片的印地安人，要是他戴那種馬鬃式羽毛帽，袖口和褲角加穗邊，就是坐牛、瘋馬、躍兔酋長，不過他穿拖鞋，白汗衫印武聖宮三個紅字，嘴裡念完全沒聽過的語言，我由秉忠扶著跪在關帝爺神像前，依稀見到紅臉男子揮舞大刀跟在老人身後，老人舉起香念咒，紅臉人單腳站立一刀砍向我脖子。

醒來後當然又喝了香灰，老人抹了神像旁暗紅的馬一把，

「關聖帝君來過，你們看赤兔馬流的汗，這個大學生有救了，叫他快快放下執念，快樂看待人生。」

老人精疲力盡坐下喝茶，兀自喘著大氣。秉忠問我執念什麼？

很難說，很懶得說，想贏，因為想贏，打牌時會集中氣力用念力默念：五條五條、七餅七餅。有時專注到其他三家的牌變成透明的，看見他們有幾個對子，有幾張九萬。

媽的，沒人用小命拚麻將？我沒有別的，如果贏了，可能有點別的，而我需要別的，比任何人都需要，因此坐上牌桌，比誰都更強烈想贏，打從心底，不計後果的想贏。

打牌太累，我得跳出去窗隨她飄浮。秉忠對中醫師說這個少年仔需要放鬆。

離開武聖廟，秉忠帶我再去看中醫，穴道插滿針。每根針插進我皮膚，一縷煙便冒出來。你看到沒有，秉忠，你看。他沒看到，他閉著眼，他怕打針，怕看醫生對別人打針。

一絲一縷的煙扭曲上升，幾十道煙把我拉上去，拉得很高，以為我會穿過屋頂升到天空任由風包裹著飄浮，可是很重的力量壓下我，摔回病床，每根針震動得顫抖，煙不再上升反而下降，落落落，最後沉入地板。

吃了中藥回醫院，水尾與其他人陪宗教研究所的師公來，他穿道袍舞木劍在病房作了好久的法，

嚇得同室阿伯阿公搶著轉房。

耳膜內塞滿各種聲音，來探病的人成打計算。晚上剩我一人，聲音始終未停止。怎麼形容？有些白天他們講的話延遲到半夜出現，從海王星對地球講話那樣，聲音得穿過無限的宇宙，幾個光年後抵達地球。趙無為的聲音，不是他。水尾的聲音，他也在名單上。秉忠的聲音，有的嚇得回家不考期末考了。阿玲的吼聲，你們到底搞什麼。阿玲尖起嗓子罵，死螞蟻起來吃飯。阿玲的口水噴到我臉上，你要再這樣，乾脆我叫二哥打你一槍，早死早超生。秉忠被香菸熏得蒼老沙啞的聲音，古錐仔女同學，不要凶螞蟻，他快脫水死亡了。

那個飄忽不定，像回音，像來自很深山谷的輕柔聲音說，回來，等你，回來。

回音陪伴我很多天，它比烏龜走路緩慢，每個字拉得很長，佔滿我聽覺所有空間，從深邃的坑洞內往上竄升，翻過山谷與溪流，沿途甩掉泥、灰、水與其他雜質，以最真空的方式降臨我的大腦。我心跳放慢，血管靜得聽不出流動聲，我看到無數幻影，沒有一個留下印象，它們飄浮經過，未曾停留。

我在贏得冠軍的第十天突然醒轉，清醒到小學一年級國文課本至高三的參考書在我眼前快速翻頁，清醒到自己拔點滴針頭，穿上衣服。進浴室看鏡子，瘦，不白不黑，沒有黑眼眶，甚至氣力足夠走到羅斯福路搭公車到火車站再換客運回學校。趕上理餐的午飯，我點了四樣菜吃三碗飯才抬起頭，餐廳內每個人都看我，包括吃飯的和聞訊趕來看熱鬧的，看死人復活。

也有體貼的，送來果汁，現打木瓜汁，另有兩隻雞腿，出自純正雞湯的兩隻雞腿。我大口吃，不管桌上有多少食物我都吃得下的吃。

洪孟信走來拍我肩頭，他壓低嗓子說：

「螞蟻，你拚了命，懷疑你是不是把靈魂賣給魔鬼，看到你回來，真好。」

洪孟信有顆比太平洋大的心，我抓著他的手：

「能把我當朋友？」

他笑得開心，一掌拍在我背心，我打了好大的嗝，一團半透明淡淡的灰色氣體噴出我口腔，無聲爆炸而消失。

其他人跟著洪孟信上來拍我或握我的手。來不及算，大約一百隻手拍過我肩頭，如果有一百隻手，第一百隻是古曼麗的。我傻笑問她恩仇不再？她點頭說恩仇不再，日後也不必假裝熟識打招呼。我說，酷。

老高在人群裡，她看我的眼神沒有溫度，洪孟信走來時她離開了。阿玲也在人群，裝可愛把手藏在胸前對我揮，她手心傳來武俠小說裡掌風的熱度。秉忠擠開其他人，匆忙將校外館子的炸排骨往我盤子塞。

他常說總有一天要向食品營養系主管的理餐挑戰，香氣四溢、皮質酥脆的炸排骨闖進門禁深嚴的理餐。

大賽冠軍和籃球、排球、田徑賽的冠軍不一樣，沒有獎杯、獎章之類可以放客廳向客人炫耀，留給子孫懷念，不會走到哪裡引起女生尖叫。校長不表揚我，教務處不記我功，日文系不會如體育系慶祝籃球冠軍集資到峨眉街黔園川菜大吃大喝，沒人請我吃個隨便的小飯，儘管大賽低調神祕，全校一半以上的學生知道我贏到大的，大到超過當時大學生的承受能力。

我有錢去美國了。同時我不能再進外男舍，舍監那天追在床單後面喊：他是住校生嗎？老包夠意思，弄了美軍大夾克和毛線帽掩護我進文男舍叫我睡他床位，他睡磨石子地面。當天晚上氣溫降低，冷得我穿大夾克再裹毯子和棉被。他房間的溫度愈晚愈高，再熱到我脫得只剩背心，人太多了，又關窗，還有電湯匙煮出一杯一杯的咖啡和茶。

秉忠他們全來，十幾人擠在狹窄的寢室內，文學院聯絡人于克齊說明決賽過程，從我打出第一張牌說起。

我打出的第一張牌是六萬，那時我手中還有五萬和八萬，五萬和六萬連著，怎麼也該打八萬。一路我根本亂打。第一圈洪孟信胡兩把，其他兩人各胡一把，趙無為和陳千里各放炮兩把。第二圈洪孟信胡三把，趙無為胡一把。我既沒胡也沒放炮，怎麼亂打也沒事。

「你那晚是不是中邪，怎麼把你祖宗牌位也打掉。」秉忠插話。

第三圈，趙無為開始守牌，陳千里更狠，拆對子、拆搭子，下定決心封鎖洪孟信。至於我，于克齊用問句說明，你存心亂打？故意耍帥，有信心打出去的牌別人看得到吃不到？自以為你是穩得孵蛋的母雞，篤定不會放炮？你亂打很爽？

「宗教研究所的法師覺得你把靈魂打不見了，是不是賣給魔鬼？」

第五圈我放了兩炮，第六圈放了一炮，放給趙無為和陳千里。第七圈我胡兩把，勉強追上進度，第八圈我一把自摸定大局。

「自摸得匪夷所思，螞蟻，你故意還是他媽的神智不清？要是故意，我封你雀聖，給你磕頭。」

我陸續拆掉四五六萬，換成三張白板。于克齊口沫橫飛的說，螞蟻再摸進第四張白板，暗槓，摸進九萬，槓上開花自摸。後來居上的領先，其他人努力追，沒再追上。

是九萬？又是九萬，紅色的九飛翔於黑色的萬上，萬很高，必須仰起臉看萬上的九。九搧它的翅膀，即將飛出白底的牌面，飛出宿舍。

「想不透，一把牌從無到有摸進四張白板。你摸進第一張白板就死守不放，你神，預知接著會再摸到其他白板？你是白板吸鐵石，你伸手，它就來了？老包、無為，你們看過這種瘋將沒？太扯。其他三人最後一句幹話也沒，認輸，洪孟信跑進廁所吐，聲音大到一到四樓的人都聽到。」

于克齊說：

「螞蟻，你出院了，說實話，你和魔鬼談了什麼條件，為什麼幫你？」

門窗緊閉，不知哪裡來一陣風吹熄水尾和老包手中的蠟燭。慶幸大家抽菸，十幾盒火柴和三隻打火機點燃蠟燭。

趙無為點頭：

「屋裡涼，秉忠你們有同感吧，第五圈以後我坐著發抖，包棉被還是抖。老實說，我不在乎輸贏了，只想趕快打完。」

「身體好點了，」老包看我，看故宮博物院玻璃櫥櫃裡寶貝翠玉白菜的眼神，「後四圈你一張牌沒吃、一張牌沒碰，全都自己摸進來，真的？」

「真的。」于克齊替我回答。

我們以抽菸取暖，喝熱水驅邪，水尾念了一段金剛經鎮定大家情緒。在天主教的大學，我們專心聽水尾結巴念完金剛經。

「說吧。」趙無為催我。

「那天到底怎麼了？」秉忠的手肘頂我左腰。

我點起菸，輕輕吐出煙，不記得他們說的決賽經過，那晚我變得透明，失去知覺，不願意嚇他們，上牌桌前我洗了臉，迷濛的霧包住我，離開時回頭望了一眼，鏡子裡沒有我，只有煙。

「真想知道？不是我打牌，有人幫我打。」

「幹，我渾身起雞皮疙瘩。」

「我也是。」

「什麼人幫你打？」

「我坐在椅子內兩手插口袋，牌自己進來，自己出去。我看到不該打的牌被打出去，卻沒辦法喊出聲。」

「幹。」

「聽到替我打牌的人在耳旁喘氣，身體變得幾百斤重，打完最後一把牌，一下子所有重量消失，撐不住，就癱了。」

「替你打牌的鬼走了？」

「沒走，對我說了很多話，一句也記不得。祂在我身體裡竄，找出口，我想攔祂，和祂追逐，累得提不起腳。」

「該死，師公罵我們，紅色三角褲不能亂穿，容易招引兄弟上身。」

「還好沒穿紅背心。」

「謝謝關聖帝君保祐。」秉忠習慣性把菸的濾嘴往手背敲敲才點火，「紅內褲引來另一件衰事，還好你昏迷，不然你進警察局了。抬你出去路上有人喊五星旗，媽的，舍監追到校門攔下我們。」

「五星旗？」

「舍監檢查了，證明你穿的是紅內褲，不是五星旗。操，我們嚇出一身汗，差點扔下你跑路。」

「早知道把你紅內褲升上旗桿。」

「再回想，誰幫你打牌？」

從未心平氣和到心跳能降到每分鐘五十下的地步。幫我打牌的是隻女人的手，白而修長，右手腕綁了紅色細繩，穿了枚硬幣。我盯著她的手看，摸牌時硬幣會晃，銀光閃閃，上面兩個字：十錢。沒告訴秉忠，我曾看過相同的錢幣，日本大正時期發行，台灣用過，早已不流通。

「你昏了，前兩屆，六十三年那屆，圖館系老寧贏得冠軍，最後兩場跟你一樣，行屍走肉，沒你嚴重，至少沒住院。螞蟻，別對其他人說，娘的，聽得我毛骨悚然。大賽結束了，忘記它。」

「鬼沒和你簽過合約？」于克齊不滿意我的答案。

簽過，她從深邃的深處傳出訊息，她叫我回去。

那天在理餐很多人拍我肩膀，固然因為我贏了大賽，中邪的事傳遍各宿舍，聽得無不閉不攏嘴，麻將果然邪門。另一個原因，教官私下找名單上的人約談，大家口徑一致：不知道。校園內一股陰暗勢力追究誰提供名單給教官？

「有人懷疑你洩露名單，當然不是你，沒辦法解釋，還好你的名字也在名單上，你在達倫房間的行李被教官搜了一遍又一遍，賽完你穿紅內褲虛脫躺進醫院，大家就不再懷疑你。」

「教官以為八強名單——」

「以為是什麼地下組織對吧，搜不出證據，查不出八人彼此關係，校長火了，出面要求警總解釋，司法不進校園，民國以來的鐵律。他是梵蒂岡欽派的樞機主教，小蔣買他的帳。宇教官被調走，警總聲明與他們無關，黨部不出聲，大概向學校低頭協商，當沒這回事。」

「洪孟信他們呢？」

「不知道誰擺道向宇教官說出大賽的事，他不相信，四十萬獎學金，比麻將決定給誰，出錢的人有毛病？老實說，講給我爸聽，他也不會相信。現在，你們八人最不可能掛五星旗。操，明明千真萬確的麻將八強名單，他們當成神祕組織，不嫌累。螞蟻，給我們一個珍貴教訓，凡事往簡單、合理的方向想，往政治、複雜的方向想，死道友也死貧道，浪費感情。」

秉忠自認「浪費感情」文學也哲學，歪嘴得意笑很久，笑到水尾按他人中，擔心他的靈魂飛走。

年度大賽彷彿沒有開始沒有結束消失無蹤，校長盃籃球賽打到決賽，女生進體育館瘋狂嘶吼，以為商學院代表隊今年有機會打敗體育系，三十二比七十八，慘敗。

世界上有些定律不需費事去挑戰，像畢達哥拉斯的直角三角形定理，直角兩邊邊長的平方相加，等於斜邊的平方。它有什麼用處？哪位天才眼中的世界是直角三角形，搶銀行前得計算弦邊長度，不然走錯間？畢達哥拉斯定理的重要性不在弦的邊長，在於提醒我們地球到處藏著恐龍時代留下的不變定律，我們只要遵守，世界太平，一如向體育系的挑戰跟修建巴別塔想登上天堂同樣白痴。也可能意味平衡，世界需要各種各樣的平衡，恩賜最窮的學生贏獎學金，不過最窮的學生未必能托福考六百分，到頭來獎學金發不出去，留場空歡喜鼓勵金字塔底端的窮鬼：給過你們平衡的機會了，

我買了鬧鐘，一堂課不缺，期末考到了。得背句型、單字、排時間進聽力教室磨日語聽力、補修的中國通史、選修的英語系莎士比亞。除此之外，其他人還得準備預官考試，我忙著K托福考古題。秉忠、大炮、阿玲、小咪、阿財、漢堡，糟，另外三個的名字我居然想不起來。我們跳兔子舞那樣，後面的手搭在前面的肩膀，一長串同進同出，大四剩下半年噩夢初醒，操，過去三年半打個噴嚏就下落不明。

大炮履行承諾，七個人幫我翻譯《吾乃貓也》第二章。買足了消夜，得到助教允諾借用系辦公室，有如回到大賽，七個人悶頭翻七本字典。一夜的工夫完成翻譯，因每人語氣不同，翻得——用系主任的說法：譯是譯了，不過譯得上氣不接下氣。他認帳，我通過日本文學這科，分數頗高，高得令大炮酸味十足：

「早知道過去四年所有的翻譯都集體創作。」

期末考分四天進行，校方表示為了考出學生真正實力而拉長天數。我猜是老師刻意對畢業生做最後一次折磨，宣洩他們長年的不滿。

早上六點半搶圖書館位子，九點考試，中午回圖書館，下午兩點再考，四點回圖書館。各宿舍偷渡人口增加到舍監假裝沒看見。通學的擠進宿舍，住校外的不願落單也擠來。念書必須有伴，一起划龍舟，一起烤肉，一起念書，以同溫層的親密交換各方打聽來的出題方向。

考試第二天兩輛汽車開進校園，上面漆了「台北地檢署」，從商學院考場帶走一名學生，封了商男舍一間寢室。

五星旗案破案了，至少新聞上這麼說，承辦過此案的教官這麼說，菜頭也這麼說。

一反過去的積極，菜頭昂首吟誦龐德的詩句：

人群中，這些面孔的鬼影，
潮溼黑樹枝上的花瓣。

他借用龐德的詩讚美被捕的學生？還是讚美鍥而不捨的宇教官？

沒人有空關心這件事，和沒人再提大賽的事一樣，連老高撞見我也會勉強笑笑代表哈囉。一切過去了。每個人以最迅速的方式應付每個人，快得來不及反省。大家急著考完試離開學校，女生得面對各公司企業的面試，男生得陪女生去面試，入伍服役前鞏固愛情。

阿玲悄悄問我，記得你答應我的事嗎？

我答應了嗎？聽她口氣，我答應了。

期末考最後一場結束的下午，秉忠抓我回台北到他家，院子環繞的日本式平房，門前一棵很大的樹，樹下停輛水藍色吉普車，車上坐了名穿水手服的阿兵哥，他請我和秉忠抽國光牌軍菸。王媽媽煎牛排、拌沙拉，問我很多事。王爸爸請我喝法國葡萄酒，問我打不打麻將？我恭敬回他不打麻將，會打橋牌。他高興得再跟我乾一杯，約我找天打橋牌。秉忠質疑我什麼時候又會打橋牌了。

「會打麻將，自然會打打橋牌。」我喝得走不穩步子。

秉忠帶我穿過夾在紙門、紙窗中間的地板走廊到後屋，指一間空房，「寒假學校宿舍關閉，你睡這裡，我哥的，他在美國。」

每個人都有位家人在美國，大學教育的目的是去美國。聽說在美國走路會踢到金塊，踢得腳趾頭腫三星期，走到樹下會被蘋果砸昏，昏到夢裡金髮美女為我削蘋果。

他塞幾百元進我口袋：

「王八蛋，你從不問我贏了大賽的獎金呢，是不是以為主辦單位根本幌子，是不是以為錢被我吞了？明天我陪你去銀行開戶，郵局的不行，等你申請到美國的大學，錢自然匯進去，你向銀行開英文財力證明，一併寄去。」

想起來，參加大賽的目的是獎學金，去美國的獎學金。我為什麼非去美國？

「你為什麼非去美國？我幫系裡很多人問，你他媽日本不去，叛系。說，為什麼非去美國？」

對，為了去美國我才參加大賽，才拚命想贏，才差點掛在郵政醫院。

「以前認識一位美國回來的教授，很酷。」

「你真能掰。」

秉忠家住一晚，我仍一個行軍袋裝起所有財產搭夜車南下，答應阿玲的事得做到，不能再下流。

她爸開車來車站接，阿玲扭捏的介紹我：同學啦，你叫他螞蟻就可以。她爸像放大版的麻將牌，長長方方，胸部與肚子一樣厚實。

那年寒假很長，接近一個月吧，至少二十五天。星期一到星期五陪他爸進工廠學習操作機具，認識不同的螺絲釘。他說台語，我說國語，能通。阿玲和她媽中午送飯來，我的體重突破六十公斤是她們大塊肉、大碗飯補出來的，離開時已經六十三。唯一一次緊張的場面是她二哥回來，體型和她爸相當，敞著襯衫，露出裡面吊嘎，外八字踏白布鞋到我面前：

「外省仔，佮阮兜阿玲鬥陣喔，幹！共恁爸較細膩。」

二哥真的是流氓，但流氓怕妹妹，阿玲抓起菜籃打，他抱著頭逃出去，外面一群小弟笑得人仰馬翻。流氓不敢掏槍頂老妹太陽穴嗆：

「閣共恁爸大聲看覓。」

晚上陪他家人吃水果看電視，很久沒這麼長時間看電視，阿玲問我住她家高不高興？當然高興，瀰漫著何不永遠住下去的誘惑。

我犯錯了。既然畢業決定去美國，為什麼到阿玲家？像和古曼麗見面惹得老高被人笑話，我不是又讓阿玲日後難向家人交代？

阿玲是敏感的女孩，她安慰我，沒關係，我跟他們說是好同學，你寒假又沒地方去。我說你是緬甸回來的，救國軍的孤兒。我爸很高興，他兒子從不聽他講螺絲釘的事，嫌囉嗦，終於有人聽了。他心情好，我媽高興，妳看她每天煮那麼多菜，買啤酒請你，以前她根本不讓我爸喝酒。以後的事以後再說，鄭重警告你，他們是我家人，不用你煩惱。

「螞蟻，我只有大四最後的幾個月，不管以後怎樣，我什麼也不怕了，我的人生自己負責。」

日後我不曾遇過阿玲這麼豪氣的女孩，無邊無際的宇宙在她面前，她抓起裡面一小撮，大腳把其他的踢開。

有時我們去市區看電影或進圖書館，遇見她中學、小學的同學，個個瞪大「我知道你們是一對」的眼神。一如福克納短篇小說《給愛茉麗一朵玫瑰》裡的愛茉麗和她修鐵路的男友，鎮上的人看著愛茉麗快樂的愛上男人，再看男人忽然不見，看愛茉麗孤單的人影隨日起日落老去。

有次她問我，你去美國念碩士兩年對不對？暑假說不定能回來，和我們班上男生去當兵一樣，兩年，比抽到金馬獎好，去外島的暑假也回不來，等於去美國兩年，還不用怕老共丟炸彈。

好像對，好像不對。當兵沒有選擇，守著豆乾棉被和快麻膛的步槍，隨時有不同階級的長官對你說「當心我讓你當兵當不完」，去美國沒有晚上兩洞洞洞歸營點名的規定，卻多出無限個對未來的選擇。兩年能改變許多事情。

你不要多說，她說，我三哥也是，爸媽講他都不聽，非去美國念書，現在過年打電話回家，付國際電話費的帳單一半花在眼淚，他哭，我媽哭，我爸坐得遠遠也哭。馬上她捏著衣角說，我不是那個意思，你是我大學四年的回憶，以後都是。

「希望你值得回憶，不然我虧大了。」

回憶在尚未成為回憶前，已經夠沉重了。

外省囝仔窩在台灣女同學家不太像話，我住她家不遠的一間倉庫，她媽媽愛烏及烏收拾出一間房，叫我別客氣把髒衣服交給她洗。阿玲沒來過，鄉下看不見的眼睛太多。我過起正常生活，有三餐，準時上床、準時起床。不能不想，如果我留在台南做個操作機床的工人，說不定更坦然。對了，和阿玲一起睡的晚上，我不再作夢。阿玲喜歡看我睡覺的樣子，她說：

「你睡得好像沒有明天。」

年初四下午我們窩在市區前的小旅館，我一遍一遍撫摸她顫抖的大腿，一遍一遍吻她溼潤的嘴唇。明明說一夜的話，感覺上還有一夜的話來不及說。戀愛是抽象的，當戀愛融進語言就具體。她說完我說，我說完她說。我們認識彼此的成長，彼此的過去，於是現在與未來被過去黏在一起。

第二天上午我提行軍袋回台北，從除夕起陪她阿爸喝酒，初四晚上他大聲對當醫生和當流氓的兒子說，這個外省囡仔真好，恁攏共恬恬。阿玲從後面抱住阿爸厚厚的背哭得更大聲。

知道我必須走了，用秉忠的口頭禪，我雖不必承認自己下流，但我真不是個咖。

不能這樣對阿玲，不能。

台北我有地方住，待在補習班那一年住的補習班宿舍，南陽街舊樓，雙層床排得室內沒一點空隙，軍隊裡的通鋪概念，每張床靠蚊帳維持隱私。按照補習班安排的課表行動，中飯後午睡到一點半，晚上十一點就寢，和宿舍的關係淡薄，睡覺罷了。寒假宿舍空著，我和管理員老劉打招呼，塞二百元過去。

老劉退伍後一個人，他住宿舍外，利用陽台隔成小房間，單口瓦斯爐便放在突出於窗外的鐵窗上。電視機聲音陪伴他過某種一成不變的日子。他叫我好好念書，進大學是希望。我問他的希望呢？回老家，隔了一道海峽的老家。比起來，我的希望變得微不足道，抱籃球進球場站在湖人隊二公尺一八的賈霸面前，鞠躬道歉說拍謝，走錯球場。

二十個床位，中間是側身才能通過的走道，走道盡頭一扇膠帶打叉叉貼住毛玻璃的窗戶。為了空氣流通，晚上打開能打得開的窗戶，聽汽車的流動、樓下高中男女輕聲的告白，任由不遠處台大醫院太平間甫逝的靈魂經過，留下無影無蹤的嘆息。

早上起床我會在床緣坐一陣子，陽光斜斜曬在我半邊身體，我看腿上草蓆的印子。晚上我打開窗看對面別人家鐵窗裡的後陽台，見戴髮箍的中年婦人大火炒菜，有時仰臉能看到兩棟樓中間一點點有星星的天空，情不自禁點燃一根菸，它提供自然主義的溫暖。

我問自己，螞蟻，你的美國夢會不會超過能力，那是別人的夢，不是你的，你跟著起什麼鬨？四年前背行軍袋住進這裡，如今再回到這裡，四年的時間不過原地踏步，你連大學能不能畢業都不確定，卻做去美國的夢。

買了酒與老劉喝兩口，他炒了韭菜與雞蛋下酒。他喝了酒和爸不同，身體一歪睡著，不吵不鬧。

約在南陽街吃中飯，妹妹站在含著風沙的冬日陽光下，臉孔像春天滿開的花朵。她拉我，哥，我請你去吃希爾頓，該我請你。

我喜歡聽她的故事，進了榮工處，交到新的朋友，她在火車站前焦慮的人群當中單足為中心轉了個圈，好像眼睛看得到的世界都是她的。

哥，不要再為我擔心，我過得很好。

明年我參加國考，考過就是公務員，已經申請分發國民住宅。

你去美國，我存了幾萬塊，哥，你放膽去美國，我挺你。

爸很好，他現在一天說不到兩句話，喝了酒就睡覺。我等你回來，要是你結婚，我住你家，要是我結婚，你住我家，我們不要再分開好不好。

「有男朋友了？」

「你記得朱伯伯的兒子朱秀山，高高打籃球那個。」

「妳不喜歡阿山，從小妳就不喜歡他。」

「試試，說不定可以。」

「他叫妳跟他？」

「爸沒說，阿山常來。」

「不必勉強，妳不喜歡阿山就不要，石重生講什麼妳別理。我們不是他的家產，他唯一的家產早被他打跑了。」

妹不再跳，不再轉圈子，我們站在希爾頓飯店外面，一批批進去跳茶舞的年輕人，一批批吃自助餐的中年人，每個男人無不斜著眼神打量妹。全台灣的男生供她選，不再是他能決定的。

好像看到達倫，他跳出紅色敞蓬賓士車，駝著背刁著菸走進旋轉門，陽光射在車窗玻璃，我沒看到曬成咖啡色的大腿或陽明山的臉孔。

「等我，妹，我去美國頂多兩年，等我回來帶妳出去。別再理他對妳說什麼，聽清楚沒，別再聽他的。」

「他是我們的爸爸。」

「從小妳不是一直問媽走的時候有沒有說到妳?有，她流著淚對我說，小明，妹妹交給你了。」

「你走了我怎麼辦？」

我在火車站坐到天黑，妹回去了。我走了以後她怎麼辦，她習慣順從石重生，她從不反抗石重生為她選擇的一切。兩年，我承諾她的事做得到嗎？

美神、切、阿玲和其他

開學當天一大早我背行軍袋擠上公車，刮了鬍子，剪了頭髮，沒人多看我一眼，大賽是很久以前的事了。過了幾站被擠到中間，我得用頭頂著行軍袋，有人看我，坐在最後面的古曼麗，如此擠的公車，她美麗依舊。她看著我，笑著看我，我也笑笑。

失去「喂，晚上有空去化學系的舞會卯舞不？」的青春，頂多剩下「拍謝，那天我的牌守得太緊，太不上道」的成熟。

秉忠在外語學院長廊晃，兩手插褲袋，牙齒咬著香菸晃。

「當過兵的，要幫忙嗎？」

我扔下行李袋，翻他口袋摸出一根薄荷菸，學他點火前先在手背敲敲濾嘴：

「找個能睡覺的地方。」

剩下三個月，自在的當大學生，剩三個月。喔──喔──防空警報響，外銀河系么么四六號星球太空戰艦來襲，距離地球僅五萬公里。一顆巨大核彈落在台北介壽路，地震、大火。我摟著秉忠肩膀，學他的口氣：操，這個學校一點沒變，和外面那個世界一個樣。

開學後校園的氣氛很悶，天沒晴過，風沒停過，三天有兩天下雨，到處溼漉漉、黏答答。外語學院長廊爬著蝸牛，宿舍床墊透出霉味。棒球隊照樣練球，擊出去的球畫出水珠的弧度，教堂內傳出的歌聲雖然動人，也不免帶著溼氣。學弟學妹在理圖頂樓排練即將公演的話劇《三國一の花嫁》，擔任監督的班代表窩在角落自顧自補眠。菜頭踩步於外語學院通往宿舍的石子路，想從龐德與國民黨間取得平衡。

年初共產黨的周恩來死了，年前老共的長征二號將衛星送進太空軌道。前者各大報的頭條新聞，後者流傳在無法證實的你傳我、我傳你的嘴巴之間。衛星能在飛彈打不到的地方監視台灣，拍到我碗裡最後一片菜脯蛋；校園內某些社團討論周恩來的政治人生，有些人好奇當初被周恩來煽動發動西安事變的張學良怎麼樣了？世界怎麼樣了，台灣怎麼樣了，都像夜晚流星，飛掠過地球時引起注意。那年沒人提得起興致對流星許願。運動場一角，我抱著阿玲吻得兩人癱在新鋪的韓國草皮，我看見流星落在她背後，

秉忠申請宿舍，付了我、老包、無為的份，老包說不好意思，秉忠揮揮手，將一疊影印講義扔給他，「少客套，有條件，你托福幾乎滿分，給個良心建議，我拿那些ＡＢＣ該怎麼辦？」

大賽以另一種面貌回來，這次不比麻將，比英文。大四的課少，空出很多時間念英文的過去式、過去完成式、未來式、未來他媽的不完成式。

老包強迫秉忠和無為背句型、背單字，寢室牆壁凡空的地方貼滿單字和句型的卡片，一個月後延伸到外面走廊，到廁所和浴室，到樓梯間。誰經過都不由自己停下背兩句，尿尿和英語產生新的連結方式。舍監向德國人白神父抱怨，一天早上白神父穿中式長袍晃進外男舍，一層樓一層樓視察，到了三樓看見老包歪七扭八字體寫的英文單字、片語，他一手扶牆笑了好久。他的白眉毛往上彈跳幾下，

慈祥和藹問舍監：

「你懂普普藝術嗎，這就是普普。」

外語學院流傳新的耳語：不會吧，日文系的秉忠要考托福？

像謠傳阿玲居然和螞蟻在一起，古曼麗怎麼辦？

大家腦袋都壞了。

老包不煩我，拿起我那本捲的、破的《遠東實用英漢辭典》：

「你是背字典的對吧，高中我班上有個王八蛋背字典，聯考英文九十幾分。A to Z，你背到哪個字母？」

我用蚊子也得豎直耳朵才聽得到的聲音表達謙遜：

「Z，字典最後一個單字是zygote。」

「什麼意思？」

「受精卵。」

「你無聊到背這種單字？托福要是考受精卵，我割下頭送你。老天啊，當普羅大眾為記不住wave和waive的差別徹夜難眠，竟有人奢侈到去背受精卵，公平嗎？」他演李爾王向天空高舉雙手吶喊。

背字典外，我得翻譯日文小說以便說服各科老師賞我高分，免得送去美國大學的成績單太難看。兩科零分，絕非故意，大二時忘記去考試，忘記重修。老包認為如果大四的成績大幅上升，說不定能彌補我的零分。

「痛改前非的意思？」我問。

「亡羊補牢的意思。」他說。

「周處除三害的意思？」

「恁祖媽卡好的意思。」

我們沒再摸過麻將，其他人打，我們旁觀的意願也沒。

沒多久體育系馮大胖也加入，他的三鐵成績沒法子和外國選手比，拿不到奧運獎牌，補修教育學分到中學教書不是他的人生選項。

他擺出誰也不甩的德性靠在外語學院走廊矮牆對秉忠喊，日文系的，過來講句話。

講卵，秉忠吐回去。

別這樣，play一根草。

不稀罕，老子一向不抽別人的菸。

有件事打個商量。

先道歉。

我道什麼歉？

你們體育系霸占游泳池，向我道歉。

他們僵持在走廊中央，沒人敢通過。

「體育系也有不會游泳的，好吧，我道歉。」

「接受。」

秉忠要考托福的事傳回體育系，也許使很多人重燃希望，秉忠能，台灣沒人不能。馮大胖很鬱悶，他和大多數學生同樣習慣於線性思考，大學畢業當兵，退伍進補習班再天天念考古題參加高普考，能當公務員最好，不然娶個有錢女生，到丈人公司當業務員，十年後升為經理，天天拍大舅子馬屁。

混了四年猛然想到要畢業，不能不面對現實人生，苦中作樂做出氣蓋山河的決定，在接受現實之前給自己最後一次機會。

「也想考托福，秉忠，幫幫我。」

要高傲的體育系標槍國手、要當了四年大哥的馮大胖低頭對秉忠說這種話，秉忠聽得出其中懊惱的絕望和放棄自尊的祈求。他夠意思和馮大胖兩手托著腦袋趴在矮牆抽掉很多菸，聊了很久，聊得來來去去的光陰打了幾十個呵欠。

四人小組為馮大胖的前途召開會議，比黨部區委開會正點多了，秉忠請客，包商學院西餐廳兩張桌子，咖啡、蛋糕隨意吃。

老包翻遍美國大學資料，找出體育行政、體育教育、體育管理的研究所，若混出文憑，舉凡運動員經紀、球場管理，可以做的事多了，馮大胖後半生不用啃鐵餅過日子。

交換條件，協助我們尋回彈性的肉體。馮大胖開心大笑。他每天傍晚領我們跑操場，做柔軟操，一個星期從一千公尺加到三千公尺，目標四月初增加到五千公尺。操死人的陰謀。秉忠口吐白沫：

「我們需要這樣跑嗎？我們要去美國，不是去到處獅子、鱷魚的非洲，用不著練習逃命。」

馮大胖笑得更開心，笑得能看見他粗大的食道。

放假我和阿玲窩圖書館，避人耳目躲開理圖去文圖。之前說過吧，學校燒賣大小，藏不住祕密，說也奇怪，沒人打探、沒人好奇，見到我和阿玲手牽手，阿明打呵欠揮揮手，當我手裡提便當盒。大四了，誰也管不了誰。周日老包他們回家，我偷渡阿玲進來，抱著睡覺、抱著讀書、抱著吃硬得斷牙的營養餅乾。她說，大四真好，永遠大四就好了。

大四還可以，和錯過的大一、大二和大三相比。

翻譯了《吾乃貓也》第二章，系主任建議我改譯別的小說，《吾乃貓也》實在太大本，若要翻完，憑我的日文能力，夏目漱石會急死。

老包的叔叔在《自立晚報》副刊工作，提攜後進幫我改錯別字、修改得更通順刊登出來，領到稿費請室友到學校對面的川菜小館子吃客飯。

民國六〇年代流行客飯，一人十元或十五元，一道菜，飯隨便吃。那時台灣南部的稻子一年可以三穫，白米便宜。我們五個人五道菜，最划算的點法是豆瓣魚、麻婆豆腐、乾煸四季豆、魚香肉絲、回鍋肉，該辣的辣，該肉的肉，該麻的麻，該鹹的鹹，五個人吞掉老闆一鍋飯。吃完付帳，他看看已經空了的飯桶揪心的說：

「我做小生意，不做慈善事業，下回你們去別家，平均吃，只吃垮我這家，我一家三代死不瞑目。」

五月我翻譯了三島由紀夫的《美神》，非常三島式的短篇，又刊在《自立晚報》副刊，老包帶報紙回來，秉忠和無為看完後一甩報紙，吃飯去。

秉忠問我：

「螞蟻，下回翻帶點情色的，系主任不是說三島由紀夫的《憂國》經典，男主角革命前和老婆搞的細節優美嗎?優美，多龐大的想像空間。」

《美神》平鋪直敘，發現維納斯石像的義大利考古學博士為研究石像付出大半生，臨死前未預期、沒有原因被石像背叛。的確難懂。阿玲為我們說明，大意是維納斯石像埋了一千多年，雖被挖掘出來面對世人，固然感激博士，可是維納斯的美是獨立的，高於一切，美得令人自慚形穢到難以找出活下去的理由，沒人可以擁有它。

「還是沒懂。」秉忠不愛文學。

「每個人的存在，美也好醜也好，與其他人無關，尊敬，不可侵占。不屬於誰。維納斯背叛了發現她的教授，因為教授想獨占她。」

「螞蟻，你聽得懂阿玲說什麼火星文嗎?」

阿玲說的是我的叛逆。她應該進研究所，她敏感的一面未被好好發掘，回五金工廠有點可惜。

「不可惜。」稍後我們單獨散步時她糾正我，「做自己家的事業最有價值。」

愈接近畢業，她愈不時故意唱反調。我清楚原因，有次當我猛烈衝擊她時，聽到耳朵有個喘息的聲音：螞蟻，愛我嗎?

雖然校園內沒人談，心裡有數。地檢署兩輛汽車載走商學院的那位同學，傳說中升旗的同學，和我們一樣大四，托福高分，聽說美國的研究所也申請好。差半年，他沒去成。我們記不起他名字，我們根本不想記，怕他的名字不聲不響鑽進腦海代表我們大四的那一年，太乏味。

從他校外的住處搜多上百本書，簡體字的、英文的，馬克思的、毛澤東的，還有一幅貼在門後，中南美洲用槍桿子革命的切．格拉瓦圖片。

大炮和他有點交情，去過他住處，終於明白那幅明暗對比的嬉皮海報，人物不是電影《衝突》裡的艾爾．帕西諾，是共產黨的切．格拉瓦。

那位同學辯稱研究學問，別無其他目的，情治單位質疑，既是研究，為什麼所有書都撕去封面、封底，不是作賊心虛嗎？

著名的梁□□匪諜案，停留於報紙十多天，我們當作沒看見。

很多年過去了，我替那位同學說公道話是馬後炮，我還是說說。初中看色情小說，簡稱小本的，得撕去封皮，不然封面的色情畫太明顯，容易被教官沒收。高中看武俠小說，租的，一般會在封面外釘一層厚厚牛皮紙，看不出書名。最保險的作法是小心撕下封面和封底再帶進學校，還書前黏回去。任何小說都有進校園與同學分享的義務，花錢租的尤其，不play十七、八人，不划算。租書店的武俠小說貼了多少層膠帶訴說它進校園的次數。

撕封面是避免小說被老師掠奪而養成的習慣，我們心中有把比警總更嚴格的尺，凡會惹上麻煩和可能惹上麻煩的書，撕了封面再說。

那年頭共產黨的書不是看不到，圖書館有，跳過作者批判的部分，反過來看就行了。例如人民公社，記得有本書寫了幾十萬字，一半以上寫人民公社違反人性必定失敗，但看完當然了解人民公社是什麼。模糊的真相仍是真相。

情治單位花了相當長時間釣魚，於幾個前衛社團辦公室內放了討論會的油印題綱和地點，如討論中南美洲的革命英雄切．格拉瓦，他反抗帝國主義，主張社會主義，前者很好，後者令人緊張，標準模糊的真相。那位同學參加了，開幾次會，忍不住闡述對社會主義的看法，誇讚的、批評的，一概錄音。情治單位趁他在學校期末考，拿了搜索票進他租的房子，找出書後即行逮捕。

掛五星旗的真是那位同學嗎？沒有真相。拿假設當證據，引申為他掛的，沒人提出異議？敲錘通過。唯一真相是從他住處未搜出五星旗。

說不定該感謝大賽，幸虧有它，我躲過五星旗事件，更不用再去開會，我請菜頭抽根秉忠送我的MORE。我喜歡龐德，我吐著煙對菜頭說，可惜太晚認識你。還三個月就畢業，拜託黨部的事別再找我，而且你聽說了吧，我戀愛了。戀愛和政治信仰絕對衝突，對大四生，選擇戀愛是肯定自己存在的唯一證據，不必牽拖其他。

你和阿玲逗陣的事，聽說。他點頭，學著吐出一道細長煙霧。你只要準時交黨費，我對其他區委說你考托福忙，沒空開會。

阿玲，水尾哈她很久，文學院的厭頭還為她寫了一本詩集，刻鋼板印了幾十冊，要不要，我幫你弄一本。她怎麼會和你在一起？

我帥。菜頭，你沒發現我是黨部小組長以上最帥的？

幫了我大忙的是《美神》，三島由紀夫寫得好，翻譯雖差，不會引人挑毛病。幾位教授忘記我過去爛到爆的成績，最後一學期補了很高的分數，並熱心為我寫推薦信。

我們通過托福考試，包括擲標槍丟鐵餅的馮大胖，他承認大學四年沒畢業前三個月念的書多，感覺不錯。很多人幫忙，助教於放學後讓我們進視聽教室聽英語錄音帶加強聽力，英文系的傑克教我們把句子積木式拆開，就看得出誰是主詞，誰受詞，誰他媽的介系詞。

發生幾件與我有關亦無關的事，老高與大傳系帥哥小左出雙入對，看得出老高臉上蕩漾的陽光比中午池塘裡的還多。遇過兩次，小左熱情和我打招呼，老高懊恨得巴不能我是棵市政府栽的路樹。小左帶給她期望嗎？當期望與絕望不巧撞上，她會不會懷念絕望幾秒鐘，再審視期望幾分鐘？不關我的事，我是加了ed的絕望，比較不具殺傷力，比較無回憶的必要。

畢業前宿舍內酒氣沖天，畢業生提酒到處串門子，所有恩怨至此了結，小左醉醺醺摟住我說我是柳下惠，坐懷不亂的君子，本來他以為要叫我表哥，不料老高是處女。

我推開他。這種人，不是咖。

別誤會，小左終究和老高結婚，但對我講那句話，他和老高生五百個小孩、白首攜老兩百年，照樣不是咖。

古曼麗沒有緣由沒預警休學，從此消失，校園一下子變得單調。她們系上乃至於班上竟然沒人有她家的電話號碼。獨來獨往近四年，不帶走一點雲彩就消失。日後未在電影、電視、廣告看過她，想必對於自己的美麗，一如維納斯石像的堅持、拒絕、獨立。

大賽交接了下去，秉忠用鼻孔發音告訴我，再用鼻孔嗯來嗯去不肯告訴我交接給誰。新學年仍維持麻將大賽，感覺夏天傍晚從大屯山頂看台北的黃昏，完美。

畢業是條漫長的道路，我每棟宿舍、差不多每間寢室去道謝。深夜提米酒與秉忠他們摸到運動場西北角，很少人知道歷任校工在那裡蓋了間小土地公廟，香火說不上鼎盛，每天總有校外人士騎腳踏車、摩托車的隔著學校鐵絲網拜拜。我們以感恩之心上香、鞠躬，燒掉好大一綑福金，感謝祂四年來照顧，再燒掉秉忠送我的紅內褲，再三感謝祂老人家把我從麻將裡救出來。

想像我在昏迷中，土地公拿拐杖與麻將鬼大戰，趕走鬼，再一杖打醒我。

石重生來了，他穿漿得發亮的白襯衫與喝喜酒才穿的黑皮鞋，挺直腰桿走進校門，向蔣中正像敬了禮，向國旗敬了禮，沿中央大道走到底，走進禮堂，找了個既不低也不高，既不左也不右的位子坐下。我在校門口看到他，起初以為眼花，他對蔣中正敬禮時我確定是他。

躲得很遠，沒叫他，沒進禮堂，念了四年大學，沒參加畢業典禮。驪歌聲響時，穿租來學士服的我在外語學院後面樹叢裡發呆。彆扭了四年，為什麼我像他一樣彆扭。石重生會在一千多名穿同樣學士服的畢業生裡找我嗎？他記得我長的樣子？

阿玲找來，她的父母專程趕來參加，我叫她趕快回去。她陪我坐了十分鐘，踹了我一腳，「至少去和他拍張合照。」

她不瞭解我和石重生的疙瘩，從媽走的那天起，我連多看他一眼也反胃。這是叛逆嗎？

對媽的印象剩下兩個，她提行李蹲在我面前流著眼淚說對不起，石重生醉倒後我在村子口扶起的她。長久以來她只抱著我偷偷哭，走的那天她公開、大聲哭了，所以我相信她真的不得不離開我和妹，她真的捨不得。

當她模糊的影像留在我腦海，我無法正視石重生，不是叛逆，我沒辦法看他，沒辦法和他說話。

也不是仇恨，我想努力遺憾他而已。

沒有他的人生，我會清爽很多。

他聽校長致詞、畢業生致詞，聽合唱團唱驪歌，一個人離開禮堂，向國旗和蔣中正再行禮，排在長長人龍後面等三重客運，一身大汗回家換上草綠汗衫拿扇子坐進門口的藤椅喝紅露酒。

沒見到我，他難過還是賭爛?希望沒有了我，他的人生也能清爽些。

我在樹林坐到中午，畢業了，過去四年我到底找什麼、躲什麼?找到了嗎?沒人罵我，我罵自己，螞蟻，你下流。

到市區和阿玲同居一個月，租的房子很小，西門町一棟分成幾十間小套房的舊大樓，好處是二樓和三樓各一家電影公司。勉強稱電影公司，他們過去十年曾經忙著拍片，我進大學那年起國片走下坡，被好萊塢電影打得鼻青臉腫，無片可拍，試片室常放老電影補貼房租堅守電影不退。門票不貴，電影多是名作，豐田四郎導演的芥川龍之介原著小說《地獄變》、稻垣浩的《宮本武藏》，雅克·塔蒂的《我的舅舅》、維斯康提的《洛克兄弟》。

重看了楚浮的《四百擊》，這回一分鐘也沒錯過，原來演的是少年的成長，我看得眼眶紅紅的。

最初我未因《四百擊》想到老高，電影公司的大賴喚住我們：

「螞蟻，晚上放楚浮的《四百擊》。」

不騙人，阿玲的腰扭了一下。

我和她簡化生命，把時間截斷，砍掉之前的，砍掉之後的，留下中間一小截，兩人擠得變成一人。沒有過去與未來，終極思考是午餐吃什麼、晚餐吃什麼。要是能永遠這樣，多好。

阿玲愛做菜，我們每天換市場買菜，搭公車看遍原來比想像中大很多的台北，到海邊曬太陽，發現兒童樂園未因我們長大而失去樂趣。任何時間只要想，我們就做愛，電影院、公園、火車、樓梯間，努力記住對方每一寸肌膚上的每一顆痣。

七月十一日送老包、無為、水尾、馮大胖去當兵，那年第一梯次預官不分兵種同一天到台北火車站集合，分搭不同的火車去不同的訓練中心。老包的場面熱鬧，他父母與眾多兄弟姐妹全員到齊，包媽媽哭得讓人以為他兒子去美國。馮大胖則一直戳無為，喂，看到沒，老包小妹朝我眨眼睛。無為當然沒看到，他是大近視眼，再說他對女人沒興趣，很多年以後他請我去酒吧喝了兩杯酒說出他的愛超出我理解範圍。

他和我一樣迫切需要大賽的獎學金，留在台灣的壓力太大。

水尾在最後一個月交到女朋友，小兩屆的學妹，他私下對我解析男女年紀差兩歲剛好，他退伍，女朋友畢業，攜手步入社會。水尾忘記一件事，將女朋友孤單扔在校園內的危險性，六個月後女朋友寄了封用紅筆寫的信去軍營，老包給我的信上寫，水尾長大了，他沒哭，在金門一個地道內燒了信，並喝掉一瓶高粱。

金門高粱耶，他一個人幹掉一瓶，浪費。

秉忠沒考預官，他瘦到不用當兵，不過也不和我一起去美國，他雜事太多，得花相當時間解決。誰也弄不清他哪來那麼多雜事，他說這是他非得去美國的原因。

去美國當然有原因，我們是落跑的一代。

晶亮的皮鞋在大樓前攔住我，該來的躲不了。我要阿玲先上去，長輩找我，得去南美咖啡喝杯來自南美的咖啡。

他未提校園匪諜案和五星旗事件，一如過去用平穩語調說明石重生和石翠明近況，恭禧我去美國念研究所，也照以前說了段早點念完回國效力的話，我一路點頭稱是。

預期的，他拿出一個信封推到我面前。

「不肯走我替你鋪好的路也行，年輕人有自己的想法是好事。去美國，國家和黨更需要你，老規矩，老信箱，這是預付稿費和郵資費，跟上面特別請求換成美金，夠你第一個月找個合適的住處，讀書很好，犯不著苦了自己。」

我看著信封，卡其色的牛皮細長形信封，中間一個紅框，沒有寄信與收信者的地址與名字，表情冷淡刻意漠視我的存在。

「我們在那裡有些人，不過不必聯絡，免得給你找麻煩，單線作業，你還是只對我負責。學校、華僑社區出點什麼有損黨國的事，寫下姓名、事件。你老手，我不教你怎麼寫了。」

耳邊再響起那首歌，地面管制中心呼叫湯姆少校，而湯姆少校回覆：

我將永遠離去，以最奇特的方式飄浮，而今天的星辰看來尤其不同。

「你是我的人，我一向照應我的人。其他的不多說，祝你一路順風，兩年、三年後台北見。」

我推回信封起身說謝謝。推門出去，外面的熱空氣令我一陣暈眩，沒有星辰，汗水沉重得令湯姆少校在無重的太空沉落。

阿玲追問我是什麼長輩？看著她關心的神情，我拉她手坐到窗前，從入伍到憲調組一點一滴說出來，好像回顧這幾年的人生，客觀看著自己的變化。忘記哪位作家寫過，人是由過去累積而成，過去決定現在，不必過度期待未來，過去到現在即營造出可預期的未來。

她提出幾個問題，我從未這麼誠實的一一回答。

是，我是抓耙子，不過當初我只是被訓練為起碼的調查人員，巨大情報工作機器裡的小螺絲釘。

不是，我找不出誰掛那面紅旗子，曾經奉命尋找，可是找錯對象。

不，我絕不會陷害無辜的人，以前參與過一次，不想再犯同樣的錯誤。

是，我拒絕了那位長輩，從此以後我是獨立的螞蟻，不再是任何人的間諜。

「你好複雜。」

「我也想簡單，扛著祕密不是快樂的事。」

「你把祕密丟給我了。」

「希望妳明天忘記。」

她摟住我，我聽懂她話裡的意思。

「螞蟻，喜歡你把祕密告訴我，可惜我沒有祕密可以告訴你。」

沒有祕密是好事，人變得輕鬆自在，湯姆少校就能太空漫遊，不痛苦，不流淚，經過太陽系，進銀河不用擔心流星雨。

我七月二十三日的飛機，前一晚與阿玲說好一起收拾租的地方好還給房東，她說她做就可以，她不急著回台南，想再住一陣子，溫習我們相處的記憶，免得遺忘。本來我想說記憶的價值就是豪邁的遺忘，大把大把的遺忘。沒說，不能再老說不討人喜歡的話，何況我能體會她的心情，她的學生時代結束了，永遠結束，她得抓住最後一個暑假。

民國六十五年的夏天比往年更熱，從昆明街走到中華路兩三百公尺的路就能溼遍全身。房東留下的冷氣機除了發出噪音外別無其他功能，我們得隨時洗衣服、換衣服，甚至在屋內乾脆不穿衣服，看著她稍稍大的屁股、稍稍大的乳房和早已熟悉的稍稍大的腳，忍不住說：

「我的全部。」

她不解的看我。

「地球的面積五億一千萬平方公里，妳的面積多少？」

她兩手插腰走到我面前。

「阿玲，妳的面積恰好也是五億一千萬平方公里，妳就是地球。」

地球朝我撲來，不知哪個太空人說過，從太空看，地球遠比你我想的溫暖，母親般的溫暖。

她逼我回家向石重生告別，我們停在巷口，看見他躺在門口藤椅醉得睡著了，一如過去的每一個夏天。我拉阿玲離開，我走得很快，她跑步追。

「阿玲，妳說的，每個人的存在不屬於任何人，我和石重生的事，妳不要再問，我沒有答案。」

她沒反駁，可是幾乎一晚上不跟我說話。

晚上熱，電扇轉得扇葉危險到可能飛出框住它的鐵絲網，來往的車聲、人聲湧進敞開的窗戶，隔壁放搖滾樂，樓上男孩練習跑步，我不管她說不說話用力抱住她，我又說了很多，說到她不能不塞住我的嘴。那麼多與我們無關的聲音當中，我仍聽得到她喘息的說：

「螞蟻，這次不要戴套子好不好？」

打電話到榮工處找石翠明小姐，是，石頭的石。我對話筒說，不要來送我，兩年，妹，妳撐住，我回來接妳。

送我到機場的是秉忠和阿玲，計程車上安靜得僅有收音機內布袋戲的聲音，史豔文追尋不明身分的對手藏鏡人，追了很多很多年，一如推石頭的薛西弗斯，因藏鏡人而史豔文英雄的存在。

那時國際機場在松山，前面廣場內有個很大的噴水池。秉忠提行李先去華航櫃台報到，我和阿玲坐在噴水池前一直沒講話，不知該講什麼，所有想講的前一晚好像講光了，我們以沉默當告別，以灰暗的噴泉當心情。

這是三個月後秉忠到美國告訴我的：

「該不該說呢，說了有意義嗎？螞蟻，你進關的那一刻是不是回頭向我們揮手？你揮了手，可是你聽到了嗎？你沒聽到。我操你們兩個白痴。人很多，偏偏她的聲音很小。阿玲，和她同學四年，從來搞不清她是這種女人。他對著你揮手夾在人群的狗屎衰相說了一句話，你以前從來沒對她說過嗎？她沒對你說過？」

我們坐在紐約機場的酒吧，各喝一瓶啤酒，他有心事，反常的沉默。

他放下空瓶子抹抹嘴拿起登機證，「別他媽臭美以為我特地老遠飛到紐約再轉回頭飛去洛杉磯是為見你的狗屎臉，憋了三個月還是跟你說說吧，你聽了放肚裡爛你肚腸。記住有個女人叫阿玲。她用我幾乎聽不清楚的聲音說，聽好，她說，操，她說，說你愛我，死螞蟻，說你愛我。」

第三部 民國七十二年

時間沒別的意義，
趁人不注意偷偷摸摸改變一切，
從外貌到內心。沒有警察。

石曦明回來了

石曦明於民國七十二年八月二十七日返台，四天後發生韓航零零七事件，偏離航線的民航機消失於接近庫頁島的鄂霍次克海，不久消息傳出，可能誤入蘇聯領空，被飛彈擊落，機上二百六十九人全數罹難。

該為石曦明慶幸，他原訂九月一日的班機，臨時決定提前，為了母親的事，尋找多年終於有消息了。

他始終相信母親未曾拋棄他，像神明藏於暗處守望著兒子。那年他十三歲，母親提著花布小包袱蹲在他面前流著淚說，不要忘記我，小明，不要忘記你媽。曾經想過，如果他拉住母親，或堅持非要跟她一起走，母親會做哪種選擇？終究他只是站著看母親步出村子前兩根大水泥柱組成的出入口，像他後來看的美國電視劇《陰陽魔界》，水泥柱間爆出閃電與濃雲，母親便走進另一個空間，那裡有外星人與巨大怪獸。他期待有一天母親回復成飯桌上那張照片裡的年輕、漂亮，從閃電裡走出來，觀音菩薩那樣微笑對他伸手：

「小明，來，跟媽媽走。」

這幾年石曦明在美國發表不少篇論文，累積出一些成績，台北的母校恰好有缺，以一年合約聘他回來客座，開一周四小時的比較文學課程。回去吧，這麼多年的等待，母親終於出現了。

他打了電話給人在愛荷華的學弟菜頭說要回台灣教書，教比較文學，菜頭用鼻音吭茲吭茲笑一陣子：

「不會吧，你真要回去比較《家變》、《金閣寺》和桑提亞哥海邊的破棚子？」

桑提亞哥，好久以前的名字，淡了，灰了，不過當菜頭口中說出這四個字，它又動了，在他內心裡蠕動，撐起四肢站直身子。

兩張熟面孔來接機，看來彼此並不認識。當石曦明提著行李出關，他走到石翠明面前，兩人對視了很久，像是確定對方是否為對的那個人，而後石曦明扔下行李伸出雙手，石翠明跳到身上，兩隻鞋子的鞋底在半空前後晃動。

他又問了一次：

「就是不肯去美國，妳非得守著石重生？」

「能怎麼辦，他終究是爸爸。」

不遠處的皮佐謀瘦瘦高高，略微駝背，走起路兩隻手晃動的弧度很大，七爺八爺出巡時甩袖子的樣子，正猶豫該不該上前，石曦明向他招手，並對石翠明介紹：

「我大學同學，後來在美國當過一年的室友，皮佐謀副教授，以前我們叫他頑皮豹。」

「其他人現在還是叫我頑皮豹，沒人記得我本名，螞蟻，記你大功一次。秉忠出國前問我，阿豹，你姓哪個頑，完蛋的完？」

「對妳說過大學裡麻將大賽的事，他也在那年輸了五百元報名費，變成我去美國念書的贊助者之一。」

「五百塊太少，你哥記恨，退伍去美國，你哥帶我看完勝利女神像就直接送我進中餐廳洗碗。害我對紐約的記憶差點只剩下洗碗槽。」

頑皮豹提行李，石翠明跳到石曦明背上，哥哥背著妹妹走出機場，坐進皮佐謀的車，那天是台灣標準的夏天，三十七度高溫，天空藍得刺眼，每輛汽車都反射相當程度的陽光，頑皮豹的福特千里馬嘶吼聲中連超幾輛車，把一波波陽光往車後拋。

石曦明未回家。石重生搬了家，石翠明成為榮工處正式員工後即向市政府申請到國宅，北投大屯山山腳下一排潮溼昏暗的四層樓公寓，石重生堅持選一樓，繼續他晚飯後坐在門口涼椅喝酒聽屋內傳出電視新聞的日常。他現在不再有氣力罵女兒，他罵電視新聞裡每個主播、每個主持人，彷彿不找對象罵罵，無法用盡氣力歪頭睡場好覺。

學校替石曦明安排妥宿舍，暫時的，石曦明選擇外男舍研究生房間，以前他住過，一張窄窄的單人床、衣櫃、緊貼窗前的書桌、站不穩的檯燈，念書時偶爾抬頭朝外望，運氣好能見到長尾藍鵲跳躍於枝頭。

在抽屜後面找到達倫留下的保險套，他笑了好一陣子。記憶在時間的流動裡採跳躍模式，它拒絕隨時間前進，時不時跳出來譏笑時間：能拿我怎麼辦？

頑皮豹送石翠明回去，石曦明拿著毛巾牙刷進浴室，長型的磨石子洗臉槽仍在，可以躺進去由五個水龍頭同時沖身體。他沒躺進去試水溫，伸手抹去鏡面水珠，沒有霧和蒸氣，鏡子裡只有他。

多年前大賽近尾聲時，他神志不清竟然在鏡子裡找不到自己，現在他回來了，多了幾根白髮和皺紋，清清楚楚。

傍晚他到土地公廟上完香，繞了校園一周，步入理學院餐廳，看完菜色，明白當年學生會代表的奮戰失敗了，沒人能改變實際上由修女主導的理餐。點了不炸、不煎、不鹹、不辣的四道菜，並向服務女學生要了一匙白糖。穿白色圍裙的女學生站在點餐區後面好奇的看他將白糖灑在飯上，儀式一般，石曦明伸出湯匙舀起加了糖的飯放在眼前，也許他數顆粒狀白糖數目，說不定他入境隨俗做飯前祈禱，才舉起湯匙送進嘴。

沒吞下那口飯，吐在餐巾紙上。的確，白糖配白飯很難咀嚼，白糖沙沙的，他忘記以前吃飯用吞的，幾乎不咀嚼。

飯後搭車進市區，維持走路健身習慣，從台北車站往東走了一個多小時，他站在小巷子內看著對面公寓門上的招租啟事。

五十一年興建的鋼筋水泥四層樓連棟公寓，二樓沒亮燈，站在樓下看了好一陣子，百葉窗簾拉了一半，室內沒燈。公寓住戶的一位老先生出門，他上前攔住，聊了幾分鐘，逗得老先生開心。

老先生透露二樓空了一年多，可惜，其實周圍環境很好，鬧中取靜，就是治安愈來愈差，不能不裝鐵窗。一路上留意到，台北幾乎家家裝鐵窗，變得表情陌然。

他來回走動，從巷子各角落往上打量公寓二樓，走之前撕下貼在大門上的招租紅紙條。

二樓也變了，至少外觀變了，右上角打了洞裝設冷氣機，兩扇木框窗戶外面加釘直條狀的鐵窗。沒關係，他可以拆掉鐵窗。

石曦明兩手插口袋，吹著口哨離去。要有點年紀且喜歡電影的人才聽得出他吹的口哨是一部法國喜劇電影主題曲：〈Tea for Two or Two for Tea〉，總之，喝茶最好兩個人，相愛的兩人，至少不彼此討厭的兩人，否則喝茶就太無趣。

頑皮豹找關係向區公所打聽，公寓二樓這幾年連續換了四名屋主，最短的買了十一個月就降價拋售，現在是第四任，購屋兩年七個月。

公寓完成於民國五十一年，二樓原始住戶是中部來的黃姓富商，持有至六十一年十一月。

向當地房仲打聽，問不出細節，房仲只聽說都是屋主自己賣的，因為地段好，容易脫手，不過價錢低於行情，好像屋主急著要現金。

詢問周圍鄰居，沒人說得清，現任屋主雖購入兩年七個月，實際上只住了最初的一年兩個月即搬走。有人說房子不乾淨，嚇到住進去的人。

鄰居表示曾有住戶請道士作法，令上下樓層鄰居膽戰心驚，數次打探，住戶與道士只說新入厝，慣例拜地基主祈求平安而已。半信半疑，台北人很多連地基主這個名詞也沒聽過。

派出所資料，這間公寓從未發生命案，附近也沒有。戶籍資料顯示，這裡不曾當過墳地。

以租客身分找上現任屋主，得到的消息有限，他表示最近房市低迷，本來想賣，可是有興趣的開價太低，想想不如租出去。

沒想到才貼出紅單子就有人打電話表達承租意願，簽一年約。

石曦明於九月十五日遷入新的住處。

九月十四日，房東開了門迎進他的客人。

「許處長，房子租人了，人家東西都搬進來，這樣不太好。」

「合約明天才生效不是嗎，我保證什麼都不碰，看兩眼。」

磨石地板掃過、拖過，亮得令人不能不脫鞋。新房客請了一名歐巴桑，每周二和周五上午來打掃。歐巴桑年紀大，不過做事乾淨俐落，門後一雙男用皮面拖鞋也擦拭得光亮。

一個人住，找不到其他拖鞋。

許雅文看過很多這間公寓以前的照片，意外的，室內陳設熟悉到他以為水手沒離開過。靠窗擺了張大的木製方桌，上面一盞台燈與一疊書。隨手翻翻，英文和日文的小說，兩本翻譯的，最上面一本是三島由紀夫的《金閣寺》，六十五年五月大地出版，書籤停留於第十七頁，正在看吧。

沒有毛筆，倒是三枝不同廠牌的鋼筆排列整齊，認得其中兩枝是派克的不同款式，一枝萬寶龍。

發現書底露出一疊白紙，文具行賣的六百字稿紙，嶄新，沒寫字。

還認得桌子角落的相機Nikon F，配五十標準鏡頭，數字顯示拍了十三張，光圈留在二點八，速度六十分一秒。

桌子和原來用鐵道枕木拼成的不同，長條柚木桌面，很沉，進口的。四把應該同一廠商的木椅，配了布面椅墊。他試坐，不錯，腰部不必出力，臀部放鬆。

書架則是以前的，釘在牆壁，難得幾任屋主懶得動土木，一直維持原樣，擺了幾十本書，看一旁尚未拆開的紙箱上郵戳，美國運來，大部分書陳舊，多次閱讀使書封不再明亮。許雅文抽出最薄的一本，熟悉，海明威的《老人與海》，封面破了用膠帶黏住，裡面密密麻麻寫了不少字。

書架從下往上的第三層放置音響，擴大機、唱盤、兩個木殼的小型喇叭。許雅文將唱針移到唱片，鋼琴獨奏，分辨不出誰作的曲、誰的演奏。樂音輕快，不由得令他想到很多年前的某個春天。

開放式廚房的瓦斯爐新的，與客廳區隔的木製高檯形式沒變，可能某任屋主重貼了白色美耐板，還算乾淨，上面一台全新不鏽鋼外殼烤麵包機，晶閃閃，另外一套三個玻璃罐組成的虹吸式咖啡壺，使用過，一袋咖啡豆已拆封，手動磨豆機內殘留粉末。他嗅嗅，帶著水果與巧克力香氣，分不出哪種水果，確定有巧克力味。

往內走，臥室未變，床和衣櫥與以前差不多，看不出差別，床頭矮櫃則換新，和書桌應是同一家公司的柚木製品，上面一盞檯燈，不同顏色玻璃拼成的半圓形燈罩。

許雅文笑了，床頭的牆壁掛了幅畫——不是畫，是裝裱的海報，大導演楚浮的《四百擊》，印著英文，美國版。他小心摘下海報，牆洞不在，可能哪個屋主嫌不好，用水泥糊上。少了驚奇不免令他略感失落。

出後門是前後兩間分開的浴室、廁所，馬桶新換，歐洲品牌。浴室內的浴缸維持貼藍白小磁磚的老樣子，蓮蓬頭換成最近流行能轉換沖水孔出水位置的新品。洗臉檯砌成長方形，不知第幾任屋主的風雅，檯上沒有洗臉盆，擺個連結水龍頭與排水口的方形搪瓷青花盆。

臉盆上面置物板擺著白搪瓷杯，牙刷、牙膏、刮鬍刀，大把梳子、吹風機，還有眼熟的細窄花瓶，裡面插了朵花，白色的玫瑰。

「小石，你這是幹麼？」許雅文自言自語。

「處長認識石教授？」

「沒事。」

忽然許雅文想到什麼，快步折回臥室，他打開衣櫥時忍不住緊縮眉頭，裡面一套西裝、兩件夾克、三條牛仔褲、四件襯衫，其中一件白色的豎直衣領，豎得整齊，刻意拉直，不過沒見到頭髮。

還有件大號籃球背心，綠底白邊波士頓塞爾提克隊七號，洗過多次，色彩不再鮮豔，悶悶的軍綠色。

回到客廳，許雅文端起虹吸罐看，

「用這個煮咖啡，不怕費事。」

房東沒回答，他始終神情不安，尤其當許雅文觸碰物品時。

回到客廳，許雅文往方桌旁扶手椅坐下，腳翹到桌面，再放下腳，扭動屁股試扶手椅的旋轉潤滑程度。

「這張椅子倒是不錯，老小子對椅子頗有眼光。」

房東抹著額頭汗送許雅文到門口，不料許雅文又轉回去，取出一張名片擱在桌上。

「沒你的事，」他對房東說，「我和石教授是老朋友，你對他說我來探望，不巧他不在，留我名片，他有空給我電話，請他吃飯。」

許雅文握了握房東的手，穿上晶亮的皮鞋。

母親的葬禮

石曦明聽房東說有位許先生去拜訪，他忙著辦喪事，暫時沒空理會。摟摟抹淚水的妹妹，扶她弓身鑽進汽車後座，一路上石曦明捧骨灰罐，石翠明的一隻手不時撫摸大理石罐子，「妳放心」那樣的撫摸。

他們送母親陳七妹，許多人稱為明嫂的骨灰安葬於北投山上一處基督教墓園。林太太說這是明嫂的遺願。

母親什麼時候信了教，她得到上帝的眷顧嗎？

陳七妹的一生成謎，石重生報警後，最初警方懷疑她躲到東部山區，設法找過，一直沒找到人，沒料到她從未離開台北，起先在天母翁姓富商家幫傭，數年後轉去關渡當褓姆，十一天前病逝於陽明山一處豪宅。她最後的雇主一家人與她相處長達十一年，感情深厚，女主人哭了兩天。

結婚那年陳七妹十九歲，小其夫石重生十九歲。離家成為明嫂後，從未買或租過房子，沒有戶籍，從未到區公所變更身分，始終住雇主家，而且雇主都離北投不遠，也許休假時她曾到過石家附近偷瞧她的兒女，說不定她曾在中華路憲兵隊對面等了一下午，看到剃成三分頭的兒子。她不出聲音陪兒女長大，不似石重生那般喧嘩。

林太太哽咽說明嫂是家人，每個月工錢都付她現金，從沒要求檢視她的身分證。每星期日上午走一段路去教堂做禮拜，聚會什麼的，她常去幫忙準備點心，教友都喜歡她。最後的日子在豪宅游泳池畔的小房間內度過，不曾哀嚎、抱怨，留下一百多萬現金，分批用手帕包了放床頭的床墊下。留下紙條寫：給石義明和石翠明，她把曦寫成義了。

明嫂從不提過去，她對孩子有無限耐心，為林太太帶大三個孩子，告別式出現五名年紀不等的孩子，從二十一歲到十一歲。其中十八歲女孩說她沒忘記過明阿姨，即使後來明阿姨轉去別家工作，有空仍去看她。女孩的母親也說，從沒聽過明嫂聊過家人，僅知道她老家金門，不知道原來她有家有孩子。

石曦明回來的第二天便與石翠明進醫院，陳七妹躺在病床，醫生說明病患忽然昏倒，林太太打電話叫救護車，急救發現是腦中長了腫瘤，癌細胞擴散至其他部位，病情危急，始終昏迷。本來要開刀，但找不到她的身分資料，送他來的林先生夫婦不知道她真實姓名，無親屬簽手術同意書，而且經過檢查，即使開刀也未必能挽回，不敢處理。後來自稱她女兒的石翠明找來，補了身分證明與同意書，陳七妹已進入彌留，院方經過討論，仍不贊成動刀。

等兒子石曦明趕到，雙方幾次研究病情，兄妹同意放棄治療。醫生聽到石曦明對妹妹說：

「不是妳的錯，那時妳還小，不是妳的錯。她沒離開過我們。醫生說機會不大，別讓她進開刀房受苦，好不好？」

石曦明與石翠明輪流到醫院照料，陳七妹於兩天前一度清醒，她握著兄妹的手，流下眼淚，手鬆開時也走了。

趕來的牧師聽石翠明講了母子分離的故事，感慨表示最後的團圓讓老太太安心離開，她應該滿足，你們看，她臉上不是帶著笑容。

石家兄妹將骨灰罈埋進墓地，恭敬行完禮，坐車下山到淡水，沿著河岸緩慢步行，下過雨的傍晚，蛋黃顏色的夕陽貼在河口各種顏色漸層的天幕，他們一人一枝冰棒走到河堤坐下，坐到夕陽落進大海。

石重生應該不知道陳七妹的事，畢竟法院早判准他提出離婚的訴訟，陳七妹的死與子女相關，與前夫無關。

他於民國六十五年屆齡退休，那年他的兒子石曦明赴美，從此很少說話，鄰居見到他也遠遠躲開。石重生喝醉酒習慣性吼叫，被視為鄰里的頭痛人物。來探望他的老同事、老同鄉愈來愈少，公園與他下棋的老街坊躲得一個不剩。

上午進菜場買菜，中午為自己下碗麵，晚上炒幾個菜等女兒下班，然後捧著酒瓶不知不覺睡倒於藤椅內。

與女兒對話不多，石翠明似乎工作忙碌，下班時間晚，回到家吃完飯，收拾了碗盤便進房間。

石翠明進入榮工處當小妹，兩年後通過考試成為正式職員，生活安定，曾進大學夜間部念了一年，因為父親一度輕微中風而輟學。始終未結婚。與其說她侍候老爸，不如說陪伴。石重生個性太強，什麼事都自己來。旺盛的生命力令人吃驚，拿中風那次來說，不嚴重，但左腿受到影響，他撐著助行器每天在社區內轉，半年後雖不能如以往快步行走，已經不必用拐杖了。

不過喝酒後的石重生是另一個人，偏偏他喝酒的時間於退休後拉得更長，幾乎中午就開喝，女兒從不勸阻。父女間最常被鄰居聽到的對話是：

「我的收音機呢？」石重生吼。

「掛在你涼椅椅背上！」石翠明喊。

榮工處同事對石翠明的評語極佳，她上班準時，成天笑呵呵，對長官交辦的事從不打馬虎眼，唯一令大家好奇的，對交男朋友一事，始終興趣缺缺。許多同事熱心為她介紹對象，不是拒絕就是沒結果。推測她一心照料老爸，不願因男朋友而分心。

另有說法，凡進她家拜訪的年輕男士沒有不被她爸罵出來的。石重生認為男人想誘拐他女兒，大概多年前妻子被誘拐離家的陰影始終籠罩他。

石翠明有個在美國的哥哥，辦公室每個月三十日接到一通美國打來、由美方付費的國際電話找翠明，那是她最快樂的時候。即使三十日是周日或國定假日，石翠明依舊到公司等電話。

陳七妹被送進墓園這天，石重生未等女兒到家已喝醉，他從前一晚喝起，其間除了去雜貨店買了高粱酒和上廁所，未離開過他的椅背可調整式涼椅。

前一晚女兒對他提了兒子的事，樓上鄰居聽到，石翠明說哥拿到碩士在美國教書，石重生罵了很久，石翠明再說碩士比石家出過偉大的三名進士還了不起。石重生便跌進涼椅不再出聲。

鄰居聽說石翠明有個哥哥，從沒見過，原來在美國念書。

石翠明未提母親的事。

送完母親，石翠明回家時見石重生躺在他屋內的床上，桌上留了一籃水果和一張沒有頭銜與公司名稱的名片，許叔叔來過。石曦明不願對妹妹多談這位叔叔，石翠明每次問，石曦明只笑笑。

石家有個不知來歷的異姓叔叔，進榮工處時主管曾經對石翠明提到許雅文的名字，如此而已。

空出的涼椅，石翠明坐進去，坐到夜很深，她甚至喝了兩杯石重生酒瓶裡的酒。接近十月，天氣轉涼了，她收起涼椅進屋時，三樓在菜市場擺攤賣水果的阿伯正下樓要去果菜市場批貨，他喊了聲早，石翠明沒聽到，看上去她疲憊、失神。

石曦明不是教徒，那晚他進了學校的教堂，Sister Ohuna仍在，兩鬢已白，倒是記得這位以前日文系的學生。大船修女陪石曦明，聽他講了母親的故事，幾次脫下眼鏡拭淚。

石曦明問，母親是基督徒，兒子沒有信仰，他能在天主教教堂為母親祈禱嗎？大船修女摸著石曦明的手：都是上帝的子民，來，我帶你祈禱。

很晚，石曦明回到公寓二樓的住處，打開木框玻璃窗看似無聊對著小巷連續抽了兩根菸。

抽菸的畫面被拍成照片，第二天早上送進保安處處長辦公室，八點上班的許雅文除非去外地或開會，否則從不遲到，他看了照片後撥了內線電話：

「叫他們把石曦明這幾天的活動匯報上來。」

掛了電話，他拿起茶杯又放下，看了看檔案櫃上的紙盒，一手按桌面站起身，他拿起紙盒，取出裡面幾個玻璃罐組成的虹吸式咖啡壺，按照說明書組裝，不過他沒耐心，打開門叫進穿上尉制服的軍官，

「你年輕，搞得懂這玩意兒？弄壺咖啡給我看看。」

上尉手忙腳亂，他搞不定，喚來穿一勾制服的新兵，三兩下，許雅文瞪大兩眼看下面罐子裡的火燒著中間罐子的水，水變成蒸氣上升，經過最上面罐子的咖啡粉末，一滴滴落下成為咖啡。

許雅文在單位一向西式作風，西裝、油頭、義大利皮鞋、威士忌、咖啡，這天起他多了一項同仁間八卦的話題：他喝咖啡的名堂更多了。

他喝了口咖啡，咋咋嘴，兩隻亮得可以當鏡子的鞋頭翹在桌面一角，享受一勾為他煮的咖啡。

胡又芬：我沒獨自去過黃教授家

由一名堆起頭髮紮了個大髮夾的女生領進公司，不久，他見到好幾十秒闔不攏嘴的胡又芬。

許雅文過去習慣在會議中稱她編號八。

會議室內堆滿即將出貨的紙箱，沒咖啡或茶，胡又芬只為他倒了杯水。

「許先生，你們答應過不再找我。」

「看看老朋友。一件事，問完就走，絕不多打擾。」

「什麼事？我結婚有小孩了。」

「是啊，我記得沒錯的話，小朋友進小學了。」

許雅文將兩盒巧克力放在桌上，顯然禮物毫無作用，胡又芬仍保持相距兩步遠的看他。

「你想怎樣？」

「見過石曦明？他找妳做什麼？」

胡又芬手腳發抖，聲音打顫，

「沒什麼。」

「問完，我馬上離開。」

「他問我和黃教授的事。」

「這麼多年了，他受黃偉柏之託來看妳？。」

「和黃教授無關，只是對那年發生的事好奇。」

「好奇？」

「他說參與過逮捕黃教授的行動，他是小兵，搞不清來龍去脈，卡在心裡像件未完成的事，所以問我。」

「妳說了？」

胡又芬眼眶內多了轉動的淚水。她抬起頭鼓足勇氣開口：

「對，都這麼多年，我說了。他向我道歉，當年他只是執行上級交付的任務，事後回想黃教授不像亂搞的男人，他很難過，回台北到處找我，除了想知道我和黃教授間到底有什麼之外，也為了道歉。他是你們單位裡面唯一向我道歉的。」

「道歉？」

「我告訴他肚子的孩子不是黃教授的，我爸媽一再追問，不知道怎麼辦，那天下午遇到黃教授，對他說了。他很關心學生，他說沒關係，他去和我爸媽談。還要我說下去嗎？」她的聲音有些發抖，「我爸氣頭上，非要我說出男人是誰，認定黃教授教壞學生，鬧到學校，害黃教授連申辯的機會也沒。接下去的你應該比誰都明白。」

「請。」

「我爸瘋了，學校瘋了，正好給你們機會。」

「誤會，我們只是接到情報，對性侵案進行了解，後來，我們不是處理得很好，嚴守被害人身分。如果黃偉柏沒有性侵妳，為什麼不辯白，妳又為什麼不說出誰把妳肚子搞大的？石曦明特地來問妳孩子的爸爸是不是黃偉柏？」

「你不問誰冤枉黃教授？到底誰向你們檢舉黃教授？」

「石曦明要替妳還是替黃偉柏翻案？」

「他沒你們那麼無聊，他只是想知道我半夜去過黃家沒。」

「去過嗎？」

「沒有，我告訴他我從未一個人去教授家，更不可能半夜留在他家。」

「他相信？」

「他相信，氣味不一樣，他說一見到我就知道我不是他見過半夜出現在黃教授家的女人。」

「他想知道的就是這個？」

「石先生人很好，本來我想說我和黃教授毫無瓜葛，他解釋他清楚我和黃教授的清白，想知道誰在背後陷害黃教授而已，然後他向我道歉，不然他心不安。陷害黃教授你們有什麼好處？」

「氣味，石曦明說什麼氣味？」

「黃教授家有個女人，當那個女人出現，屋內飄起清淡又香的氣味。」

「他找妳就這樣？」

「是，就這樣。我也有錯，那時太膽小，我應該站出來替黃教授說話。我對不起黃教授。」

「他說了他的身分嗎？」

「特約講師。」

「哈，」許處長站起身，捏捏領帶結，他在意從眉心、鼻尖、嘴唇中央到領結保持於一直線上。「如果妳知道他的真實身分會嚇一跳。」

「與我無關。」

「不想知道？」

胡又芬沒問。

「石曦明就是當年檢舉黃教授的人，他在執勤日誌上提及一個女人，我們才往女人的方向調查。」

「隨便你說。」

「當年你懷的那個孩子很大囉，妳丈夫，好男人，他不在乎——」

「許先生，他是孩子親生的爸爸，那年大四，我未滿二十，黃教授為保護他順利畢業，也保護我。」

許雅文嚥了嚥口水。

「許先生，不管你的官多大，沒資格管我家的事，請你出去。」

她用眼神送他，銳利的眼神盯著他背心直到電梯門關上。

感到厭煩，外面落雨，他站在騎樓內等公務車，雖不是下班時間，南京東路的機車、汽車已塞成一團。他看見商店落地玻璃的倒影，不僅眉心到領結，襯衫與西裝上衣鈕子，到褲管燙出兩條線、到擦得晶亮的鞋頭，他做事一向一絲不苟，一如全身上下只有筆直的線，沒有一絲不平衡的地方。有。

上車沒多久他對司機說：

「小陳，告訴你多少次，公務車維持整潔，駕駛台上的小菩薩你裝的？拆掉，不該擺東西的地方就不該擺。」

阿玲：不是那種下流

坐公務車直下台中，許雅文心裡壓了塊令他呼吸不順暢的大石頭，石曦明到底想做什麼？翻舊案，找麻煩？

許雅文不喜歡喪失支配戰場的感覺，他照顧石重生，為石翠明找工作，對石曦明期望那麼高，哪點對不起石曦明。

「不速之客，見諒。」

他向站在門前的千隆五金股份有限公司盧總經理略略點頭致意。

「國稅局介紹你來，我們小公司，聽到官快嚇死，不敢不見，許大處長，你就別跟我假細膩。我見過你，西門町，你找螞蟻去南美咖啡喝咖啡。」

「清純美少女。」

「免假仙。做生意這些年，什麼鬼沒見過，不差再來一個。」

許雅文一陣不表示同意也不表示不同意的哈哈大笑。他們坐進辦公室，仍穿學生制服的打工女孩送來果汁便退出。

「阿玲，能叫妳阿玲嗎？」

「不必這麼快就拉近距離吧，不過阿玲兩個字沒申請專利，你高興就好。你姓許，看到你名片想起來，他給我看過，沒有公司和頭銜，愛搞神祕。那時他叫你副處長、大長官，你要他叫你叔叔？」

「我和他父親是朋友，晚一輩的忘年之交。」

「專程來台中，問他的事？」

「他來看過妳。」

阿玲起身到辦公桌拿來香菸扔在處長面前。生了兩個孩子，女人的身材變得不是胖，只是不再少女，變得很媽媽，連說話的口氣和動作也媽媽。忘記誰說的，媽媽和女生是截然不同的女人。

伸去打火機為阿玲點上菸，她噴出一口煙。

「處長曉得我為什麼抽菸嗎？」

「願聞其詳。」

阿玲看著手中的菸。

「大四下半年螞蟻本來要戒菸，見完你回來破功，一根接一根，報仇的樣子。我追問好幾次，搞清楚原來你們不是真的親戚。他不喜歡為你做事，又不能拒絕，假裝好心幫他妹找工作，其實想控制他對不對？我陪他，兩個人趴在窗台往昆明街的廣告招牌吐煙，他說你讓他做了件心不安的事。處長長官，做人不能太超過。」

她拿衛生紙擤了鼻涕。

「懷老大不能不戒，直到三天前螞蟻來找我，忍不住買了包菸，他以前喜歡的紅色硬殼金邊Dunhill，又抽了。你是為他來，為他爸爸當說客的話，我無能為力，螞蟻的不鏽鋼個性，誰說也沒用。為他的政治立場的話，我更沒辦法——你們警總專管政治立場是不是？他六十五年去美國，六十七年我結婚，就沒聯絡，直到——許先生想問什麼，乾脆一點請直說，等下我還有個會。」

「為什麼不等他？遇到更好的男人？」

「不想限制他，他怕被人限制，他爸爸、當兵、以前的工作、你。」

「他說我限制他？」

「就是你。」

「好吧。多年不見，你們聊得可好？記得那時他對我說過，交了女朋友，我問他感覺怎麼樣，他說很安定。」

「好什麼好。」阿玲撳熄菸，又點另一根，卻忽然扔下菸掩住臉，「他幹麼來，他一來，以前的一下子全回來了。」

許雅文沒說話，他靜靜摁熄一根菸，再點一根。長期的訓練，警總人員擅長聽人說話和等待。

「死螞蟻。」她用手背抹去淚。「石曦明下流，我該大腳踹他出去，更該再一腳踹你出去。」

「對妳不好？」

「不是那種下流，你不懂。」

「說說看。」

「他不喜歡被綁住，自私。」

「喔，男人是船，女人是錨。」

「怕我影響他出國念書的夢想。」

「他這個孩子，想的比別人多。」

「大長官，別假惺惺好像你很瞭解他，你來一定有目的，我和死螞蟻不一樣，你要是惹火我，管你什麼警總，照樣踹。」

「妳的婚姻幸福？」

「我老公老實，他陪我待在鄉下工廠，陪我照顧我爸，陪我來台中開公司，你一定把我們公司從頭查到底，我不怕，準時繳稅，日本人投資我的廠，生意穩定，會計師輔導，最遲後年上市。」

「了解，每年替國家爭取外匯，了不起。」

「果然像螞蟻說的，開口閉口黨國。」

「他這麼說我？」

「南美咖啡那天回來，他崩潰，什麼都對我說，他有個叔叔，為這個叔叔做了件很難過的事。」

「我的事，都為國家。」

「大長官，我開始想踹人了。」

「看來他一直忘不了妳。他去美國，妳和王秉忠送的機。」

「不准再提。」

「不提。」

阿玲終於坐下喝水。

「本來我在電話裡拒絕，螞蟻非來。他要向我說——不怕見笑，他要對我說和我交往那段日子是真心的。屁話。大四最後半年我全心全意陪他，最後他還是走了。死螞蟻，現在說這個有意義嗎？他拿文憑和他寫的英文書給我看，阿玲，有些夢一定要實現——他說我幫他實現。」

「自私的男人？」

「我問他如果我沒結婚，沒小孩，我們還會再一起嗎？他說——死螞蟻，他說他不適合結婚，要我把他當家人。」阿玲踹了茶几一腳，濺得一桌面的水，「連說謊也不會！我怎麼把他當家人，見到他我想跳到他身上抱住他不讓他再走。死螞蟻，死螞蟻。」

「為什麼不等他？」

「許處長，你說得輕鬆，我爸快七十了，開完刀只能坐輪椅。畢業回工廠，他把我哥哥全叫回來，逼他們一個個簽字蓋印章放棄繼承權，所有的都留給寶貝女兒。我能給他什麼，我沒有資格學死螞蟻那樣自私，拿夢想、束縛當藉口。老公是我高中同學，讀工專的，幫我爸工廠義務修了兩年機具，我能怎樣。結完婚一年生一個，我給我爸的安慰。」

「哎，有個老人家對我說，生兒子對得起祖宗，生女兒對得起自己，養女防老，果然呀。」

「又假惺惺，大長官，我們不熟，不必說什麼生女兒比較好，聽了噁心。你到底想陷害螞蟻什麼？喂，許長官，不要害螞蟻，他好不容易才爬出來。」

「爬出來？妳的說法還是他的？」

「他的，也是我的。」

「好，阿玲，妳爽快，我也明說。從他入伍進憲兵隊我就覺得他是可造之材，替他安排受訓，只要他肯，我答應送他進官校、情報學校。」

「螞蟻有自己的想法，不想當你的間諜，不想當任何人的間諜。」

「他誰的間諜？間諜又怎樣？」

跑步聲，門被推開，兩個穿幼稚園制服的小朋友衝進來，理也不理客人便往阿玲身上鑽。

「要死，沒看到有客人。我的兩個小孩。」

「一男一女恰恰好，還要生嗎？」

「生屁，快被他們煩死。你坐一下，我帶他們去找我祕書吃點心。」

辦公室很大，掛滿經濟部頒的獎狀、國外發的專利證書、阿玲與官員、客戶的照片，其中一張，處長看了許久，八名穿籃球服的男生，高矮不一，姿態不同，但臉上的笑容一樣。最左邊是石曦明，嘴角銜著菸，一腳踩籃球，一手摟旁邊的同伴。許雅文想到年輕，好久沒想到自己年輕時的日子，說不定也這樣自以為是，腳下踩的不是籃球，是地球。

只有這一張石曦明的照片，或者阿玲只掛出這張。

許雅文忍不住伸手扶正照片。

「你的問題還沒問。」阿玲進來，緊緊關上門，「要是沒問題，最好再見晚安，以後不必相見。」

「石曦明為什麼回來？」

「他媽媽，還有他妹妹在台灣。我，他順便看看。」

「提過我嗎？。」

阿玲的臉伸到許雅文面前，看得出她幾年前青春的美麗、她這幾年的努力，看得出她對螞蟻的執著。

「許長官，你是他一生最大的悔恨。」

「他說的？」

「他後悔拿過你的錢。」

「那點小錢。」

「你給他的錢，不一樣。」

「不是我的錢，國家給他的錢。」

「可是那些錢害他變成你們陷害那個教授的同謀。」

秉忠：還為一個女人

「許老哥請坐，你的名片上沒公司、沒頭銜，可是我怎麼像摸到麻將牌的白板，一摸就猜得出哪家印刷廠印的，油墨同一個味道，紙張一樣的厚度。調查局的，警總的？」

不方便請王秉忠到辦公室說話，約在信義路中心西餐廳。許雅文不喜歡沒有隔間的房子，他習慣隔間，有安全感。王秉忠指定的，只好將就。

「保安處處長，敝姓許。」處長點了咖啡和義大利麵。

「我說嘛，趙叔叔怎麼叫我非見你不可，原來警總的。總司令還好？幫我爸問候他。哈，稱不上順口人情，根本隨口人情，現在總司令是哪位？我昨天上午到，你晚上找到我，想必大事。等等，別吃這裡的義大利麵，不道地，牛排好。」王秉忠朝服務生修改了訂單。

「保安處找人沒好事。醜話說前頭，許處長，我老頭是誰你瞭，我的叔叔伯伯一卡車將軍，你更瞭，不過咧，你們保安處天不怕地不怕，」他將護照扔在桌面，「我是美國人了，你就不能不顧忌，是吧？喝酒，弄他瓶法國老酒，保安處有錢，我可是你打電話三請四請找來的，勉強稱得上保安處的貴客。我老頭在家教育我們兄弟，過日子該省，但不能省在客人頭上，禮數。」

王秉忠嘻皮笑臉喊服務生：

「你們冷氣壞啦？風朝這邊吹，就是嘛，這麼大的餐廳哪能沒冷氣。」

「怎麼有空回來？」

「喊說開同學會，反正我在ＬＡ閒得快成鹹魚，回來找酒喝。不會吧，保安處哪在乎什麼一堆老屁股的同學會，有陰謀。」

許雅文苦笑的哈哈一笑。

「請教你同學石曦明的事。」

「啊，螞蟻，他怎麼了？」

「你們在美國是同學？」

「在台灣同過學了，去美國還同學？膩囉。我在加州念了三個月研究所，想通兩樁事情，一樁私事，不方便講，另一樁，我對穿衣鏡說，王秉忠，看你衣冠禽獸的德性，像念書的料嗎？快改行做生意，免得浪費青春。老頭和老哥經濟上火力支援，這幾年開了七家沖片影印店，沖洗彩色底片兼代客影印。專挑學校附近開店，生意還可以，賺點錢養家活口。」

他試了酒，嘬嘬嘴表示滿意。

「這次回來，海工會好心列我為旅美僑領，安排參觀十大建設成果。去他的僑領，十大建設倒是想看看。螞蟻發神經回來教書，有個叫頑皮豹的，媽的，他姓什麼來著？」

「皮。」

「看，還是保安處行。頑皮豹打電話說螞蟻回台北教書，問我要不要回來開同學會，我愛熱鬧，正好找到理由出門走走。一個老婆，三個小鬼，可以想像我做牛做馬的日子？還好我媽身體勇健，一家四口交給她照料。」

「哪天和石曦明見面？」

「先搞定時差再說。」

酒和牛排送上桌，許雅文渴了，王秉忠餓了。

「處長先開動，來，敬你的帳單。」王秉忠舉起杯子碰了處長的杯子。

「要問螞蟻的事，他呀，是個鬼。我這輩子運氣不錯，碰上三個鬼，一個我媽，不論我怎麼轉，轉不出她手掌心。高中偷抽菸，她多給我零用錢說，抽菸自己買，不准偷你爸的。落在這種老媽手裡，當神明一樣的初一、十五磕頭拜拜，長保安康。來，為王媽媽喝一口。再來是幫我開店的十九歲小老美，精得——你不會對他有興趣。你問螞蟻，他鬼中之鬼。」

王秉忠切了一塊他的菲力送到處長盤子，

「試試菲力和你的沙朗差在哪裡，我搞不懂牛排，喜歡這裡吃一塊，那裡吃一塊嚐味道。分你的一點沙朗。」

處長移開手中刀叉，任由王秉忠朝他的沙朗下刀。

「還是愛菲力，沒筋沒油，我老頭會說，不傷牙。」

「螞蟻，你的老同學。」

「沒見過他這麼窮的人，新生報到那天，我掏遍他全身，差點把他那口行軍袋翻個面，繳了學雜費只剩下五十一元。老大哥，居然有人帶五十一元來念大學，操，四年居然給他念完，我人頭熟，消息多，他從沒向任何一個人借過一毛錢，夠鬼吧。」

「懂你鬼的意思了。」

「聽過我們學校的麻將大賽吧？」

「聽說，小朋友玩玩，無涉國家安全，我沒插手。」

「還好你聽說，不然警總該收了招牌打烊回家吃自己。螞蟻記性好，天賦，可打麻將光憑天賦不行，他上了牌桌那股狠勁嚇人。單吊東風不稀奇，他單吊東風有理論基礎這就嚇人。那年他拿到冠軍，贏到去美國的獎學金——」

「獎學金是真的？」

「嘖嘖，露馬腳了，保安處還是差了點。他拚了命，除了打牌就是睡覺，夢裡面還是打牌，瘦得皮帶勒不住褲子，沒差點死在牌桌上。其他人輸給他不能不服氣，他是鬼。老哥，螞蟻是大賽史上最受歡迎的贏家。」

「原來他去美國的錢是贏來的。」

「這酒還可以，別我一個人喝，待會你回保安處報帳心裡嘔。總之，螞蟻是我王秉忠活到今天為止見過決心最強的人。他的決心來自窮，窮得可怕，換個時代，說不定是劉邦、黃巢。我老頭說的有點學問，有，頂多想朝你身上再刮下一層皮，讓他更有，還好你也就一層皮；無，操，那不是刮層皮，摸不著邊際的無，宇宙黑洞他也照吞。想有，我們能對付，遇到無止盡的無，認輸。我老頭這幾年在美國沒事念《老子》，念出的心得，玄唄。他認為國民黨打了敗仗丟了大陸是因為有，共產黨贏了，因為無。」

「有點意思。今天找你，想問椿事情。」

「就知道你找我沒好事。」

王秉忠一陣大笑，又朝處長舉起杯子。

「說吧。」

「石曦明為什麼回來？」

「這，他不會犯了什麼事，匪諜？不可能，螞蟻也許對馬克思不反感，倒不至於當匪諜，他這個人，怕羈絆，當不成間諜。什麼事？」

「不方便說。」

「你們保安處的，不解釋問題卻要答案。也是我爸說的，先抓進去再說，沒人完美，總有點小毛病、小嗜好，被你們抓在手裡，嘿，認倒霉。喝一杯，對嘛，沒聽過保安處的不能喝酒。」

「答案。」

「他這個人，什麼事都要搞清楚，脾氣拗，我猜台灣有點事他沒扳直，心裡難過，非回來扳直不可。不是說他爸，他早扳直了。處長，怎麼不說話？不滿意我的答案。」

許處長吞下牛肉，喝了口酒，定下神說：

「秉忠，很少遇到見了我還能談笑自若的人。好吧，再問一次，石曦明提過黃偉柏這個名字？」

「黃偉柏？沒聽過。考我記性？我們系裡，麻將大賽沒這號人物，他怎麼了？」

「說的是實話？」

「騙你我可以向警總申請獎金？講好，我肚子裡不藏祕密，你可別耍陰險回去擺我道。保安處雖然有點賊，平均起來算講信用，老哥別拉低了平均值。」

「他回台灣到底為什麼？」

「早知道不來吃你這頓飯，為他妹妹，為他媽媽？你這麼一問，我也覺得蹊蹺，他妹他媽的事不需要千里迢迢回來扳直。這樣，我幫你問問。」

上甜點，布丁。

處長上廁所順便將皮帶倒退一格，好久沒吃這麼飽，和牛排關係小，大中午被王秉忠灌一肚皮酒。

「有件事，」王秉忠踩不穩步子了，「想起來，螞蟻有件心事老扳不直，他忘不了一個女人，想再見一面。」

「哦，女人？阿玲嗎？」

「他和阿玲，哎，可惜，未來的方向不同，湊不到一起。沒辦法告訴你詳情，個人隱私。就算告訴你也沒用，頂多笑我喝多了，講醉話。」秉忠搖頭晃腦，「他迷那個女人一迷好多年，自是人生長恨水長東，娘的一輪明月照樣掛樹頭。別問我那女人是誰，沒見過，他不說。啊，說過一次，決賽那場，有隻女人的手幫他打牌，聽了打從腳底心涼起，你不在現場，如果你在，你也相信。那隻手白嫩，手腕栓了紅繩，紅繩穿了枚銅錢，日本大正年代發行的十錢，中間有個圓孔，如今得到集郵社才買得到。」

又是那個女人。

許雅文付帳，他是主人，送客人上計程車。

「保安處沒人情味，吃完中飯沒續攤，待客欠周到。老哥，下回我請客，天底下誰請客都行，就不能白吃警總的，你交辦的事我放在這裡。」

王秉忠的拳頭敲在左胸。

許雅文沒回答，推上車門朝車內已經八分醉的王秉忠揮揮手。

石翠明：到我媽走的那年為止

石重生喝得半醉，見處長來，找到痛快喝酒的藉口，吆喝女兒買酒下餃子。年紀大，酒量也退，不到半小時石重生已癱在藤椅內打呼。許雅文走進屋內，石翠明坐在廚房看電視。

你爸身子骨可以？她眨眨眼。

榮工處的工作應付得來？她點點頭。

過三十了，還不肯嫁？石翠明低頭沒回答。

妳哥回來，找到妳媽了？她撇開頭。

送走了你媽？她點頭。

許雅文不明白那麼漂亮的女孩為什麼不結婚，追她的男生明明多得可以組成一個加強連。

妳爸又把追上門來的男生趕走？她搖頭。

你哥回來是為了找我討公道？她沒搖頭沒點頭。

廚房旁的小房間空著，許雅文探頭看一眼，信步走進去。房間如果擺張單人床就只剩下放把椅子的空間。堆了一口木製銅環的大箱子，從木頭的顏色和磨擦的痕跡判斷，有些年分。木箱上再堆三個大瓦楞紙箱，吸引目光的是掛牆上的獎狀，玻璃框裝裱，模範生、品學兼優、作文比賽第一名，大大小小佔滿一面牆，不過時間只到民國五十二年，石曦明十三歲。

差點錯過被門遮住的飛鏢靶，軟木做的，射得盡是小洞，但沒有鏢，一把水果刀釘進紅心。

「我哥的東西，木箱和三個紙箱，我爸不讓丟，留到我哥回來。」

許雅文拔下那把水果刀，不論兒子多忤逆，做父親的還是忘不了。

「小學他是模範生，我從沒得過獎狀，連起碼的全勤獎也沒，全部哥的，到初中一年級，我媽走的那年為止。」

他撫撫刀鋒，鈍了。

「飛鏢靶是他以前最喜歡的玩具，他有個小學六年的好同學常來玩。我爸嫌他們在一起不讀書，不准玩飛鏢。」

於是做爸的火氣上頭，拿起水果刀往靶上一插？

「以後沒有同學來家裡找他，再以後，沒有男生來找我。」

許雅文退出飄著陳年舊物累積出灰塵味道的房間。

「我爸把飛鏢靶扔了幾次，我撿回來。哥教我射飛鏢，爸去上班，我們放學有時比賽誰射得準。我爸回來，叫我們背書，背不出來，他沒扔靶，把水果刀插進去。他倒底為什麼對唯一的兒子這麼殘酷？」

本來想說棒頭出孝子，聞到煮餃子的麵香味，沒說。

「你找我哥什麼事？」

石翠明關了瓦斯，水餃起鍋，白澄澄、胖嘟嘟的。

「私事。」

外面傳來聲音：

「水餃呢，大蒜呢，幾點鐘了，存心餓死你爸。」

門外再傳來的聲音混著四川音的台語三字經、五字經、七字經。

他按住石翠明肩頭，端起盛滿水餃的盤子，抓了一球大蒜出去。

「跟你哥說，來看我。」

石曦明：好長，好冰涼的走廊

憲調組新拍了不少照片，拍到石曦明兩手拄著下巴看虹吸罐的水如何變成蒸氣再變成咖啡，拍到他坐在窗前的大桌旁寫稿看書，拍到石曦明搬新買的圓形小茶几上樓，擺在門後不遠的角落，下午斜射的陽光能曬到它的一角，晚上玻璃燈罩的光線能在桌面變幻色澤的深淺。新調至憲調組的二兵小劉世新新聞系畢業，玩相機的，還拍到午夜時石曦明推開窗戶對星光吐煙，其中一張石曦明假裝有舞伴在沙發與方桌中間挺直腰桿跳華麗的華爾滋。不糊不花，沒一張曝光過度。

石曦明在期待什麼，製造出氣氛迎接什麼。莫非和七年前一樣，製造不存在的證據掩飾他的叛逆？處長皺眉看著相片，從對面的監視哨搬進被監視的房子，他腦子裡想什麼？

拍到不少陌生面孔來到石宅，王秉忠坐計程車先抵達，按了門鈴，石曦明快步下樓幫忙搬沉重的紅酒木箱上去。

當晚訪客經比對，的確是石曦明大學同學，包括洪孟信、趙無為、包正直、皮佐謀、綽號大炮的倪守義、綽號水尾的蔡水來、綽號小廖的廖賜明。

他們大口喝酒，大聲聊天。

還有一連串照片，拍的是石翠明，她提了兩大包食物坐計程車到門口，沒按電鈴，一推大門就開了，上到二樓從一旁的傘架內摸出鑰匙開門進屋子，所有人起身迎接她。監視的憲調組人員八成肚子餓了，拍下窗後方桌上的餃子、滷菜、豆干肉絲、一鍋牛肉湯。

石曦明和頑皮豹搬動方桌再擺妥椅子，八個人坐下吃喝。照片裡石翠明端菜的不同姿態。小圓几上多了花瓶和花，不是細頸瓶子，長方形的；不是一朵花，一把花。石翠明的手整理一株株的花。

許雅文在意的是陌生的小廖，他畢業後進入民營報館，幾年下來熬成市政新聞組召集人，石曦明一度拉他到後面聊了很久才出來。

「誰熟《中國時報》的小廖？找人去跟他談談。」

還是心不安，小廖跟黨外市議員交情不錯，聽說要參選下屆的市議員還是立委，滿腦袋台獨思想。

「和你在黨外雜誌的人聯絡，了解姓廖的——不要打草驚蛇，這些鬼，其他的我處理。」

許雅文仔細再看一遍貼在牆壁的相片，依照長官指示，小劉拍了離去的每一個人照片，石翠明與他們一起離開，王秉忠叫計程車送她。上車前石翠明貼著石曦明耳朵講了一句話。

石翠明沒失信。

許雅文對警總的長廊有信心，凡來客得先在門口憲兵哨登記，領了出入證，由戴白手套、腰帶掛白色手槍皮套的憲兵引導走進長六十五公尺的長廊。左手邊是上圓下方高大的玻璃窗，右手邊是每年漆一次的白牆。夏天上午的陽光剛好射進窗戶，射在白牆，潔白、透明，連空氣中的浮游物也逃不掉。

正大光明，毋枉毋縱，警總做事的原則。

天花板高，固定間隔吊了花瓣形狀的玻璃頂燈，夜晚時亮起微弱黃光。從入口處起，凝重的氣氛一步步壓縮走進來的人，走到中間仍看不清盡頭。他欣賞當初日本人設計這棟建築的用心，政府單位就該讓老百姓心生畏懼。

夜半心驚，凡心裡有鬼的，進了這門就得有見閻王的心理準備。

許雅文精心安排過，僅在長廊兩頭派了兩名持卡賓槍的憲兵，他要走進來的人體會深邃的恐懼。

當憲兵後跟釘了鐵片的軍靴踩在打過蠟的光滑磨石子地板，每一步都在長廊引起一串回音。卡卡卡，憲兵一步步走向長廊尾端，今天的客人和平常的不同，不是追不上憲兵速度的小碎步，是相同節拍的腳步聲，而且來客穿的是高級皮底皮鞋，低沉卻穩重，與卡卡卡平行。

不久憲兵敲門、開門，許雅文拉拉西裝下擺熱情迎客，伸出手掌用力握住對方的手。

「好長、好冰涼的走廊。」

「不就一條走廊。」

「長官，你非見我？」

「坐下說話，還是咖啡？」

「長官費心。」

賓主坐定，上尉以直角轉至客人面前，往茶几奉上花邊磁杯與碟子，另一手將小圓玻璃罐內的咖啡倒進杯內。煮好不久，一股蒸氣飄在杯上。

「長官還是老樣子，用溫馨的關懷運送你擔心別人不易體會的強大威力。」

許雅文笑得開懷，他真心笑，年紀愈大，官位愈高，離地面愈遠，已經找不到能脫下笑容講講話的對象，石曦明了解他。

「我認識的人你問遍了，長官，找我什麼事？」

「小石，你這趟回來存心替水手翻案？」

石曦明在抵美後的第三個冬天找到黃偉柏。剛拿到學位，租了車從紐約市一路尋找路標北行，接近美加邊界的水牛城，說大雪紛飛未免太詩情畫意，徹底冰凍的城市。

「長官還是習慣稱他水手？」

水手住在湖邊，結了婚，對象是位從印度來的女人，封閉的室內飄著股咖哩香味，可是女主人並未穿印度傳統紗麗，她牛仔褲與POLO衫，笑盈盈打開門，風雪趁隙跟在石曦明身後鑽進屋內。

他們生了個大眼珠女兒，對訪客充滿疑惑與即將湧至舌尖的問題，芭比娃娃的禮盒轉移她的好奇。

離湖岸不遠的碼頭繫著艘船，水手有條遊艇，天氣好就駛進湖內，台灣人的腸胃，愛吃魚，他說。技術好到能將魚肉吃光，留下完整骨架。讚美筷子。

房子比台北二樓公寓大多了，客廳仍然被他當成書房，兩面擺滿書的牆夾著中間落地窗，外面庭院立著新堆的紅蘿蔔鼻子雪人。窗前是張由四隻生鐵鑄的腳撐住大塊厚木片組出的桌子，長度將近兩百公分，擺滿一堆堆的書。其中一個角落，打字機夾著張打了五行字的紙，他忙著新詩集的內容。

客廳中央安放長形不鏽鋼檯子，上面五台機器，和電器行賣的新貨比起來顯得古老。由左到右依序是咖啡機、擴大機、唱盤、盤式錄音機、電影放映機。他沒開咖啡機，倒是放了唱片，某個沙啞嗓子唱美國南方音樂。

喝咖啡?他問來客。進廚房將一個生鐵細嘴壺擱在爐火上。外面冷，你又開了長程的車，來杯espresso提神最好不過。

他們坐在窗前看雪、掛著冰的樹、不很可愛的雪人，還有聽得令腸胃縮成一團的風。

謝謝你跑這一趟只為向我說聲對不起，以前的事了，要不是你，幾乎忘記。時間沒別的意義，趁人不注意偷偷摸摸改變一切，從外貌到內心。沒有警察。別相信過去，過去會改變，隨我們的記憶改變，有時變得扭曲，有時又模糊不清，反正過去了，不再重要。

記得女學生叫胡又芬，驗出懷孕嚇得不知怎麼辦。我沒問男生是誰，她主動說，她不知道怎麼辦。拿獎學金的好學生。那個時代可以想見接下來學校的處分，記過、退學、取消獎學金。我們作為師長，難得有機會放下論語扮演慈悲的菩薩，恍然想起自己也曾年輕過、徬徨過。

不，我沒那麼偉大，反正保安處不給我這個罪名，也會找到另一個，監視我很久了對吧。

你們在對面公寓。我的警覺性不高，有個鄰居提醒，你們三樓的那位太太。哈哈，她的確送過蔡萬興粽子給我。以前吃台灣粽，第一次嚐到裡面包塊小排骨的湖州粽，不同的滋味，說到我又流口水了。

測試幾次，《容齋隨筆》，你們換了我的書，其中一本的兩頁黏在一起，特別挑的。那天回去翻書，果然找不到那本。

喔，《老人與海》，忘了，是這本?不用還我，當做禮物，嗨，不認識的朋友，相隔這麼多年終於見面，緣分。

進了警總，無論問什麼我一概不回答，既然要保全學生，當然什麼也不方便說，另一方面，一旦開口，我了解自己，怕忍不住為了澄清而說太多。你清楚，警總只怕啞巴，說得多，他們總能抓住語病。

倒是沒見他們打算對我用什麼刑，傳說中的老虎凳、辣椒水，沒機會見識。
猜想，強調，純屬猜想。我在美國念書的時候不知誰檢舉了我，那時留美學生因政治立場分好幾派，台獨的、共產黨的、國民黨的、美國的，你可能沒聽過，還有主張滿清復辟的。一九七〇、七一，保釣鬧得很凶，兩邊壁壘分明，主張保護釣魚台的學生，台灣和大陸都有，我算熱衷，與那批早期大陸出去的留學生常來往，被國民黨學生檢舉不能說意外。

我父親找了省議員、立委幫忙，交換條件是我得離開台灣，其他的一概不追究。

為什麼一定要對付我？好問題，曾經想過這個問題，覺得太無聊而扔開，不想了，浪費時間。

我想他們跟監我一輩子也找不到證據，我的思想在腦子裡，他們搜不出來，挫折使他們生氣，正好發生胡又芬的事。

就這樣，不恨你們，不想人生被這類事情拖住，我們得往前邁步。

不怪你。他姓許？一絲不苟，皮鞋亮，頭髮，對，一根根抹了油梳，形容得好。他攤開所有證據，判定我是共產黨。他的證據證明的是我研究過共產主義而已，不過定義由他們編列——一條、二條，很多條的評估定義，凡符合定義者皆為共產黨。可惜沒搜到發報機、對岸來信、共產黨的黨證，最後弄了個污辱女學生的罪名，要是起訴，上法庭他們一定輸，可是我得犧牲女學生。

回美國想過，我年輕氣盛，討論共產主義，寫寫毛澤東有什麼了不起，為什麼得言必稱三民主義？武松為什麼不聽勸，三碗不過岡，他偏往虎山行，無非年輕氣盛。過去的是人生，與後不後悔無關。

你看看，我現在不也過得很好，委屈了我爸媽就是了，一年飛一次來看我和他的孫女。

當然嚇一跳，他們怎麼也沒想到我會娶印度女人，回美國念博士班的同學，一開始她對我用大同電鍋煮滷肉好奇，後來變成我掉進咖哩堆，陷進去便再也無法翻身。

雪大，今晚別急著回紐約，我老婆很少見到來自我故鄉的朋友，早上就進廚房準備了。客房歸你，不大，比台北那間公寓二樓的臥室要大兩倍，哈哈，真想念那間公寓，我爸瞞著我賣掉，他說那間房子晦氣。

我老婆整理得溫馨，房間內的暖氣早開了，怕你不習慣北方的冷。

吃晚飯去，別讓她等太久，聞到咖哩味？今晚有雞、有羊，拌了酸奶的沙拉，自家烤的餅，如今我是半個印度人，至少飲食習慣半個印度人。

法國酒可以嗎？隨你喝多少，大多時候我一個人喝酒，看著窗外的雪，不免寂寞，今晚你不好意思讓主人寂寞吧？

「在他家住了一晚，半夜下樓到客廳，看著書架、音響，長官，因為你指派的任務，我曾經無意間走入他的人生，沒想到面對他，在他當下的人生裡面對他，那種感覺很奇特，大腦被雷擊中那樣，昏沉沉的，忽然明白走過人生的途徑有很多條，看我們在叉路口、十字路口選擇哪條而已。學習與經歷之中，不知不覺轉向本來陌生的途徑。經過，水手的用詞，我走進他踩出的小徑，不是好壞問題，單純走過。」

「咖啡要續杯嗎？換威士忌，小石，也陪我喝一杯。」

「水手坐在客廳，他說同樣的話，陪我喝一杯。」

相對於咖啡，濃烈的威士忌令石曦明吐出一口大氣。

「我在那時問他女人的事。」

這次許雅文沒露出不耐煩的表情，他以食指點點桌面：

「繼續。」

水手的錄音機很大，方型，像個箱子，兩個圓盤，錄音帶捲在圓盤，往左放音，往右回轉，石曦明在水手台北的公寓偷聽過錄音帶內容，水手的聲音，可能錄他上課的材料。錄音帶的圓盤一直在機器上，他檢視過他拍的與其他人拍的照片，圓盤沒被取下過。搜索那天圓盤不見了，他沒提醒保防官，沒寫在日誌。查過沒收的證物明細表，沒有圓盤，錄音帶在水手手中。

我拍到一個女人。我對他說。

站在窗台後面對夜空抽菸。我說得很詳細。

你和她跳舞，節拍是彭恰恰、彭彭恰恰。看到客廳圓几上花瓶內的一束花，第二天早上不知怎麼，花朵散在浴缸內。

聞過一種氣味，清新的香味，你不噴古龍水？記得你屋內沒這種東西。

水手未回答，站起身到錄音機前，從下面抽屜挑出兩個盒子，安裝錄音帶，按下PLAY鍵。

錄音帶錄的是水手和女人的對話。

「他們講什麼？」

水手的聲音清楚，女人的聲音卻不尋常，像靜電干擾的沙沙聲，像外太空傳來的，必須穿越不同的磁場和空間，聲音被扭曲、被延後、被分解，變成沙沙，沙沙。

「這樣怎麼能確定是女人的講話？」許雅明晃動杯中金黃的液體。

水手站在錄音機旁搖晃杯中的酒，石曦明站在錄音機前，聽兩個喇叭傳出的聲音。水手的嘴角逐漸上揚，他用帶著戲謔的笑容看石曦明。隨著錄音帶轉動，石曦明也慢慢拉起他的嘴角，他向水手舉起杯子。

放慢錄音帶的速度，或者加快，出來的是沙沙、沙沙之中，有種拖得很長的聲音，細細柔柔的。

在時間的進行軌道，女人是永恆的。

「廢話半天，水手和女人說了什麼？」

「喔喔，長官，男女私密的談話，不宜公開，這麼說吧，兩個相愛極深的人所說的情話，如果你聽了，雖然聽不清女人說什麼，感覺，你一定像我一樣的感覺得出他們的感情。長官有經驗吧，有時候男女間的眼神會洩露他們相愛的祕密，有時候僅是小小動作。我在美國念書，走在校園看見一個男生莫名其妙將書包扔到半空再接住，想說好個開朗的男孩，再偏頭一看，十幾公尺遠的草地上一個女孩笑得趴到地面。明白，他們是一對戀人。」

「我看你們遇到鬼了。」

「我和水手不認為她是鬼。長官，心中有鬼才認為有鬼。」

「少廢話。」

「長官還是要鐵打的證據，哎，你也在水牛城就好了。我第二天吃完早餐離開水牛城，水手送我到車旁，要我問候胡又芬，要我問候那個女人，這樣，長官明白我為什麼回來住進水手以前的公寓吧？」

「小石，以前你用女人唬弄我，如今你長大，我老了，唬弄老人有意思？」

「我對水手說我見過那女人，甚至和她跳過舞，如果不是作夢的話——不應該是作夢，否則太遺憾。他站在門口摟著他妻子，另一手牽著抱芭比娃娃的女兒對我說，問候她們。」

「你搬進水手公寓也很久了，見過女人？」

「還沒，不急，我還住好一陣子。」

「媽的小石，就算有個女人，重要嗎？」

「我窮，什麼工都打才念完大學，我對未來完全沒概念，只清楚必須離開石重生，害怕老了像他一樣捧著酒瓶睡在門口。等我意外走進水手人生，清醒了，掌握現在一步步朝前走，自然能打開未來。水手是我的啟蒙者。至於那個女人，她讓我明白美好事物一定存在，要花時間等待，一旦遇到，就遇到，消失，就消失。遇到，享受；消失，懷念，如此罷了。」

「老天，小石啊，你們全中了邪，如果有這種女人，能稱得上人嗎。」

「沒說服你？服役那段期間寫的工作日誌，沒寫過謊話。」

「讓我見見你說的女人。」

「水手說，得心情平靜，靜得像鏡子；得放開心胸，不然容不下她。」

「操，小石，我的結論，見你的大頭鬼。別再為年輕時候的謊言圓謊下去，你早不歸我管，你說五萬句謊話也不干我的事，自尊心龐大到非得我在你的謊話上批個『可』？」

「長官你沒聽懂，突然之間茅塞頓開看見從沒見過的美好事物，人空的，空得能裝進任何東西，長官，一生能遇幾次？」

石曦明不在意許雅文聽懂沒，他仰起脖子喝乾杯中的酒，站起身，向許雅文深深一鞠躬。

「謝謝以前的照顧，我說的沒有一句謊言。長官喜歡所有事情都在設想的範圍內進行，這樣叫合理。其實我覺得長官不必把自己綁得那麼緊，偶爾解開腦子裡多年養成的成見，意外走進別人的人生，得到的啟發和滿足難以想像。」

「千萬別走進石重生的人生，我差點被栓在裡面出不來，挺灰暗可怕。他幹麼非把祖宗十八代背在身上，忘記現在卻冀望未來，太重啦。」

這回沒憲兵，許雅文陪著，兩人踏著軍訓培養出的腳步走出長廊，回音仍震盪於相距四、五公尺的天花板與地板之間，他們沒說話，專心走路，像很久以前當石曦明提著行軍袋退伍，許雅文送他到門口那樣。

許雅文：屋裡有個女人

那年寒假和往常並無不同，學生收拾行李各自返家，石曦明則與王秉忠、洪孟信他們挑了家老館子擺一桌，祝賀本屆大賽的冠軍——古曼麗後繼有人，來自數學系的大三女生，史上第一名女冠軍，贏得赴美獎助學金四十八萬元。她打麻將有個特色，摸進牌後總愛對自己說話：

「別急，我們多個新朋友，放這裡比較好，可是得和舊朋友說再會啦。」

「謝謝你的二餅，喂，一三餅向人家道謝，沒有二餅，你們活著有什麼意思。」

和他打牌的人快煩死、急死，不過大賽沒規定多久得出牌，要是弄個西洋棋的木盒子計時鐘就好了。

石曦明大方，點了隻烤鴨，另外八樣菜，交代店家一樣一樣上，不然按照大學時期大家菜龍菜虎的吃法，半個小時就吃完了。

他笑瞇瞇看一旁瞇著鏡片後兩眼看烤鴨的新冠軍，想起水牛城抱洋娃娃的女孩，每一道菜都追根究底，像合菜戴帽，她夾了一筷子進盤子：

「哇，我們看看，雞蛋，下面有肉絲、木耳、豆芽。」

吃到四喜丸子，

「小小的肉丸你們好，不像我們在學校吃的大肉丸，小的丸子可以吃很多粒，大的一粒就吃光一碗飯。」

女孩以前沒打過麻將，她的父母不打、祖父母不打，進學校住宿後才見到麻將，她覺得很有意思。

「看起來和數學有關聯，其實沒關聯，我們試過六個人打和八個人打，出現的狀況更刺激、緊張、複雜，更好玩。」

六個人打或八個人打，會出現什麼狀況？

「不，學妹，」王秉忠罕見扳下臉孔說，「麻將的確講究刺激、緊張，不過優雅更重要。優雅。」

其他人頻頻點頭。

「而且六個人打、八個人打，更緊張、刺激的不叫麻將，」王秉忠替小學妹添了酒，「來，陪老人家喝一口，那個呀，叫推牌九。」

其他人更用力點頭，他們公認這是秉忠有生以來講得最棒的一段話，並被頑皮豹投稿至《校友通訊》，相信當年大賽的老伙伴看得感動。

這學期頑皮豹充滿活力，除了擔任大賽的第三級聯絡人外，費了點力氣為石曦明介紹兩名對象，甲女在高中教書，個子嬌小，父母均為市政府公務員，與石曦明喝過兩次咖啡未再聯絡。從頑皮豹與石曦明的通話中得知，與甲女的價值觀相差甚大，甲女語氣暗示若是結婚，願隨石返美，石卻說他不是回台灣相親，何不交交朋友，再看以後發展。

甲女惡狠狠對介紹人頑皮豹說，我都幾歲了，沒時間等以後的發展。

乙女為新竄起暢銷作家，大學畢業兩年，頑皮豹可能認定年輕女生有時間慢慢發展。她一個人住在新店，曾與石曦明約會三次，看電影、吃飯，都大約九點多分手。女作家很喜歡石曦明，常通電話，不過石曦明態度不明確外，也缺乏積極性。

代溝，石曦明承認自己老了。

進出石家的僅兩個女人，打掃的歐巴桑和石翠明，而石曦明在課堂上雖對政府偶爾冷嘲熱諷，時代不同了，許雅文收到他埋在校園內通訊員的檢舉郵件，頂多笑笑就歸檔。

時代改變之中，還改變得很快，他聞到起風的氣味。

對石曦明則無法釋懷，許雅文用過的人不下百人，不論後來進了哪一行業，幾乎始終仍與他保持聯絡，許處長待人誠懇，能關照之處無不全力以赴，手上仍維持二十名上下的單線聯絡通訊員，他的觸角伸進百工百業，唯石曦明，卡在許雅文氣管，想吐卻吐不出的一口痰。

怎麼有如此彆扭的年輕人。

當石曦明喝多了酒，被其他同學擁去秉忠住處開了瓶新酒時，許雅文在新生南路停下車，他對司機說要散散步，不用車了。

往日他不太喜歡走路，這天例外，接近半夜，街道上人少，氣溫維持於二十度上下，聞得到哪家住戶種的茶花香。擦得晶亮的鞋頭踏著紅磚步道，經過熟悉的小巷子，他拐了進去，抬頭看石曦明住的二樓公寓，一扇窗戶開著，洩出一點點黃光。

許雅文忍不住，摸出薄薄的鐵尺伸進對面公寓大門縫隙間，老房子的木門長年累月被關來甩去折磨，禁不得鐵尺挑撥，鎖開了。

記得當年當作監視哨的二樓已賣掉，屋主是對年輕夫婦和出生不久的孩子。他沒打擾任何住戶，悄悄走到二樓與三樓中間的樓梯間，旋鬆燈泡藏身於暗處，推開透氣小窗，位置比對面的二樓高些，沒有窗簾阻隔，看得清楚，沙發旁的燈開著，和以前水手用的燈不同，石曦明在圓几上擺了個蘋果形狀的小燈，光線和夜燈差不多，不過圓几周圍還是可視的亮度。

他拿出單眼望遠鏡望過去，石曦明不在，書桌上堆了兩疊書，長形花瓶內插著一朵看不出名堂的花。

再往內看，他看到了。

本來是個黑暗裡較灰的影子，緩緩移動到書架前，他看見是個女人，穿塞爾提克隊七號綠色球衣背心的女人，她一步步接近光線，赤裸著兩條腿。石曦明說的沒錯，年輕富有彈性的腿，他幾乎看得出每踏出一步拉動的大腿線條。

女人走到窗前，點起一根菸，手腕繫條紅繩的手指夾著菸對鐵窗外的夜空吐煙。漂亮的女人，感覺的漂亮，說不出來的漂亮，沒法和林青霞或甄妮比較，別人知道、她自己也知道的那種漂亮。

然後女人轉過臉，兩眼毫不掩飾看向許雅文，眼神內沒有驚訝、仇恨之類明顯的感情，看到那樣看向許雅文而已。

時間長到許雅文幾乎忘記那間房子裡多了個女人，直到女人彈掉菸蒂，許雅文三步兩步衝下樓，衝到對面公寓，用鐵尺再打開另一扇老舊的大門，他不在乎皮鞋發出刺耳腳步聲奔上二樓，他知道石曦明藏鑰匙的地方，他打開門，他衝進室內。

警報聲響起，鄰居打開鐵門的聲音此起彼落，警備總部保安處處長許雅文這個晚上違反了很多規定，未經石曦明同意擅入民宅，他掀開床墊，扯掉床頭牆上的海報，打開衣櫥抓出裡面每一件衣服，撕爛其中豎直衣領的襯衫。再推開後門，衝進廁所，衝進浴室。

石曦明稍後的證詞裡，花瓶在客廳，花插在花瓶內，可是警方在現場拍的照片卻顯示花瓶在洗臉台上，花瓣灑於浴缸的水面，枝葉散在浴缸外。

蘋果燈落至磨石子地面而破碎，一地玻璃屑。十幾本書架上的書被掃到沙發、地面，倒是唱盤仍平順旋轉，放出鋼琴獨奏的音樂。

警方同時拍下頭髮凌亂未脫鞋即進屋的許雅文，手裡抓著一件綠色籃球背心站在臥室內。

許雅文向警方表示屋內有位不名女子，他並猛吸鼻子要警員學他那樣用力聞，他說：

「是不是有股香味，聞到沒？」

當場見到許雅文異狀的人尚有三樓、四樓鄰居共五人，屋主石曦明於凌晨兩點多搭計程車回來，見到一片混亂且擠滿陌生人的公寓大驚失色，這麼多人，僅他認識小偷，上前扶起早癱坐於唱盤前的許雅文。

上午石曦明至派出所做筆錄，放棄對許雅文的控訴，他表示清點私人物品，均未遺失，許雅文又是其父的舊識，不願追究。

許雅文則由警總汽車接走，當夜至石家的警員所作之筆錄據說送往分局、送往市警局，再送進警總。

一星期後許雅文被調離現職，只知他於接受警總內部調查時表示懷疑返國學人石曦明為美國情報單位工作，當晚見石宅內出現追蹤多年可疑的女性對象，一時情急，未向軍事檢察官申請搜索票就闖進石宅，該女子已不見人影。

至於石曦明之為美國間諜的證據、許雅文供稱警總保安處追蹤多年的關係女子，皆語焉不詳。當場研判許雅文應酒醉而陷入長期工作的複雜情結，弄錯場景與對象。

一個月後許雅文轉調警備總司令部漁事處，那時大陸漁船經常成批侵入台灣東部海域，雖說是為了以漁貨換取台灣漁民提供的洋菸、洋酒，但不排除中共利用漁船測試台灣海岸巡防能力，因而調動人員擴大海上檢查。

二月下旬，剛過完年，石重生再次中風，石翠明於第一時間叫了救護車送醫，救回老命卻需長期復健，經過退輔會安排，石重生被送往花蓮榮民之家。

民國七十三年六月，結束了一年合約的課業，石曦明未續約，攜石翠明赴美，據說住在波士頓。同時也據說房東於許雅文私闖民宅事件後不久，單方面要求終止出租合約，他對石曦明說惹上警總很麻煩，他寧可賠兩個月租金也要收回房子。石曦明數度懇求並願再加租金，房東未置可否，不聲不響將公寓轉賣給他的侄子，石曦明被迫搬走。寒假過後他搬回學校宿舍直到離開台灣。

石氏兄妹於七十三年十一月再返台，為石重生送行。石曦明終於見了死後的父親並上香鞠躬，石翠明下跪行磕頭禮。

石重生葬在花蓮吉安鄉三軍公墓，未與法律上已離異的妻子陳七妹合葬。

至於石曦明住過的公寓，幾經轉手，奇怪的是沒有人住得久，民國八十三年後便空著，空得樓上鄰居上下時經過二樓不敢多看一眼，快步離開。

民國九十七年（三）

「記得沒錯？」松山分局偵查隊隊長趙爾雅鬆開放在電腦鍵盤上面的兩手，「許老先生，你被市警局逮捕過，私闖民宅，受害人叫石曦明，可是我們查電腦，沒有這宗案子，找不到報案記錄。」

「那天晚上的事情隔天就銷案，當然沒記錄。隊長，你沒忘記我是前警總保安處處長吧，看我給你的資料，蓋了我的官章，石曦明的事假不了。」

趙爾雅翻翻飛揚細微纖維與塵霾的公文，

「沒有你說的女人的資料。」

老人站起身，倚著拐杖在狹小的室內焦慮的跺到門口再跺回來。

「廢話，要是有，上星期你們找到的什麼無名屍體不早破案了。」

一名刑警敲門進來，趙爾雅朝對方點點頭。

「許先生，你是老前輩，有心提供警方線索，謝謝，不過別急，都晚餐時間了，願意我請你吃個便當嗎？排骨的，還算可以，要加茶還是來杯水？便當附送養樂多。」

老人總算坐下，上身前傾，兩手按在拐杖頭，

「我家裡沒的吃，來你們警察局吃？真把我當成沒事找事的老瘋子？」

「兩個便當。」趙爾雅對刑警說。

「我做一下整理，上星期舊公寓改建現場挖掘出一具骨骸，用布包裹，平鋪在公寓二樓浴缸下面，排水管經過骨骸頸邊，浴缸防水處理得好，說不定二樓乾燥，骨骸保持完整，經過法醫檢視，女性，年紀約在二十五歲至三十五歲之間，死亡時間推估為民國五十一年以前，公寓那年建的，我們目前只能推理，可能裝潢時埋進去，也有另一個可能，興建時就埋下去。必須找到當年興建的建設公司，和最早負責二樓公寓裝潢的室內設計公司。」

「找啊，你們警察還我是警察。」

「包裹骸骨的那塊布，經鑑識中心同仁的研究，日本京都一種昂貴的絲綢，用在女性和服，但不表示死者是日本人。民國五十一年前，三十多歲的女人，多經歷過日本統治，穿和服不是稀奇的事。」

趙爾雅替老人打開便當盒，拿報紙墊在底下，並雙手奉上筷子。

「至少是四十五年前的事，老人家，我們找過，建設公司早不在了，根本不知哪家設計公司裝潢二樓房子。市政府倒留著當初送建管處審核的建築藍圖，可惜沒有用處，建築藍圖畫了浴室，沒畫浴缸位置。」

趙爾雅大口咀嚼排骨，隔了好一會兒，灌下一口茶才接著說：

「問過二樓原始買主，姓黃，早過世——」

「他的兒子叫黃偉柏。」

「找過，也走了，他年輕去美國，一直沒回來。」

「還有姐姐。」

「不幸，也過去了。老先生，四十年前的無名女性骨骸，你不知道她名字與來歷，不知道她為何埋在那裡，不知道她死亡原因，此外，還有什麼情報能說說？」

老人一敲拐杖，「和屍體埋在一起，是不個有枚銅錢？」

趙爾雅停下筷子。

「日本人的錢幣，上面印了十錢。」

「老先生怎麼知道？」

「廢話，我見過，在望遠鏡裡看見她拿菸那隻手，手腕綁了枚硬幣。」

「望遠鏡能看到錢幣上的十錢？」

「石曦明說的。」

「石曦明也見過——屍體？」

「問他啊。」

「找到流動戶口登記，他在民國七十二年住進公寓二樓，六個月，我剛才說過公寓建於五十一年，相差二十一年，屍體和他沒關係。」

「怎麼沒關係。」

「找過現任屋主的兒子，買下房子雖曾做過裝潢，可是沒動過浴室，他說那麼古典的浴缸，不會有人捨得打掉。土木技師鑑定二樓的浴室，貼那種藍白兩色小磁磚費工費時，早沒人這麼做了。」

「你們警察，平白讓個女人死在浴缸底下不替她伸冤。」

「沒來得及說，法醫鑑定她沒有外傷，骨骼完整，清理一下簡直能送醫學院當人體骨骼教材。」

「比對DNA。」

「老先生是專家說法，不過和誰比對？查過公寓半徑五公里的範圍，民國五十一年前後找不出可疑的失蹤案，沒人報案說他親人的屍體不見了。」

「一推了事，我找你們局長。」

「這樣吧，你不是要我們找石曦明？昨天他找上我們，老先生想見他？明天上午有空嗎？」

「他在台北？」

「去年應聘回台灣教書，上個月回到台北。」

「他回來了？」

第二殯儀館的火葬場，許雅文由孫女陪著坐在角落，趙隊長站另一角落講手機。許雅文照樣兩手擱在拐杖頭上，惡狠狠瞪著當作沒看見的趙隊長。

自動門打開，趙爾雅收了手機快步上前，他迎接的是捧著骨灰罐出來的石曦明。

五十八歲了，石曦明頭髮半白，不過腰桿仍挺得筆直，他穿一套黑色西裝兩手慎重捧著大理石雕成的圓罐子，身後跟兩名年輕人，一男一女。另外一群等候的人也圍上去。

許雅文舉起拐杖重重往地面一擊站起身。

石曦明向趙隊長鞠躬示意，再轉向許雅文：

「多少年不見，長官還是硬朗。」

「你領那個女人的骨灰做什麼？」

「查不出身分的無主骨灰，我領去墓園和我媽作伴。」

他叫過兩名年輕人：

「來，叫許爺爺。這是翠明的孩子，隨我回台灣走走看看。忘了說，翠明七十三年在美國結婚，她的另一半長官也許記得，我在憲調組的同袍，齊國強，大家叫他國強，長官有印象嗎？我沒結婚，一直和翠明一家住一起，我答應過她，天涯海角不再分開。」

老人銳利的眼神透過下垂的白眉毛盯著眼前的中年男人。

「還恨你爸？」

「早不恨了，應該說忘了，我去花蓮行過禮。」

「不孝子。」

「長官說的是。喔，幾位朋友，長官可能認識。」

石曦明為許雅文介紹頑皮豹、洪孟信、水尾、趙無為、阿玲、包正直、馮大胖。

「長官一定記得他們名字，阿玲和頑皮豹，長官熟，其他人第一次出現在五星旗案的十六人名單上，有的又出現在八人名單。有印象吧。宇教官提供給保安處，我還被你命令去調查。抱歉，大賽的事我沒向長官報告，不過長官還是從別的地方聽說到吧。」

老人嚴肅——應該說惡狠狠看了這些人一圈。

「難得老同學聽到我回台北的消息，趕來開同學會。對了，王秉忠在上海趕不回來，要我向長官問好。」

所有人一一向老人點頭。

「小石，你脾氣需要硬到這種地步？幾歲的人，這個女人到底怎麼回事？」

「長官也見過。」

「趙隊長，你不破案？」

趙爾雅沒回答，連眼神也沒飄到老人臉上。

石曦明低頭看看骨灰罐。

「長官，這個女人給了我很多，憲調組那年，讓我明白自己做了錯事，水手事件，我不該膽小，不該和長官妥協。接著考大學，我有了拚命目標，不考上，我跳不出我媽離家的陰影。再來是七十二年回台灣，贖罪吧。」

「是不是你安排個女人存心搞我？」

誰也沒想到老人竟舉起拐杖往石曦明懷裡的骨灰罐砸去，他砸偏了，打中石曦明肩膀，孫女尖聲喊：

「爺爺，你怎麼打人。」

「沒關係，」石曦明甩甩左肩，「真虧當年馮大胖教我們運動，持續到今天，不然長官一棍子，恐怕我得復健半年。長官，事情過去了，時代過去了。」

已經圓滾滾的阿玲睜大憤怒的眼珠望著老人，上前扶住石曦明。

「報告長官，墓園有點距離，我們得走了，保重身體，忘記誰說的，時間是個賊，專偷記憶和健康。」他一手輕輕撫摸骨灰罐，「健康偷得走，記憶，誰也偷不走，它能停下，不理會時間的流動，任性的停在那兒，不論科學多發達，也拿它沒辦法。」

石曦明等人往停車場走去，趙隊長終於過來向老人致意：

「老前輩，無名屍體，結不了案，只能讓它懸著。不管誰的屍骨，這麼多人為她送行，地下有知也安心了。搭我車送老前輩回家？台北不大，從辛亥路往哪個方向都順路。」

老人沒回答，他拄著拐杖喘氣，剛才揮的那一下花了他不少體力。直到孫女攙住他，

「看過老先生留下的當年保安處執勤日記，本來以為怎麼可能，沒想到真有那個女人，石教授沒說謊。」

「沒有女人！」老人大吼。

鏡小說

056

私人間諜

作　　者：張國立
責任編輯：王君宇、林毓瑜
責任企劃：劉凱瑛
整合行銷：黃鐘獻

副總編輯：劉璞、林毓瑜
總 編 輯：董成瑜
發 行 人：裴偉

裝幀設計：張巖
內頁排版：宸遠彩藝

出　　版：鏡文學股份有限公司
114066 台北市內湖區堤頂大道一段 365 號 7 樓
電　　話：02-6633-3500
傳　　真：02-6633-3544
讀者服務信箱：MF.Publication@mirrorfiction.com

總 經 銷：大和書報圖書股份有限公司
248020 新北市新莊區五工五路 2 號
電　　話：02-8990-2588
傳　　真：02-2299-7900

印　　刷：漾格科技股份有限公司
出版日期：2022 年 3 月初版一刷
I S B N ：978-626-7054-40-6
定　　價：420 元

國家圖書館出版品預行編目(CIP)資料

私人間諜/張國立著. -- 初版. -- 臺北市：鏡文學股份有限公司, 2022.03
288 面；21X14.8 公分. -- (鏡小說；56)

ISBN 978-626-7054-40-6(平裝)

863.57　　111000181